庫JA
〉

……絶句

〔上〕

新井素子

早川書房

6754

もしも気にいって頂けたのなら、
このお話を、染谷明子嬢に捧げます。
このお話ができたのは――
ううん、今、あたしがお話書きでいられるのは、
多分あなたのおかげだから。
本当に、どうもありがとう。

目次

第一部

第二部

……絶句〔上〕

第一部

PARTⅠ　夢であったらよかったのに

「……のだった、まる、と。そして一郎は、てん、おもむろにその右手を、てん、信拓の肩先へのばし、てん……あーあ」

　べりっ。かなり乱暴に原稿用紙をひきさく。

「何かしっくりこないなあ……」

　ぐしゃぐしゃぐしゃ。力一杯原稿用紙丸めてくずかごへ放りこみ、しばらく思案。コーヒーカップの底にほんのわずか残っていたコーヒーを、全部口の中へ流しこむと、軽くため息をつく。くずかごの中から、先程の原稿用紙を拾いあげ、肩をすくめつつしわをのばして、スタンドのうしろにおいてある〝下書き・ボツ原稿〟と書いた箱の中へつっこんだ。

「駄目だなあ……できそこないって判ってても、何となく捨てる気になれない」

　この癖も、困ったものなのよね。破いた原稿、気にいらない原稿、書き損じ、下書きの類を全部とっておくと、一体全体どういうことになるでしょう。答。おしいれが、一杯になっちゃうの。何か昔まんがで読んだなあ。男の一人暮らしで、おしいれあけると洗濯してないパンツの山がどーっと崩れてくるって話。あたしの場合、おしいれあけると、書き損じの原稿の山がどーっと崩れてくるんだわ。パンツと原稿用紙じゃ、原稿用紙の方が重いしかたいし、下じきになった時の被害の度が違う。

　カシャ。

　莫迦なこと考えながら鉛筆のおしりをかんでたら、スタンドの右脇のデジタル時計が軽い音をたてた。十一時五十八分。あーん、あと二分で今日もおわりだ！　どうしたもんだろう。締切りまであと余すところ一日しかない。なのに原稿……まだ二十八枚。九十枚中の二十八枚。

「のだった、まる、と。ここまでは決定」

　新しい原稿用紙に、とにかく、のだった、まる、とだけ書く。それから――あー、コーヒーきれた。いれなおさなきゃいけないかなあ。うー、めんどくさい。でも、コーヒーがないと、ほんのワンセンテンスも書けないっていう情ない体質しているし。

　カシャ。

　また、デジタル時計、動いた。だからデジタルって嫌なのよ。情容赦もなく動いていっちゃうんだから。まあ、アナログだって、ちゃんと動くけどね、でも、アナログの場合、人に気づかれないようこそっと動くでしょ。あの奥床しさがいじらしい。デジタルなんて、わざわざ音たてて、それもはっきり時間を示すよう一分一分文字盤が変わるんだもん、根性悪いよ。

とにかく、えーと、つまり。

頭の中で、ストーリーをもう一回整理する。うん、伏線、どんでん返し、キャラクター、全部きまってはいるんだ。これで書けないっていうのは、ひとえに文章力不足のせいで……うっうっ。

えっと、とにかく、もう一回復習。

キャラクターは……うん、どれもこれも、きちんと性格つかんでる。ＯＫ。では次に……。カシャ。

とたんに、また、デジタル時計が動いた。十二時ジャスト。

と。

と——と。

急にあたりがまっ白になった——。

☆

まっ白——というより、何もない。何もないところを、あたしの意識だけがただよっていた。

「あ……あーあ」

ひどく間のびした、どことなくドジそうな声——ううん、声じゃない、だって耳で聞いたんじゃないんだもの――が頭の中にひびいてくる。

「また……やってしまった……」

頭の中に直接ひびく音――テレパシー？

「これで一体何度めの交通事故だろう」

指おり交通事故の回数を数えている気配。

「これは……まずい。免停だ」

ついで、うめき声。

「この状態を正直に報告したら、間違いなく免許停止だ」

再び、声。どこから聞こえてくるのだろう――。

「それも……あ……とんでもないものをひっかけてしまった……。これは……困った……」

なんだ。免許の話か。ひどくのほほんと、あたし、考える。なら関係ないや。あたし、まだ免許とってないもん。免許持ってない人間を、免停にできる訳がない。

「一体どうしたらいいんだろう……」

悩んでるみたい、この、免許停止かなって声。

「ただちに次元管理官に報告しなければいけない筈だけど……報告すると免許が……ああ……。次元管理官への報告はよそう。こんな田舎だから、多分ばれないだろうし……ダンプの運転ができなくなったら、親子三人路頭にまよってしまう」

何かみじめな話だなあ。

「だから嫌だったんだ、こんな旧式のダンプ……」

そして、しばらくの間。それから。

「いいや。決めた。要するに、事故そのものを消してしまえばいいんだ。そうしよう。……と、まずはこのパターンの個体識別をしなければ……」

☆

がくん。

体が前へゆれ、額が机にぶつかって、目がさめた。目がさめた——え？　あたし、眠ってたの？　いつから？

慌てて目を机の上の時計にはしらせる。十二時ジャスト。びた一秒も、時計は動いていない。あれ？

何だったんだろう、今の。一瞬視界がまっ白になって——免許停止がどうのこうのって——はっきり覚えてはいるんだけれど、意味が判んないし、大体、あれ、何なの？

頭が痛かった。額を机にぶつけた痛みじゃない、もっと頭の芯の方がずきずきしている。ずきずきずきずき——もう寝ようかなあ。

きっと今の幻聴だよ。そういうものが聞こえてもおかしくない程、疲れているのを感じる。疲れている——変だなあ。あたし、元来夜型で、たかが十二時で疲れる訳ないのに。でも——あー、駄目、頭の中、ウレタン。ぬいぐるみになってしまった気分。頭の中にぎっしりウレタンがつまっていて――ウレタンが思考できる訳、ない。そうだ、コーヒーいれよう。すべてはきっとコーヒーがきれたせいだ。

のろのろと立ちあがり、ドアの方を向き。

そこであたしは、息を――のんでしまった。息をのむ。悲鳴の為に。悲鳴。

泥棒だあっ！

ドアのノブに手をかけて。見知らぬ男が困ったような微笑をうかべ、つったっている。

あ！

……！　声にならない叫び。あるいは、むぐぐぐ。

男は、するりと動き――まるで音をたてない！――スムーズにあたしのうしろへまわりこむと、あたしの口をおさえたのだ。

「落ち着いて、もとちゃん」

深いバリトン。

「決して泥棒じゃないから」

どうだか。自分から泥棒だって名乗る泥棒がいるもんか。でも……この男、あたしのこと、もとちゃんって呼んだわね。

「俺だよ。判んない？　一郎」

いちろう？

「森村一郎。……了解？」

森村一郎——もりむらいちろう？

そ……そんな、冗談は休み休みいいなさいよ……って、休み休みいわれても困るけど。

「む……むぐむぐむぐむぐ！　むぐぐ！」

えーい、手が邪魔だ。

「それに、僕もいる。秋野信拓《のぶひろ》」

ドアの所で、はいったものかどうしたものか、悩んでいる風情の数人の男女。

「あたしもね。こすもすよ」

「そしてあもーる」

「ラスト、拓」

信拓、こすもす、あもーる、拓。そ……そんな、莫迦な。そんなことが。

目をきつくつむる。首を激しくふる。そして目をあけ——消えないのよね、この連中。まるで消えようって意志をみせずに……嘘だあ！

あたし、へなへなと、その場にくずれた。もう、悲鳴をあげる気力もない。と、一郎の手が、あたしの口からはなれた。

悲鳴をあげる気力もない——だってこんなこと、あっていい訳がない。

だってこんな……。

☆

そういう場合ではないって判ってるんだけど、一応、自己紹介しとくね。

あたし、新井素子っていう。十九歳、大学の二年生。SF作家志望の女の子。

SF作家志望――でね、えへへ。只今、とあるSF雑誌の新人賞の為の原稿書いている処。

先刻、締切りっていったでしょ、それがつまりSF新人賞の締切りなの。

SF雑誌の新人賞。まあ、通るとは思ってないけどね、でも、仮にもSF作家志望やってる以上、これに出さないって手はないと思うのよね。

だって、もっのすごおく、珍しいんだもん。SF雑誌の新人賞って。これ、例えば少女まんがの新人賞なんかと重味が違う！

まず、今のとこ、日本にSF専門誌ってたった二つしかないのよね。たったの二誌。で、この二誌が新人賞の募集をやるっていうの、本当に珍しいことなのだ。現にこの新人賞だって、四年ぶりだもの。

つまり、今、この新人賞に応募しておかなければ、あと何年新人賞の募集がないか判らないって状態な訳。これはもう、選に残ろうが残るまいが、だすしかないんじゃない？

で。あたしはSF小説を書いていたのだ。〝絶句〟ってタイトル。読者が絶句するような滅茶苦茶におもしろい話を書こうと思ったんだけど……。

ストーリーはね、どっちかっていうとハードボイルド・タッチで、今までに書かれたどの小説のキャラクターよりも強いっていう、無茶苦茶なヒーローがいる訳。本職はわりと売れてる画家なんだけど、もちまえのおせっかい心と好奇心のせいで、妙な殺人事件にひっかかるのね。で、無実の罪で警察におわれたり何だりしているうちに、どんどんその事件に深入りしちゃって、ついにはその殺人事件の裏にある超国家的陰謀——ESP集団をめぐるスパイ合戦みたいなものにまきこまれちゃう訳。

途中で、情報収集のエキスパートであり、言語学の天才、マッド・サイエンティスト的な人物と知りあいになり、彼の奥さんにあこがれたり何だり、すこしそういうのがからんで。でも、そのマッド・サイエンティスト的人物の奥さんは旦那様を誰よりも愛していて、結局ふられんの。

で、まあ、そうこうするうちに、国家レベルの陰謀に耐えきれなくなったESP能力者達の一部が彼に近づいてくる。その、かなり特殊なエスパー達は、一種の最終兵器として、人格も何もなく、育てられてきてんの。というのも、そのエスパーの持つ能力っていうのがあまりにもすさまじいものだから。一人は空間を勝手にねじまげることができ、いつでも好きなところに、亜空間を作れるって人物なのね。(つまり、彼を手にいれれば、有名なSF用語、ワープが楽にできるし、テレポーテーションができるってことになる)で、今一人は、人間の持つ情動の一部分を完全に制御できる——人の恋心を勝手にあやつれる訳。

こんな無茶苦茶な人間がいる訳がないって調べてゆくうちに、主人公は旧人類の存在ってものに……。

あん? 何故こんなくだらない小説のあら筋をえんえんと書いたかって? それはね。

それは。

このあら筋が本筋に関係してくる——というのか何というのか。つまりその……えーい、言っちゃおう。

その、古今東西、どの小説のヒーローよりも強いっていう主人公の名は、森村一郎というのだ。

そして、情報収集のエキスパート、言語学の天才、マッド・サイエンティスト的人物の名は、秋野信拓。その奥さんが秋野こすもす。

空間を自由にできるエスパーの名は、宮前拓。

人の恋心を自由にできるエスパーのコードネームは、あもーる。

「森村一郎。……了解？」

「それに僕もいる。秋野信拓」

「あたしもね。こすもすよ」

「そしてあもーる」

「ラスト、拓」

この五人は。えーい、一体全体どういう訳なんだ、あ、あたしの、小説の……キャラクターなんだぞ！

☆

「気分……回復した？」

一郎は、一階の冷蔵庫から勝手にコーラのびんひっぱりだしてきて、それをあたしにすすめる。えーい、元をただせば、これはあたしん家のもんだ。

「……した。で、何？　これ、じかに飲めっていうの」

コップくらい持ってきてよ。

「飲もうと思えば飲めるんじゃない」

一リットルびんを、じかに？

「ではまあ」

あたし——もう、こんな連中相手に見栄はる気にもなれん——どかっと床にあぐらをかくと、一リットルびんから直接コーラ飲む。

「これ、一体全体何の冗談な訳？　誰の差しがね？」

「……誰のでもないんだが」

信拓、こういうと、あごの下をなぜる。

「灰皿、ないかね」

「ないわよ」

本当は応接間にあるんだけど、そんなこと教えてあげない。

「ふ……ん」

ポケットからとりだしたハイライトを、もてあそぶ。それから、ちらっとコーラのびんを見て。

ごくごくごく……見事なもんだ、というか、無茶苦茶だ。ほんの数口のんだだけで、殆ど残っていたコーラ、全部一息でのんじゃった。

「これでよし、と」

それからおもむろにハイライト咥えて。何だあ？　つまり、この人、あきびんを灰皿がわりにしたいが為に、中味始末した訳？　一リットルもあるコーラを？　……化物だ。

「そんな目をして見ないでくれない？　自分で書いたくせに覚えてないのかな。君、僕のこと、肺活量二万、とてつもない大食漢って書いたじゃないか」

書いたわよ、確かに。そりゃ、あたしの小説中の秋野信拓なら、これくらいのことはしかねない。でも、彼があたしの小説中の秋野信拓だなんて、信じる訳にはいかない。

「誰なの、これしくんだの。博海？　ノブ？　あきさん？　章くん？」

「全部はずれ」

セブンスター咥えた一郎、煙と同時にこの台詞を吐く。

「自分で判ってるだろ。こんなややこしく手間暇かかる莫迦莫迦しい冗談をしくむ奴なんて」

「判った、かつみだ！」

叫ぶ。そうよ、こんな莫迦莫迦しい冗談しくむの、かつみしかいない。

「はずれ」

「失礼」

いとも素気なく、拓。

「じゃ……手嶋君？」

「はずれ」

信拓、苦笑して。

「山崎《やまざき》さんちの博海ちゃんでも、吉池さんちの信子さんでも、染谷さんちの明子さんでも、渡辺さんちの章くんでも、中島《なかしま》さんちのかつみくんでも、手嶋さんちの政明くんでもない」

な、なん、なんだあ？　こ、この人——今、あたしが仇名や何かで呼んだ連中の名を、全部、フルネームで正確に言った。山崎博海——やまざき・ひろみ、じゃなくて、やまさき・ひろみ——、中島かつみ——なかじま・かつみ、じゃなくて、なかしま・かつみ——。こんなことって……そうよ、それに、このとりあわせ。

あきさんとかつみは中学が一緒だった。博海とノブと章くんは高校。手嶋くん、大学。つまり、あきさんは、その交際範囲からいっても、ノブや手嶋くんを知ってる訳、ない。かつみも。博海やノブは、あきさんやかつみ知らないだろうし、手嶋くんがノブやかつみを……。

言いかえよう。

今、名前があがった連中の共通項は、たった一つ。あたしの知りあいだってことだけ。故にあたしは——あたしだけは、この連中、全員知ってる。でも、この連中同士は、お互いに全員を知っている訳がないのだ。そりゃ、あたしが他の友人のことを話したことがない、とはいわない。でも、たった一度や二度聞いた名前を、完全にフルネームで、仇名言われただけで思いだせるものだろうか？

つまり、今目の前にいる、信拓だと名乗る男は、どういう訳か、殆どオールラウンドにあたしの交際範囲を知ってるってことで……。

「どう？ だいぶ信じる気分になってきたんじゃない？」

一郎、ぽん、と、セブンスターの灰を、コーラのびんの中におとした。

「もうちょっといろいろな——お宅じゃないと判んないこと、言ったっていいよ。例えば……」

「そこまですることはないんじゃないかな」

信拓、ハイライト消しつつ、ゆっくりと言う。

「誰の差し金か、なんて議論、もとちゃんがたった一つのことさえ思いだしてくれれば、すぐ、決着がつくんだから」

「たった……一つの……こと？」

「そう。君の習慣。君、完成前の原稿、人に見せたこと、ある？」

「……ない」

完成稿じゃなきゃ、人に見せる訳ないじゃない。

「じゃ、判るだろ。今現在、君の〝絶句〟を読んだ人間は、この世の中に一人もいないんだ。ということは、その〝絶句〟にでてくるキャラクターの名前知ってる人は、まだこの世にはいないってことで、では、そう名乗った僕達は誰かっていうと……」

どた。

その音を、まるでひとごとのように意識していた。どた。

あまりのことに貧血おこしたあたしが、倒れてしまった音――。

☆

「……ずるいわよ」

ものすごく強い、語尾の〝よ〟。それを聞いて、あたし、目がさめた。

「でも……そんな前例、ないんじゃないか」

信拓の旦那の声。

「何よお。信拓、前例のないことはしてはいけない、なんて無茶苦茶言う気?」

「いや……そんな気はないんだが」

「じゃ、いいじゃない。……他に考えられないのよね、あたし達が実体化した理由」

「ま、問題はだね、拓。もとちゃんがそれを了解するかどうかだ」

「しなければ出演拒否してやる」

「あのね、お宅、自分の立場をわきまえなさいよ。お宅がもとちゃんの小説に出演するの拒否したって、もとちゃんは何の被害もうけないんだ。別に新しいキャラクター作ればいいだけで。でも、お宅はどうなるかっていうと……小説のキャラクターが小説に出演拒否したら、この世から、〝宮前拓〟という存在は消えてなくなる」

「あ……でもお……そんなのってない」

「ないったってそうなの」

何してるんだろう。連中、口論してるみたい。口論――ううん、口論とは違う。拓が一人で何か文句言ってて、他の連中がそれをたしなめてるんだわ。何か、そんな感じ。

「この場合、手は一つしかないだろうね」

この声は信拓。

「もとちゃんの感情に訴えるって手。拓、君、泣きおとしでもやってみたら」

うす目、あけてみる。先程の、気を失う程ショッキングだった事態――あたしの小説のキャラクターが実体化しちゃったっていう奴――は、少しも好転しておらず、連中は思い思いの格好で、部屋の中でくつろいでいた。

一郎は、机の前、あたしの椅子に腰かけていた。足組んで。すっごい……場違い。露骨にハンサムなのだ。ハンサムで、気障で。身長一八六、そして、とっても長い足。六月だっていうのに、まっ黒のスリーピース、黒い細いネクタイなんかしめちゃって。喪章つければお葬式、マントはおれば吸血鬼ってイメージ。でもこの人の場合――それが、すっごくよく似合うのよね。

さらさらの、少し長めの前髪をかきあげる。目を細めて、片ほおに軽く笑みなんかうかべちゃって、ふっと一筋、煙を吐く。そして、

「泣きおとしっていうのは、いい手かも知れないよ。もとちゃん、結構情にもろくて優しいから」

「優しい……そうね」

くすっと、あも−るが笑う。

あも−るは、一郎のそば、窓にもたれて立っていた。まだ雨戸を閉めてはおらず、窓の外にかすかに見える、空。そして、玄関脇の常夜灯のあかり。うかびあがる柿の木。まっ黒の、細くてストレートの腰まである髪が、あも−るが首を動かすのにつれて、かすかにゆれて、そんな夜の情景を切りとる。

重たく暗い夜の空をバックにすると、あも−るの顔は、異様な程白い。その、まっ白な肌の中でひときわ目立つ、赤い唇。

これは。

あたし、ゆっくりと恐怖が心の中に満ちてくるのを感じる。

これは——何の冗談でもなく、真実あたしのキャラクターが実体化してしまったのかも知れない。だってこの二人の——とりあわせは。

これだけ無茶苦茶な美男と美女、映画の中だって滅多にお目にかかれないわよ。それも、唯の美男と美女じゃない。一郎。身長一八六という条件にあてはまった美男。あも−る。腰までの長髪を持つ美女。こんな——ここまで外的条件をあわせもった人を、たかがあたしをからかう為だけに探しだしてくる人が、いる訳ない。こんな冗談、しくむ人が、いる訳ない。

「だいぶ屈折した優しさだけどね」

あざやかな、あもーるの、微笑。

「一見優しいとは思えないような優しさ、よね」

あもーるの少し左、絨毯の上に、ちょこんとすわったこすもす。こちらはあもーると対照的に、軽くパーマかけ、少し茶がかった短髪。目がくりっとしていて、鼻がちょっと低くて、二十七歳とは思えない程、雰囲気がおさない。

「泣きおとしするんなら、目薬あるよ」

絨毯の上にねそべって、その辺に放りだしてあった雑誌をぱらぱらめくりつつ、信拓。こちらは、奥さんのこすもすとは逆に、とても三十二歳には見えない程、イメージがふけている。背は一八〇あって一郎といい勝負なんだけど、体格が全然違うのよね。一郎がスリムなのに較べて、実にがっしりとしている。胸のあたり見ると、格闘技でもできそうな感じ。でも——お腹が。もろ、中年太りで、本当にぽこっとでているの。このお腹見ると、スポーツができる訳ないって確信持っちゃう。うっすら不精ひげ。

「ん、目薬貸して欲しい」

そして、部屋の中央、まだ片づけてなかったおこたの上にすわっているのが拓。拓——うん、拓。そうよ、こんな無茶苦茶な人間、あたしの小説のキャラクターでもなければ、存在する訳、ない。

宮前拓。二十二歳の男。身長一七二、かなりやせぎす、天然パーマの髪、胸まで。耳の上あたりで、一部分をリボンでとめてある。フレアスカートなんてはいちゃって、とってもかわいい。まだ声がわりしていないのか、それとも声がわりしてもこんな声なのか、目をつむって聞いていると、アルトの声の女の子だと思ってしまう。喉仏は見事な程その存在が判らず――かといって、女の子ではない証拠に、胸はなにもない。一人称代名詞は〝あたし〟で、完全に女言葉つかい、女装し――生まれおちる性を間違えた、としか思いようのない、美少女なのだ。

「無駄だと思うよ、拓。……可哀相だけど」

「何でよ一郎。あなた先刻、泣きおとしっていい手だって……」

「目薬さしてるところ見られたら、泣きおとしはまず不可能じゃないかな」

「目薬さしてるところって……」

「人が悪いんだ、この子。先刻から、気づいてうす目あけてる」

ば……ばれてんのお？

「え、ちょっと」

拓、慌てて立ちあがる。あたしも、仕方ないから身をおこした。

「ちょっと、もとちゃん、あんまり人が悪いわよ。いつから気がついてた訳」

つめよってくる拓の背から、一郎、ゆっくり声かける。

「あ、俺のお世辞、ちゃんと聞こえた？」

ウインク。

「ほら、あの結構情にもろくて優しいっていう奴」

お……お世辞だったのか。

「な……何よお」

拓、くるりとむきをかえ、一郎につめよる。

「じゃ、この子、一郎が泣きおとしに賛成した時からすでに目がさめてて……」

「全部ちゃんと聞いてたんだろうね。あは、悪かったよ拓。ちょっとからかってしまった」

「で、その……」

抜かれた。すっかり。毒気。

も、駄目、これ、駄目、疑うことすらできやしない。この連中は、正真正銘、間違いなく、あたしのキャラクターだわ。あ……あたしのキャラクター以外の誰が、こんな莫迦な会話をするっていうのよ。

「で、その……拓、判った。あなた方が、あたしのキャラクターだってことは認める。で……拓があたしを泣きおとしたいことって何なの？　それより前に……何だってあんた達、勝手に人の原稿から抜けでてきたの」

「待遇改善要求の為によ」

「待遇改善……要求？」

「そう！　あたし、我慢できない！　何だって、何が哀しくって、成人男子のあたしが、女装して女言葉つかうのよ。あたしを男にしてちょうだい！」

「お……おとこにしてって……それは……あのね。ほら、あなたが女装しているっていうのは、ラストへの伏線になってる訳でしょ。その特殊なエスパー達は実は」

へどもど言い訳。

「じょおっだんじゃないわよ！　そんな、線の一本や二本で人の一生を左右しないで欲しい。山手線だって、環状七号線だって、西武池袋線だって、人の一生を左右したりしないわよ」

「あ、あの、物語の伏線と電車を一緒にしないでくれない……」

「じゃ、甲状腺だってリンパ腺だって扁桃腺だって」

「せんっていう字が違う。……それに、やっぱり……たとえばリンパ腺がなかったら、人の一生は左右されるような気がする……なあ」

「へ理屈こねないでよ！」

「どっちがへ理屈よ！」

段々、あたしと拓の言いあい、雰囲気が殺気だってきた。

「自分が女として不完全だからって、キャラクターにやつあたりして、男として不完全にしないで欲しいのよねっ！」

「女として不完全……どういうことよ！」

「胸がないくせに！」

あ。拓。あ、あんた、言ってはいけないこと、言ったわね。

「胸くらいあるわよ！　腹部の上にあんのが胸部よ！」

「バストがないってことよ！　女のバストだったら、普通山岳部的か、悪くても丘陵部的になってる筈でしょ！　もとちゃんの、平野部じゃない！」

「地理用語使ってののしることないでしょ！」

「じゃ、歴史用語つかってののしってあげましょうか」

「あ……あのね」

信拓が脇から苦虫噛みつぶしたような顔して割りこんでくる。

「頼むから、あんまり低次元のことで争わないでくれない？」

「低次元って何よ、信拓」

あたし、こんどは信拓にくってかかる。

「あんた達、何なのよ。〝絶句〟のキャラクター、全員で人の胸ののしりにわざわざ原稿の中から出てきた訳？」

「そういう訳でもないんだけどね」

「じゃ、どういう訳よ」

「だから待遇改善要求の為だってば！」

拓、再び信拓から台詞をひったくる。

「あんたはすこし黙ってなさいよ」

一郎、拓をうしろへおいやる。

「そりゃ一郎、あんたはいいわよ。ハンサムでスリムで強いんだから」

「拓は黙ってろっていうの」

「ちょっと、中年太りって書かれた信拓の旦那！　あんたも抗議しなさいよ。一郎はさ、ヒーローだからいいのよヒーローだから。けど、あたしにしたってあなたにしたって、不満はある訳でしょ。お腹がぽこっとでてる、だなんてみにくい体型にされてさ」

「拓！」

　こすもすがわりこんできた。

「うちの人の体型に文句つけないでよ！　中年太りのどこがみにくいっていうのよ！」

「み……みにくいじゃ……」

「うちの人は素敵よ！　ぽこっとでているお腹だって、すごくチャーミングじゃない！」

「あ……ああいうのをチャーミングって……」

「いうのよ！」

「頼むからあんまり低次元の論争をしないでくれ」

　また信拓が割りこむ。

「ちょっとあなた！　あなたのお腹のどこが低次元なのよ」

　今度はこすもす、信拓に喰ってかかり……。

「話にならない……」

　一郎、天井むくと、こっそりあたしを手まねきした。

「ま、作者の性格をうつして、見事におしゃべりでけんかっぱやいキャラクターばっかりそろってるから、仕方ないっちゃ仕方ないんだけどね……。とりあえず、こいつら無視して、今の状況を説明すると……判んないんだ」

「判んない……？」

「そう。俺達、何で小説世界から抜けだして、こんなところにいるんだ？」

☆

二十分後。あたしの胸問題も、信拓のお腹問題も、一応おさまって。全員疲れはてた顔して、円を描くように、床の上にすわりこんでいた。

ああだこうだと議論した結果——誰も、判んなかったのだ。何故、あたしのキャラクターが、唐突に実体化してしまったのか。連中が実体化しようと願った訳でもなければ、あたしが連中を実体化させようと願った訳でもなく——連中、気がついたらうちの前に立っていたんだって。早い話——一体全体、どうしてこうなったの？

「……困るわよ」

「こっちも困ってるんだ」

五人中、ヘビー・スモーカー二人、そうヘビーでもないけれど煙草吸うキャラクター一人作っちゃったせいで、部屋中もうもうと煙。そんな中で、あたし達お互いに困りあっていた。

まず、何といっても、あたし、困る。ある日突然、新井家の人口五人も増やして、「あ、ごめん、これ、あたしのキャラクターなの」なんていって済ます訳にいかないし——大体、そんなこと言ったら、まず精神科の病院へひっぱってゆかれる。

それに、この連中も一応困ってはいるみたい。小説のキャラクターだから、小説が進行している間は、まあそれなりの生活してきた訳だけど、現実の世界へ来ちゃったら……彼らにしてみれば、身の処し方が判んないじゃない。

かといって。ここで六人顔つきあわせて、困ったね大会を開いている訳にもいかないんだ。近い将来――その将来も、ほんの数時間後に迫っている――母と妹が起きるだろうし、それよりもうちょっと遠い将来には父と祖母が起きるだろう。その時、あたしの部屋に、二人の男と二人の女と一人の一見女に見える男がいたら……あー、考えたくもない！

「まあ……とにかく、僕達がここにいる訳にはいかないだろうなあ」

一体全体今日何本めなんだろう、ハイライトに火をつけて、信拓が言う。

「君を精神病院にぶちこむ訳にはいかないしね」

「でも……でてって、どうする訳？」

「……それが問題なんだ。とりあえず、何日かは暮らしてゆけるだろうけど、その後がね」

「何日かは暮らしてゆけるって……」

「ほら」

一郎、あたしの目の前で、背広のポケットから黒い皮の財布をとりだしてみせた。

「もとちゃんが、俺は常時、七、八万は持って歩くって書いてくれたおかげで、七万五千三百円、あるんだ」

「僕が三万二千円」

「あたし、一万千三百二十七円。一応、この中でたった一人、主婦でしょ。スーパーで買い物しつけているせいか、一円玉も持ってる」

「で、拓とあもーるがゼロ、と。でも、とにかく十二万弱はある訳で……。これなら、まあ数日の生活は何とかなるんだけどね」

「でも……それ、日本の政府が発行したお金じゃないでしょ。そんなもん、使っていいの？」

「俺達、別に日本国民って訳じゃないから、日本政府にそこまで遠慮する必要はないと思うんだが……」

「あたしは日本国民よ。それにあたし……やだもん、贋札作りでつかまんの」

一郎からお財布ひったくり、中のお札をしげしげ眺める。でもこれ……どう見ても贋札に見えないのよね。

「まあ、それは大丈夫だと思うよ。まず、これが贋札だと疑われることはないと思うし、僕達つかまる程ドジじゃないつもりだし……万一つかまったとしても、僕達の身元をわりだすことは不可能だし、僕達ともとちゃんのつながりを発見できる警官がいたら、可哀相にそいつは精神病院送りだろう」

うん。だろうな。

「それに……もし、うまくいけば、数日中に僕達、また君の小説の中に戻れるかも知れないし」

「あたしは嫌よ」

拓、わめく。

「あたし、何が何でも待遇改善を……むぐっ」

一郎、最初に〝泥棒〟ってわめこうとしたあたしの口をふさいだ時のように、音もなくすばやく拓の口をふさぐ。

「とりあえず、外も明るくなったようだし、俺達一応失礼するよ。また、連絡するから」

「そうね。また」

「じゃあ」

「むぐぐぐ……ぐ」

一郎――うわあ、無茶苦茶莫迦力――左手で拓の口をふさいだまま、右手一本で拓をひょいと持ちあげる。

「明け方になっちまったけど……良い夢を《Have a nice dream》」

ウインク一つ。あもーるが、実に優雅に、一郎の為にドアをすっとあける。

き……気障だあ、あまりにも、いくら何でも気障だ！　あたしが思わず口をあけ、呆然としているうちに、台風一過。連中全員、行ってしまった。

き……気障が服着て歩いているようなキャラクター、作んなきゃよかった……。

PARTⅡ　いとしの……

「……は」

その日の夕方。あたし、場末の暗い道を一人で歩いていた。驚天動地で始まった今日も、どういう訳かまったく例によって例のとおり、いつものパターンでおわってしまって……何か、気、抜けた。

だってね、あんなことがあった後だっていうのに、まるでいつもの如く、母はあたし見て「あら素子、今日は早いのね」でしょ、授業だっていつも通りで午後の一つが休講で、サテン行ってぼけっとしてたらSF研の連中が来て、みんなで数時間〝無重力状態でラーメンをいかようにして喰うか〟って莫迦なおしゃべりして、あとで麻雀に誘われて、頭がかなりぼけてたもんだから無闇やたらとふりこんじゃって、のみに行くのはさすがに面倒で。で、今、一人でぶらぶら歩いてるとこ。ぶらぶら――少しは頭、はっきりさせようと思って。電車にのれば、うちから大学までほんの三十分なんだけど、いいんだ、今日は一時間半かけて歩こう。さいわい風もあったかくなってきたしね。

と。

ばす。

思わず、よろけた。何かが肩のところにぶつかって。何か——あ、人の肩。

「あ、ごめんなさい」

つい、謝ってしまう。落ち着いて考えてみれば、どうもむこうからぶつかってきたみたいなんだけど、あたしもぼけっと歩いていたしね。

「どこに目をつけて歩いてんだよっ！」

三人組の男女。二人が男で一人女。そのまん中の男が言った。

「あ、ごめんなさい、本当に」

「ごめんですむかよ」

「……へ？」

この時は、あたし、本当にぼけっとしていて、頭、まわんなかったのだ。と、あたしにぶつかった女の人が、肩を抱いてうずくまる。

「いたたた……」

「おい、どうしてくれんだよ」

「は？」

「こいつ、怪我したんだぜ、あんたのせいで」

「は？　……余程お体弱いんですか？」

「何トロいこと言ってんだよ。人に怪我させたんだぜ、人に。治療費くらいだしな」

「へ……？　ああ」

なあんだ、ゆすりかあ。そういえば道の前後左右、完全に人影ないもんなあ。ひどくゆっくり考える。

いけないなあ、感情の動きが、まだまともになってないや。本来ならこういうのって、もっと派手に驚いたりおびえたりしなきゃいけないもんだろうに。朝の驚きとそのあとの気抜けがひどくって——小説のキャラクターが実体化しちゃったっていう事実に較べれば、ゆすりなんて本当に、なあんだ、ゆすりかあって感じなのよね。

「おい、治療費くらいだしなって言ってんだよ」

中央の男がじりじりあたしに近づいてきて、あたしもつられて少しあとじさり、塀ぎわにおいこまれた形になってしまう。何て——えーい、ぼけてる場合じゃない。何とか正気になって、多少おびえたり何だりしてあげないと、チンピラさん達のプライド、いたく傷つけることになってしまうではないか。

「この子、ちょっといかれてんじゃないの？」

怪我してる筈の女の子が言う。

「……みたいだな。ま、どっちにしろ財布くらいは持ってんだろ。ほら、出しな」

左の男が、あたしのショルダー・バッグに手をのばす。本能的に、その手を払う。と、この動作がいたく気に障ったらしく、男、嫌な目であたしのことをじっと睨み、それからあたしのほっぺたひっぱたいた。いた！

「いったあ……」

痛かった。がんがんした。ほっぺたじゃない、頭。ひっぱたかれた拍子に、思わず少し体がのけぞり、後頭部、ブロックにぶつけてしまった。

「ちょっと、何すんのよ！」

台詞と同時に右手がでて、あたしをはたいた男のほおをはたき返してしまう。

やば。本気で怒らせたかな。これは……まずかった。これはいけない。とはいえ、今更、この場をとりつくろう気になんてなれない。

そうよ大体。

感情が、ようやくもどってきた。

そうよ大体。何だってあたしがおどおどしたり謝ったりしなきゃいけないのよ。だ……誰がおとなしくゆすられてやるもんですか！

「この野郎！」

またなぐられ、再びなぐり返し、と、またなぐられ――なかった。

「お宅達、本気で治療代の必要な体になりたい訳？」

あたしをなぐろうとした男の手をうしろにねじりあげ、一郎が立っていた。

「な……なんだおまえは」

「さあ、なんだろうね」

なぐりかかってきた男を、ほとんどよけたという印象も与えず、すっとよける。

「五秒時間あげよう。その間に、逃げるか治療代の必要な体になるか、どっちかに決めてくれ」

もう一人の男の足を軽く払う。

「ほれ、秒読み開始。五……四……」

軽くあたしの肩をおす。と、あたしをなぐろうとした男の右手、あたしの体がなくなっちゃった空間を思いっきりなぎ、いきおい余ってブロックに激突。

「三……二……あれ、逃げちゃった。あいつら、意外と頭いいんだね」

まっ白のハンカチとりだすと、そっとあたしの口許をぬぐってくれる。それから、よけた拍子にブロックですってしまったあたしのひざに、そのハンカチ、包帯のようにまきつけて。

「い……一郎、あ、あんた、何でここに、何だってこんなタイミングよく」

それまで——一郎の出現からずっとぼけっとしていたあたし、ようやく口をひらく。口をひらくと、やつぎばやに台詞がこみあげてきた。

「やっぱ、今朝のできごとは夢じゃなかった訳ね、それにしても無謀よあなた、あんな挑発的なことして、むこうが刃物持ってたら一体全体どうする気だったの」

「その……ね、もとちゃん」

一郎、あたしがおっことしたショルダー・バッグひろってくれながら言う。

「俺としてはまず、今のどの質問から答えたらいいんだ?」

☆

十五分後。あたし達は、公園のベンチにすわっていた。顔洗って、少しはれたとこ、水にぬらしたあたしのハンカチでひやして。

「ま、偶然もとちゃんがからまれたところを通りがかったって言っても信じないだろうね」

「信じない」

「その理由は、じゃあおいおい説明するとして、まず、怒ってんだ、俺は」

「何で」

「お宅はね、女の子なんだよ。それも相手は三人。俺がいなかったら、ちょっと悲惨な目にあってたと思うぜ」

「う……ん。それは感謝してる。ありがと」

「別に感謝なんてしなくてもいいからさ、もう二度と、あんなことしなさんなよ」

「あんなことって……ゆすられるのは、本人がさけようと思ってさけられることじゃないでしょ」

「素直にお金払えばいいんだよ、ああいう時は。自分の体と数千円とでどっちが大切か判んない訳でもあるまいに」

「だって……口惜しいじゃない。理不尽だもの、納得できないもの、ああいうの」

あたし、ふくれる。

「納得できなくたって、怪我するよりはましだろ」

一郎、少し手荒にあたしの顔を上にむけさせる。しげしげ眺め。

「ま……さいわい顔に傷はつかなかったみたいだけど」

「でもね、怪我するのは嫌だけど、自分で納得できないことをするのって、あんまりプライドが」

「お宅のプライドがどれ程のもんだっていうんだ」

「これ程のもんよ」

そりゃ、確かに一郎の出現はありがたかった。でも……この言われ方。そして、あたしのあごに手をかけてあおむけた一郎のやり方。どこがっていう訳じゃないんだけれど、どことなく、何となくむかっときて――で。思わず。

ばし、なんて音をたてる程じゃなかったけど。あたし、一郎をひっぱたいちゃった。

「あ……あ……ごめん」

赤くなって――青くなって――赤くなって。わ、どうしよう、どうしたらいいんだろう、あたし、あの、あたしを助けてくれた人をはずみでひっぱたいてしまった。いたたまれない程の恥ずかしさを覚える。

「ごめん、本当に」

あたし、一言叫ぶと、慌てて立ちあがり、駆けだした――ううん、駆けだそうとした。なのに、そのあたしの手首を、一郎はしっかりと握っていて放してくれない。

「じゃ、それなら……あくまでプライドを守るっていうんなら、こうしなさい。今度ああいうことがあったら、変にかっこつけないで、思いっきり大声で悲鳴あげつつ相手の男のまたぐらけりあげるように」

「ま……またぐら、けりあげる？」

「本気で自分のプライド守ろうと思うなら——腕力で対抗しようがないんだから、それくらいのことはしないとね。それができないんなら……もっと強くなるんだね」

それから、ちらってあたしの顔を見て、ため息ついて。

「まだまだ……ガキなんだねえ」

何となく、複雑な表情。ふん、ガキがあんたの親で悪かったわね。

一郎、苦笑をうかべて手を放した。あたし、放たれた矢のように、何も考えず、いっさんに家へむかって駆けだしていた。

で。おかげで。聞きそこねてしまったのだ。

何だって、あまりにもタイミングよく、一郎があそこに出現したのか、その理由を。

☆

「うー……」

その晩。あたし、机の前でずっとうなっていた。

もう間近の締切り。今日手をいれないと、いくら何でも完全に間にあわない締切り。今更、別の話書いている時間は、ない。

でも。この原稿に手を加える気、ない。――というより、この原稿に手を加える気になれない。

本当にもう、キャラクターは実体化するし、拓は待遇改善要求！　だなんて叫ぶし、一郎には悪いことしちゃったし。もう、恥ずかしくて恥ずかしくて、とてもこの原稿、読み返せない。とはいえ、SF新人賞っていうと、本当に久しぶりで――でも。

あーもう、見たくもないんだこんな原稿。

いいや。

あたし、原稿を、まとめてくずかごの中に放りこんだ。いいや、知らない。もう寝ちゃお。かといって。今寝ちゃうと、朝、母がこのくずかごの中味始末しちゃう訳で……それはやっぱり、あまりに申し訳ないような気がしないでもない。

こんな原稿、手許においておきたくない、かといって捨ててしまう訳にもいかない。この葛藤の産物として――うーん、このへんの心理って、すごく説明がむずかしい――あたし、何故か原稿はくずかごにいれたまま、そのくずかごを洋服だんすの中にかくしてしまったのだ――。

☆

一郎をひっぱたいちゃったあと、十日程連中は姿を見せず――その間あたし――時間がたてばたつ程、むかむかしてきた。

一郎の出現は、すごくありがたかった、確かに。一郎の言うこともっともだと思う。一郎には悪いことをしたと思う。

でも。でもやっぱり、すごく、ずるいと思うのだ。

女の子は、どんなにがんばったって、男みたいな筋肉はつかないんだもん。強くなるんだねって一郎、さらっと言うけど——肉体の構造が違うんだもん。持って生まれた性のせいで理不尽なことに対抗できない、なんていうの——ものすごおく、ずるいと思うのだ。

で。数日の間、ずるい、ずるいって思ってすごして——ようやく、おちついた頃。唐突にあもーるがあらわれ、新居が決ったから遊びにおいでって誘われたのだ。——で。

「飯田橋の駅から五分くらいよ。すっごく便利なとこなの」

地下鉄の中でこう言われた。地下鉄に乗っている男達の視線、大半があもーるに集中している。

「い……飯田橋の駅から五分？」

一等地、ではなかろうか。

「ええ。割と感じのいいマンションよ。第13あかねマンションっていうの」

マンション？

「三階建てでね。二階と三階、借りきってるの」

「か……借り、きる？　何だってそんな無駄なことを……あ、へ……部屋代は……」

「月に十……何万だったかな、共同会計でこすもすがやってくれてるから、あたくし詳しくは知らないんだけど……」

「……全部屋で十万？」

「まさか。一部屋よ」

じゃ、合計四十何万――うぅん、借りきっているっていうんだから、もっとだ。敷金だの何だので、その何倍ものお金が必要だった訳で……。い、一体全体、どこからそのお金、手にいれたの？

「こすもすがね、はじめてお客さん呼ぶんだからって、すごくはりきってお料理してるわよ。こすもす、お料理、うまいわね、本当に。彼女いい奥様だわ」

「お料理……食べる訳？」

「え？」

「あの……あもーるも、何か食べたりする訳？」

「……ええ。何で？」

そうか。たとえ小説のキャラクターといえども、現実世界では食糧がいるのか。でも……とすると……食費はどこからでてる訳？

「小説の世界にいる時は気づかなかったけど、実際生活してみると、お金って結構かかるのね。お洋服も高いし、美容院に行くとか、そう、生活用品も大変だったわ。テーブルとかたんすとか、高いのねえ」

……そうだ、家具！

「生計は？」

「みんな真面目にお仕事してるわよ。一郎はイラストレーターやってるでしょ、拓は生け花の先生、あたくし、ファッション・モデル。こすもすは、家事全部やってくれてんの」

……ほ。一応まともな職業だ。でも。

「イラストレーターって……」

あもーるがファッション・モデルになったのは、実に素直に納得できるのだ。モデルクラブに一回足をはこべば、彼女の容姿が放っておかれる筈がない。でも……イラストレーターって。この、一人も知りあいのいない世界で、一体全体どうやってまず最初の仕事、手にいれたんだろう？

「あら、もとちゃんじゃない、一郎を天才画家って設定したの」

「そりゃ、設定はそうだけど、実際この世界では彼、まるで無名の筈で……」

「そお？　でも、何か、わりとすんなり仕事手にいれたみたいよ。夜、イラスト何十枚か描いておいて、昼間、信拓がそれ、いくつかの出版社にもっていったの。すぐに小さなカットの依頼がいくつか来たわ」

ふーん。あ、そうか、一郎かしこい。彼の専門は油絵だけど、油絵じゃ、描きあがるのに月単位の時間がかかるもんね。とりあえず、早くできるものをやった訳か。

「一郎、すごく感謝してるみたいよ。もとちゃんのイメージが、いい加減で助かったって。

あなた、あんまりしっかりしたイメージ持たずに、とにかく絵の関係のことなら一郎は天才だって設定したんですって？　本来なら油専門でこんなにすぐイラストレーターとしてデビューできる訳ないんだけど、いい加減なイメージのせいで、イラストレーターとしてもやってゆけそうだって。拓は、生け花教室の看板だして……もう生徒さん、二人もいるのよ」

……二人も？　あれ？

生徒二人。ちいさなカットの仕事。こ……こんなんで何十万ももうかる訳ない。いくらあもーるがモデルとして最高の素質持ってるとしても、数日で何十万もかせげる訳ないし……大体、マンション、どうやって借りたの？　住所不定、保証人なしのこの連中に、マンションを貸そうって人がいるのかしら。

この辺の疑問を、あもーるにぶつけてみる。あもーるの答は、至極簡単で——おそろしかった。

「ああ、それは信拓が交渉したのよね。一年分の家賃、先払いしたら、文句こなかったわよ」

い……いちねんぶん？　何百万って単位！

「ああ、最初のお金。……あは、それはちょっと、ずるしちゃったのよね」

「ず……ずる？」

怖かった。本当に。

一郎。今までに書かれたどの小説の主人公よりも、強い男。彼なら、どんな銀行でもおそえる。

信拓。言語学の天才、情報屋、マッド・サイエンティスト。どんな機密も手にいれられるし、タイムマシンでも重力コントロール装置でも作れるかも知れない。

あもーる。人の恋心を自由にできる。彼女がその気になったら、彼女にほれずにいられる男は存在しないだろう。どんな大金持ちでも、平然とたぶらかせるし——それよりも。彼女の持っている香水——ラヴ・エッセンス。あれが一滴でもかかった人物は、かかった直後に見た人物に一目ぼれしてしまうのだ。あんなすさまじいほれ薬、何億の値がつくか想像できない。

そして——ああ、これ、一番考えたくない、拓。空間を自由にねじまげられる人間。直接どういう利益にむすびつくか考えられないけれど、下手をすると、人類にとっての最終兵器になりかねない人間。そうよ、たとえば、核爆弾おっことすのより——敵の国を、そのまますっぽり全部どこかの亜空間にとじこめてしまえば。その軍事的価値は、億や兆の単位で数えられない！

「一郎がやったんだけど」

……ほっ。せいぜい、銀行強盗のセンだ。

「彼、今までに書かれたどの小説の主人公より強く、絶対負けない人間でしょ」

……ごく。

「彼に馬券買わせたの。すごかったわよお、大穴につぐ大穴。わずか数日で数千万」

……ああ……よかった……。平和利用だあ……。

「でも、ああいう方法でかせぐのは邪道だから……とりあえず、住むとこさえみつかれば、あとはちゃんと地道にかせごうねってみんなで言いあったの」

いい連中だ。さすが、あたしのキャラクター。誰か一人がその気になりさえすれば、いくらでも濡れ手で粟って方法があるのに。

安心――心からの。

でもって、あたし、また聞き忘れたのだ。何故、夜、一郎がイラスト描いて、昼に信拓がそれを出版社へもってゆくのか――裏がえして言えば、一郎は昼間、何しているのか。また、信拓は。信拓一人、働いていないのは、何故かってこと――。

☆

地下鉄有楽町線の飯田橋駅降りて。第一勧業銀行の並び、コージーコーナーのある角まがり、裏道抜けてすぐのところに、第13あかねマンションはあった。

レンガ――では、ないな。レンガをまねた、タイルの壁。なかなか近代的で、きれいなマンション。

階段のぼって、三〇二、秋野信拓・こすもすって表札のでているドアをノックする。と――。

☆

ぱあんっ！

目の前で、クラッカーが破裂した。五色のテープがあたしの髪にかかる。一郎。

「ちょ……ちょっと一郎！　それ、人にむけてやらないようにって書いてなかった？」

「書いてあった」

「じゃ、どうして」

あー、驚いた。本当はもう、腰抜かさんばかりに驚いたのよね。一郎にくってかかるって行為のせいで、かろうじて意識保てた程。

「そんなに驚いた？」

「うん。……じゃなくて、危ないでしょ！」

「これでおあいこ」

「え？」

「このあいだあんたが俺ひっぱたいたの、これでおあいこにしよ。な？」

クラッカー——一個だけ。そうかあ、彼、わずかこれだけのために……あたしとおあいこの立場になる為だけに、こんなこととしたんだ。

「あ……うん」

全然、まとも、というか、気のきいた台詞が言えずに、あたしはただ、うなずいた。

「さて……と」

部屋の奥にいた信拓が、のそりとでてくる。

「では、もとちゃんも来たことだし、そろそろ食事にしないか?」

☆

成程、こすもすはいい奥様だわ。いい奥様……そんな台詞じゃ、おいつかない。おいしかった。すごく。すごく——もう、形容を絶する程。

「すごいな、こすもす、お宅こんなに料理うまかった?」

って一郎が連発するってことは——こすもす、余程腕をふるったんだろうな。

形式としては、立食パーティだった。見事においしいカナッペ、各自とりわけるようになっているスパゲッティ・ボンゴレ(これが絶品!)、かいわれ大根のサラダ、海草のサラダ、ツナ・サラダ(サラダがやたら多かったのは、やっぱり中年太りの信拓を気にしてかな。いずれにせよ、このサラダもすごかった。セロリが全然食べられない筈のあたしが、ドレッシングにごまかされて、セロリ、食べちゃったもん)、ロースト・チキン、片隅においてあるのが勿体ないチーズ・フォンデュ、そしてパウンド・ケーキ!

すごい! おいしい! すごい! 天才! ってほめ言葉、連発する。こすもすは、凄く嬉しそうに信拓の腕にぶらさがり、あたしににこっと微笑みかけて。

「ありがと。全部、もとちゃんのおかげよ」

「あたしの？」

「そう。理想的な奥様って……家事、うまいのねえ。自分で感心しちゃう」

「ま、いろいろ心配かけたけど、これで一応、僕達の身のふり方も決まった訳で」

ひととおり全員が満腹すると、信拓が全員を代表してこう言う。

「まあ、これから先は、作者と作中人物っていう関係じゃなくて、友人としてつきあってゆこう。さいわい僕達全員、何とか自活してゆけそうだし。どう？」

「あ……うん」

うなずきはしたものの。何か、妙に怖くておちつかない——小説のキャラクターが、こんなに容易に現実に適応しちゃっていいものなんだろうか？

「じゃ、もとちゃん、あんまり遅くなると家の人が心配するだろ」

「う……うん」

「送ってってあげる。ちょっと待っててくれよ。着替えてくるから」

気障一郎、たかが女の子一人送ってゆく為だけにいちいち着替えるのか。

一郎はドアをあけ、廊下へでてゆく。こすもすは汚れた食器を台所へ運びはじめ、あもーるはそれを手伝い、信拓はソファで悠然と煙草ふかしだし。全員の視線があたしをはなれた、そのほんの一瞬に。拓がすっとあたしに近づいてきた。耳許で、小声で呟く。

「覚えといてね、もとちゃん。あたし、男になりたいっていうの、あきらめた訳じゃないんですからね」

「え、だって拓、それは……」

「いつか一郎が気を抜いた時を楽しみにしてるわ」

「え？　一郎が何？」

「ん？　俺が何？」

ドアが開いて、一郎がひょこっと顔をだす。

「あら一郎。ちゃんともともちゃん送ってくのよ。送り狼にならないようにね」

拓、一郎の姿見ると、急に声を一オクターヴ、はねあげた。もっのすごく明るい声だして。

「じゃあね、もとちゃん、気をつけて」

かなり強く背中を押され、部屋から外へでてしまう。

「あ……じゃあ」

「気をつけて」

ドアが、ぱたんと閉じた。

☆

変化のない一カ月。日めくりのカレンダーは、一枚ずつ一枚ずつ減ってゆく。気温はだんだん高くなり、そろそろ前期試験シーズン。あんな莫迦な出来事のせいで、原稿書く意欲が一時的に失せてしまい、何か無闇やたらと時間がある。一日が四十時間くらいあるみたい。

冷たいんだか、それとも仕事がいそがしいんだか、あのパーティ以来、〝絶句〟連は一度もあたしの前に姿を見せなかった。一ヵ月も姿を見ずにいると、あの出来事がすべて、夢か何かの冗談であるような気がしてしまう。

何もおこらない、たいくつな――あまりにもたいくつな一ヵ月。

後悔しているんだ、本当は。

日常生活。朝起きて、ごく普通に食事をし、大学行き、授業聞き、レポート書く。SF研の連中と遊び、夏休みのバイト探してアルバイトニュースをひっくり返す。暇をもて余し、割とごろ寝しがちな生活。中流の、ごく平均的な家庭。両親、祖母と妹。

この、たいくつな一ヵ月が――あたしの、平凡な人生の最後の一ヵ月だったなんて……知らなかったものだから、ずっと、何の感動もなく、すごしてしまった……。

☆

忘れもしない、七月十五日。

「これは……遅刻かな……」

あたし、駅までの道を少しいそいで歩きながら呟く。これは遅刻だな。うちから大学まで、三十分。大学の一時限めは九時ジャストに始まり、今、八時五十分。ただ、大学のいいところは高校と違って、遅刻や自主休講について殆ど文句言われないってところなのよね。いいや、走ること、ない。明日っから前期試験だから、ひょっとすると今日の授業、休講かも知れないし。

薬屋さんの角をまがる。ここから駅までは一本道。と。

「はあい」

目一杯明るい声かけられた。淡いブルーのサロペットスカートはいてピンクのブラウスなんか着ちゃった――拓。

「あ、おひさしぶり」

「やっと二人っきりになれたわね」

……へ？　やっと二人っきり？

「ちょっとつきあって欲しいんだけど」

「あの……学校が……」

どうも何か拓って苦手。

「放課後まで待ってくれない？」

「冗談。放課後まで待ってたら、また一郎が来ちゃうわよ」

「い、また一郎が？」

「やっだ、じゃ、もとちゃん気づいていないの」

拓、派手な叫びをあげ、歩きだす。駅とは九十度方向の違う、人通りの少ない道。つられてあたしも歩きだして。

「気づいてないって何に？」

「一郎、一日中あなたの尾行してるのよ。おかげで今まで、あたしあなたに手をだせなかったんじゃない」

「一日中尾行？　なんだってそんな暇なことやってんのよ」

……あ、どうりで。例のチンピラさんにからまれた時、実にタイミングよく一郎がやってきた訳だ。

「本当に気づいてないのね、何も」

拓、くすくす笑う。

「信拓の旦那の言うとおりだわ。もとちゃんって、割と現実認識ができない娘だから、おそらく気づいてないだろうって……はは、本当に気づいてないのね」

「気づくって何に」

「自分の立場。今やあなた、超国家レベルのＶＩＰなのに。……っていっても、あなたがそんな重要人物だって知ってるの、今のとこあたし達だけだけど」

「ど……どこが、あたしのどこがＶＩＰなの。あんたが——空間をねじまげられるような無茶苦茶な超能力者がＶＩＰだっていうのは判る。けど何だってあたしが」

ちいさな公園にはいっていった拓をおいかける。

「あら、あたしや一郎達がＶＩＰだっていうのには気づいている訳？　それに気づいて、何で自分のことに気づかないのかしらね。……もとちゃん、あなたはね」

砂場脇のベンチに、拓、腰をおろす。つられてあたしも腰かけて。

「あなた、あたし達みたいな現実には存在しようのない超能力者の生みの親なのよね」

「うん」

「うんってあなた……それが判ってて自分の重要性に気づいていないの？　あなたがまた原稿用紙にむかえば——あなた、あたし達みたいな超能力者を量産できるかも知れない人物なのよ。いくらでも特異な能力を持つ者を、たかが原稿用紙に字を書くって行為だけで作りだせる人間——そんじょそこらの水爆なんかより、余程価値があるわよ」

「！」

そ……そうだった！　あ、あたし！　あたし自身！

原稿用紙に書いた人間が、実体化してしまった。あたし、これを単に、一種の天災みたいなものとしてうけとめてたんだけれど——考えてみれば。

間違いなく、そのとてつもない事実をひきおこした基本原因はあたしなのだ。そして、あたしの書いた文章は、極めて正確に事実となっている。こすもす、という名の前に、ほんの〝理想的な妻〟の五文字をつけただけで、こすもすはあんな料理の天才になった。あもーる、という名の前に、ほんの〝美女〟の二文字をつけただけで、あもーるはあんな無茶苦茶な美女になってしまった。ということは、たとえばあたしが〝理想的な兵士〟の六文字をつけたキャラクターを作れば……。

「誰かが、もとちゃんの、その凄まじい才能——というか、一種の超能力に気づいて、もとちゃんを何かの目的で利用しようと思ったら、世界はどうなるか判らないじゃない。なのに、もとちゃんは、個人としては、まったくかよわい女の子なのよね。身を守る術一つ持ってない。だから一郎が、ずっと、ひそかにボディ・ガードしてたのよ」

「……」

「ま、ボディ・ガードとしては最高だけど。何せ、〝誰にも負けない〟男なんだから」

「で……その……一郎は……」

「今？　信州——もう東京にむかってるかしらね」

「信州？　何でそんなとこに？」

「本人としては、行く気、なかったでしょうね。ただ、あたしが彼の部屋のお手洗いの空間と信州くっつけちゃったから」

……そういえば、そういう無茶苦茶なことができるんだ、この男は。

「夜、お手洗いに行ったら、そのまま信州にでちゃって——驚いたでしょうね、彼。信州についたの夜中——っていうか、あけ方だったから、今、東京へむかう電車の中で一人苛々してんじゃない？」

「な……何でそんなこと」

「言ったでしょ」

拓、にっこり笑う。

「あたし、絶対、ちゃんとした男になるの、あきらめないって。もとちゃんに、男にしてくれって迫る時、そばに一郎にいられると困るのよ。何つったって彼、無茶苦茶に強いんだから」

……ちゃんとした男になりたい、ですって？　この、拓が？

あきれた。あきれ果てた。

だって、この思考法。どこからみても――女の思考よ。世界がどうのこうのって目的でつけられたボディ・ガードを、個人の服装の問題ではずしちゃうんだから。

「ね……拓。あたし思うんだけど、あなた、その性格でいる以上、ちゃんとした男にならない方がきっとしあわせだわ」

「何で……って、ふふ」

拓は、何故か、いともしあわせそうに微笑んだ。

「多分、もとちゃんはそういうだろうと思ってたんだ」

こ……このにこやかさが、怖いのよお。

「でね、あたし、切り札用意してきたの、ちゃんと。もとちゃんが自発的にあたしを男にしてくれるように。……ね、もとちゃんあなた男性の好みはノーマルよね」

「ノーマルって……」

「ほれた男が女装してんのに耐えられる？」

「ほれた……あー！　拓！　ひょっとして」

あたし、立ちあがる。

「ふふ、気づいた？」

拓も立ちあがり、ショルダー・バッグから何かをとりだす。やっぱり――ラヴ・エッセンス！

「あもーるからくすねて来ちゃった。これ、あなたにかけると」

じょおっだんじゃない！　自分のキャラクターにほれてたまるか！

あたし、とにかく駆けだす。困る。困った。あたしの描写は、今までのところ、逐一正確に再現されてるんだ！

「ちょっと！　もとちゃん！　逃げると余計ひどい怪我するわよ！　これ、かぶった直後に見た人を無条件に恋しちゃう薬でしょ。氏素姓の判んない人まず見ちゃって恋におちるのより、あたしと恋におちた方がいいわよっ！」

びん持ってどなりながらおいかけてくる拓。あんたは氏素姓があまりに判りすぎるから嫌なのよ！

走りながら、サンダル脱ぐ。えーい、ヒールが邪魔だ、はだしの方がまし。

もう、死にもの狂いで走った。拓の足が速いって設定、しないでよかった。あたし、そんなに走るの速くないんだ。拓は一応、結構ヒールの高い靴はいてるし。

とはいえ。やはり拓は男であたしは女。並みの男と並みの女がかけっこしたら、やっぱり男の方が速いのよ。

角まがる。わっ、追ってくる。また、角まがる。

道ゆく人々があたしと拓に注目してるのが嫌って程よく判った。いい年した——十九の女と、二十二の一見美少女が街中を全力疾走してんのって、確かにすごく珍しい光景だろう。

無意識に足が家の方へむかう。次の角まがると、家まで一本道。とにかく家の中へはいって玄関の鍵、閉めてしまおう。

と。むこうから——今、まさにあたしがまがろうとした角を、逆にあたしの家の方から全力疾走してきた女の子の姿。あ、危ない。

ばしん！

ものの見事に、あたしと女の子、正面衝突。

「つかまえた！」

まうしろで拓の声。

「誰かその女の子つかまえてくれ！」

すぐ前で——女の子をおいかけてきたらしい男の声。——あ。

「一郎！」

あたしと拓、同時に叫ぶ。

「もとちゃん？」

一郎も叫ぶ。

そして。

どしっ。

駆けてきたいきおい余って、拓、みごとにずっこけた。転んだ拍子にラヴ・エッセンスこぼして。

ラヴ・エッセンス、かかってしまった。あたしと一郎と女の子に、ほんの一滴か二滴。そして――大半は、拓自身に。

☆

凍りついてしまった。あたし達。

一郎は、あたしを見ていた。

むこうから駆けてきた女の子も、あたしを見ていた。

あたしは、一郎を見てしまった。

そして――拓は。拓は、じっと、一郎を見ていた。

「一郎……どうしてここに」

数秒の沈黙のあと、拓がようやく口を開き、あたし達の呪縛はとけた。

身長一五六、四十三キロ。髪は肩まで、少しくり色がかって、目はぱっちりとして、視力よさそう。筋肉はひきしまってて、全体的に派手で力強いイメージ。

あたしは、一郎から、おずおずあたしとぶつかった女の子に目をうつす。そして――瞬時にして、読みとる。その女の子の身長と体重。

何故そんなことが判るのかって？　そりゃ、確かに正確に判るとはいいがたい――でも。

多分ほとんど狂いはないと思うよ。

だって。その女の子、そっくりだったもん、ほんのいくつかの点をのぞいて、あたしに。

世の中に似た人っているのねえ——いや。ひょっとしてこの人、あたしの、親があたしにかくしてきた、双児の姉か妹かも知れない。それ程までに、よく似ている。

あたしの髪はまっ黒でパサパサ。彼女の髪はくりいろでやわらかそう。あたしの視力、〇・〇三で眼鏡ないと何も見えない。彼女、眼鏡なしでやってゆけそう。あたし、運動神経すごく鈍いけど、彼女、何かのスポーツ選手みたい。ひきしまったいい体をしている。あたしの鼻は低いけど、彼女の鼻はそんなに低くない。

差は、ほんの、それくらい。何ていうのか彼女は——まるで、理想のあたし。ほんのそれだけの差で、あたしは普通の女の子、彼女はわりと派手な感じになるのは——生命力の差、かな。彼女、とってもいきいきしている。

「拓、おまえな」

一郎、喉の奥で低くこう言うと、それから軽くため息ついて。

「ま、すんじまったことは仕方ないけど」

とたんに。女の子、立ちあがった。

「あ、おい」

一郎が声かける。のを、まるで無視し、女の子、ぱっと駆けだした。

は……速い。あまりにも速い。すさまじく速い。

「拓！　おいかけろ！」

「あ……はい」

……不気味だ。どうしよう。きいてしまったんだ、ラヴ・エッセンス。拓はぽっと顔を赤らめ、慌ててその女の子をおいかけだした。でも……勝負にならないのよね。

「……ま……無理かな」

一郎、立ちあがると服についたごみを払う。それからあたしに腕をさしのべてくれる。

「あの子、オリンピック級のスプリンターだ……。体調さえまともなら、つかまえられない訳はないんだが……」

「体調って……」

小説のキャラクターも病気になるんだろうか？

「一晩かけて信州から走ってきたもんで、いささか疲れてね」

！

「でも、じゃ、拓につかまる訳が」

「さあどうかな。もとちゃんみたいに遅い人間をおいかける時は、拓は単に走るだけしかできないけど、おいかける相手がある程度以上速ければ、あいつ、テレポーテーションして人をおいかけることができるから」

あ……そうか。

「でも……どうして彼女をおいかけるの？」

「どうしてって、もとちゃんが聞くの？」

一郎、心底意外って顔をする。その顔、徐々にしかめつらにかわって。

「見た瞬間、判ったような気がしたんだが……もとちゃんがそういうこと言うってことは……人違い、かな」

意味が全然判んない。

「けど、あいつの速さはちょっと常人離れしてたからなあ……。てっきりそうだと思ったんだけど……」

何だかんだぶつくさ言ってる一郎を見ながら、あたし、実はほっとしていた。よかった。一郎見ても、別にときめかない。ラヴ・エッセンス、作者であるあたしにはきかないのかも知れない。うん、きっとそうだよ。作者は作中人物の思考を越えたところにいなきゃいけない筈だもん、一応。

あたしは、別に、一郎にほれてしまったって訳じゃない。心の中でこういう文章を作ってみる。

「……何なの、あの子」

ふいにうしろで声。ふり返らなくても判る――拓。

「あの子、すくなくとも普通の人間じゃないわよ。普通の人間の速さをこえてた」

「何だよ拓。おまえがおいつけない訳ないだろ」

「人がいなければ。でも、駅前の人ごみの中でテレポーテーション、する訳にいかないでしょ」

そりゃそうだわ。

と、拓。あたしをまるで無視して、とことこ一郎に近づき。

「ね、今日、暇?」

「……いや」

「じゃ、明日は?」

「いや、おまえ……正気にもどれよ」

拓——なまめかしい。何か妙に。何か凄く。

「落ち着いて考えてくれよ。俺は男で——で、おまえも男なんだぞ」

「うん。判ってるわよ。単に予定聞いただけじゃない」

そのまま、拓、ちょっとあとじさり。あたしのすぐそばまで来て。

「……ねえ、もとちゃん。あたしのこと、女装の男じゃなくて、女装の女って書き直す気、ない?」

……何か、頭痛がしてきた。

☆

その日はあたし、頭痛を口実に大学休んだ。できれば丸一日寝ていたい——本当、そんな気分だったのだ。丸一日寝て——で、この精神的な疲れがとれるとは思わなかったけど、でも。これで丸一日起きているより、ずっと精神衛生にはいいだろう。
とにかくあたしは——肉体的にどうであろうとも、精神的に疲れていたのだ——そのまま一日ごろ寝をきめこんだ。

その晩、あたしは、夢をみた。

☆

白い――まっ白なところに、あたしはいた。ここ――どこだろう。見覚えがある。前に一度、来たことがある。

「……やっと……やっと、パターンの個体識別ができた。次元管理官ならすぐできたろうに……やはり素人は駄目だな」

どこかで声がする。声――頭の中に、直接ひびいてくるような。声――というより、意識。

あ、そうだ。唐突に、思いだす。

これ、あの時の――一郎達〝絶句〟連があらわれる直前夢にみたとこだわ。

「で……どうしたものだろうか」

この意識――例の、免許停止がどうのこうのって言ってた人の意識――を、まるで自分のそれであるかのように、身近に感じる。

凄い――苦しみ。この人は、何か、とてもやりたくないことをしなければいけないんだ。その、罪悪感。

「でも……」

一所懸命、自分をはげまそうとしているのが判る。

「私がちゃんとしなければ、年おいた両親が路頭にまよう」

唐突にうかぶ、家族のイメージ。わきあがる愛情。

「そうだ……この個体には悪いけど……やっぱり家族の方が……」

ごめんよ。

その人が、目一杯謝っているのを感じる。

ごめんよ。あなたには何の恨みもないけれど、やっぱり私、見知らぬあなたより、自分の家族の方が大切だ。

ごめんよ。

そして、世界はまっ白になり——白の度合がどんどん強くなり——ついには、目をあけているのが困難な程のまぶしさになった。

目をあけているのが困難な程の白——そして。

そして、赤。まっ赤。

唐突に視界は赤一色に染まった——。

PARTⅢ　おうちが火事だ、素子さん

「……ちゃん」

何かとってもきつい声に呼ばれて、意識が現実へと戻ってくる。

「もとちゃん！　早く目をさましてくれ」

「……眠いのお。もうちょっとねかせてよお」

もごもごと口の中で呟く。頭の芯は、まだ完全に眠っていた。

「午前中の授業、パス」

「おきろ！　おきてくれ！　火事なんだ！」

火事——かじっ!?

ぱっと目をあける。一面の赤。ぱちぱちという音。そして、炎。

「一郎！」

一郎は、乙女の寝室の中央に立っていた。

「俺に抱きついてくれ。抱いて逃げるから」

抱きつくって、あたし自分で歩け——うわっ！

家が、燃えていた。家——自体が。

火を吐く床。床からのびてきた炎の舌が、絨毯を焦がす。壁が自然発火する。壁を伝い、火はカーテンに移る。天井から降ってくる火。天井の炎が、手近な家具へと移る。

「早く！　俺の首筋に抱きつけ！」

一郎の足元。ぺろっとのびてくる炎の舌。ズボンに火が燃え移り——おそらくは足の肉が焦げているのであろう、たまらなく嫌なにおい。

あたしは。呆然としながらも、とにかく一郎の首筋に手をまわした。この状態の床には降りられない。

「いいか、しっかり俺につかまってろよ」

がらっと、雨戸をあける——いや。言い方が違うな。もえかすになってしまった雨戸をたき壊す。どうやって逃げる気？　ここ、二階よ。

「あの柿の木にとびうつるから——しっかりつかまってるんだぞ」

「無理よ！　たっぷり五メートルは離れてる！」

「黙れ。いいか……いくぞ」

あたし、死にもの狂いで一郎の首筋に抱きつく。一郎、あたしという重荷をつけたまま、ジャンプ。それも——たとえば、窓わくをけって、とか、助走をつけて、なんてこと、一切せずに。

一郎の両手はすっとのび——やった、柿の木の枝をつかむ——と。あ。わっ！

まるでジェットコースターにのったみたい。いきおいついて、そのまま大車輪みたいな感じで、ぐるっと柿の木の枝をまわり——あ！　あたしの手。自分の体重をささえきれなくなってしまった。ずるっとすべって。

次の瞬間、あたしは空をとんだ。一郎が、あたしの体を空中へ放りなげたのだ。左手で柿の木の枝につかまったまま、右手だけで。お……落ちるう！

重力の法則に従って、あたしの体、地面と衝突——しなかった。柿の木から着地した一郎が、間一髪あたしの落下地点へ走ってきてくれて、無事、あたしをだきとめてくれた。

「……ちょっとしたウルトラCだね、こりゃ」

ちょっとした、なんてもんじゃない。すっさまじい——ウルトラC。この人がオリンピックに出場したら、金メダルの山ができるわ。

夜気は、パジャマしか着ていない体には、じっとりと冷たかった。家の前の電信柱につけられた常夜灯。それが柿の木を、くっきりと照らしだす。そして。

そして、夜の闇の中に、赤々と燃えるあたしの家。赤々と——炎の魔物が、家を喰いつくしていた。

「おばあちゃん！　おかあさん！　おとうさん！　直子！」

あたしは。あたしは、その魔物に喰いちらかされた家の様を見て、ようやく正気にもどる。

思いっきり、叫ぶ。おかあさん！

「もとちゃん！　原稿は！」

ふいに背でせっぱつまった声。拓。

「洋服だんすの中のくずかごの中」

答えてから思いだす。拓──テレポーテーション、できる筈。

「拓！　直子助けて！　おばあちゃんを！」

拓の姿は、すでにかきけすように消えていた。そして──そして、次の瞬間。

がらがらと、家が崩れた。

☆

崩れてしまった家。新築してから、まだ数年しかたっていなかった家。白かった壁。そして──その家の中にいた、あたしの家族。

拓を責めてはいけない。それは、判っていた。例の、書きさしの原稿。あれが、もし燃えてしまったら、拓や一郎が──あたしのキャラクターが無事でいられるかどうか判んなかったんだから。あれが燃えてしまったら、拓達全員、消えてなくなってしまったかも知れない。

拓は、間一髪、間にあったのだ。洋服だんすの中におしこんだくずかご、そのくずかごの中の原稿を火事から救うことに。

でも、拓が、原稿を救うかわりに、あたしの家族を救おうとしてテレポーテーションしてくれれば。誰か一人は助かったかも知れないのだ。

書きさしの原稿──あんなもの、一週間あれば書ける。

でも、家族は。一週間じゃ——ううん、一生かけたって——死んでしまった家族は、とりもどせない。

おばあちゃん。おとうさん。おかあさん。直子。

みんな——みんな、なくなってしまった——。

みんな、みいんな……。

「素子ちゃん！」

誰かが、かなり派手にあたしの体をゆすっていた——あ、隣のおばさん。

「素子ちゃん、助かったのね？　他の人は？　おばあちゃんは？　寿江さんは？　直子ちゃんは？」

「……」

「今、消防署に連絡したから」

「おばさん……」

あたし、おばさんによりかかった。そのまま足がなえてしまう。

「おばさん……みんな……みんな……」

泣き崩れ——そして——意識が。

あたしはそこで、失神してしまった——。

☆

喪主は、あたしだった。

不審火ってことで、一応警察にも調べられたけど、放火の証拠は何一つなかったし、どこが火元なのかも、実は、まだ判っていない。

どこが火元なのか――そう。あの火事。落ち着いて考えてみると、おかしいのだ。火元となったところがないし、それに、あの火のまわりの早さ。どこか一個所から燃えだしたのではなくて、気をそろえて、家自体が、一、二の三で発火したとしか思えない。でも、そんな莫迦なことは――。

うちの近所に、おば――父の姉――が住んでいて、お葬式の用意その他は、全部、おばと社会人のいとこがやってくれた。あたしは、形式的に喪主をやるだけで。

そして、相続税がどうのこうの、火災保険の支払いがどうのこうの、家のローンがどうのこうのって問題も結構あって――両親共、当然のことながら、まだしばらくは死ぬ気はなかったみたいで、あたしにそういう話を全然してくれなかったから、この手続きや何やかや、結構ややこしくていそがしく――ちょうど、よかった。

こういう雑用にかまけていれば。こういう雑用におわれてさえいれば。あたし、忘れていられる。家族をまとめてなくしてしまったことを。

カレンダーは八月になり、やがて九月がもうすぐそこまで迫ってきた。

ここらへんで。今まではおばの家にとめてもらっていたのだけれど、ここらへんで。あたしは、決意しなければならなくなる。あたしの、今後の身のふり方について。

よりによってまた、ややこしい時期なのよね。

八月八日。その日をもって、あたしは成人になる。成人——法的な意味で、おとな。あたしが、もし、未成年だったら。ひきとられていただろう。誰か——それこそ、おばか何かに。

☆

けれどあたしは成人なのだ。

両親の退職金。保険。今までの貯金。これで、確かに数年、あたしは食べてゆけた——おばの家に寄生していれば。でも、特に上流って訳でもない、うちと同じ中流のおばの家に、そういつまでもいるわけにはいかないし——両親の遺産は、放っておけば減るばかりなのだ。ただでさえ、家のローンだの、あの土地を所有することによる税金だのがあるのに。

そして。九月の上旬になれば。やがて二学期が始まる——そうよ、大学。どうしたものだろうか。中退して働こうか、あるいは。

そんな時期に。あたしは、大森夫人と出会った。

☆

例によって例の如く、ぼんやりと、何もなくなった——家の骨組みさえもなくなった、もえかすのみがある空き地に、あたしは、ひざをかかえてすわっていた。これが、火事で家族を失って以来の癖なのだ。

ここに——玄関。そして、茶の間。北隣りがキッチン。キッチンの脇に両親の寝室。そして祖母の部屋。

焼けたあとの空き地を歩く。

茶の間。茶の間の焼け跡に立ち、上を見あげ。

そう、ここよ。茶の間の上。ここに、あたしの部屋があった。あたしの部屋——そういえば、一郎、大丈夫だったんだろうか。だいぶひどいやけどをした筈。ズボンが燃えてた。

一郎——拓——信拓——こすもす——あもーる。

あれから、誰にも会っていない。

拓があたしの家族を助けず、原稿を助けてしまったこと。あれ、やっぱり——理性では無理のないことだって判っていても——ショックで。会ったら連中をののしりそうだった。心から憎みそうだった。心から憎む——自分のキャラクター、自分の分身、自分の子供を。それが怖かったし、そんなことしたくなかったし——連中も、そんなあたしの気持ちを察してくれたよう。一郎のボディ・ガードもついていないみたい。

……さみ、しい、な。

ぽつんと思った。

会いに行こうか——飯田橋に。連中の家は判ってるんだし。でも……面倒くさい。いいや。柿の木の下に腰をおろしている方が楽。

柿の木の下で、ひざをかかえて。

と。

ききーって、音がした。前の道を車が走ってきたに違いない。あはん、御苦労様。今のブレーキの音でしょ。でられないわよ、あなた。

ふり返りもせずに、こう思う。

うちはね、地形的にとんでもないところに建ってるんだから。環状七号線からはいってくる道はあるの、確かに。で、一見、まがり角もあるように見える。うち、角に建ってる家だから。でも、そのまがり角の私道、無茶苦茶せまいんだから。小型車だって、通れやしないんだから。運転のプロである、タクシーの運ちゃんがぶつけちゃう道なんだから。

かちゃ。

ドアがあくような音。そして。

「ここでございます、奥様」

えらく丁寧な男の声。その声が、本当にあたしのまうしろで聞こえた為、あたし、思わずふり返る。と。

「みやっ！」

抱き……つかれた！

「どこへ行ってたの！　心配かけて！」

「あ、あの……」

あたし、このおばさん、知らないよ。

「本当にあなたったら悪い子ね、お母さんにこんなに心配かけて」

お……おかーさん？

「あ、あのですね、あたしは」

「奥様、違います」

わ、歴史物！　露骨にヨーロッパ映画にでてくる執事ってタイプの人が、慌ててその〝奥様〟を抱きとめる。

「こちらが、先程お話し致しました、お嬢様にうり二つの方で、新井素子様とおっしゃる方です」

新井素子様……手紙のあて名以外で、様つきで呼ばれたの、初めて。

「あらい……もとこ、さん？」

〝奥様〟は、最初ちょっと妙な顔をして、それからまじまじとあたしの顔をみつめて。急にまっ赤になって、あたしから手をはなした。

「あ、あら、本当……ごめんなさいませ、私、ちょっと勘違いしてしまって……」

「あ、いえ」

「家出を致しました娘に、あまりにもそっくりだったもので……」

「は、はあ」

「本当に……宮田の言うとおりだわ……そっくり……。あの、つかぬことをうかがいますが、あなたに双児の妹かお姉さん、いらっしゃいます?」

「いえ」

「じゃ、他人のそら似なのね。本当に……そっくり」

……? 何か、とっても妙な気がした。だってこの人、家出した娘を探してる訳でしょ。あたしに双生児の姉妹がいたって、あたしがこの人の娘でない以上、あたしの双生児の姉妹がこの人の娘である訳、ないじゃない。かわったことを聞く人だなあ。

「で、あの……大変失礼なことをうかがいますけれど、あなた、先日の火災で御家族をなくされたんですって?」

「……はあ」

「そうなの……。で……あのね、その……非常に不躾なお願いだって判ってはいるんだけど、もしよかったら、あなた、自分の収入で生計がたてられるようになるまで、うちにいらっしゃいません?」

「は?」

☆

詳しく事情を聞くと、大体こういうことみたい。

〝奥様〟は、大森鏡子、という人で、夫、大森哲雄。

大森哲雄。この人、社会事情にうといあたし、知らなかったんだけど、大森財閥の総帥なんですって？

大森財閥。三井、三菱、住友とならぶ、財閥。大森哲雄は、それのうち、大森銀行と大森生命の取締役、傘下に四十いくつもの大企業をかかえる大森グループのリーダー。実業界の大物。

で、まあ。この二人には、美弥という名の一人娘がいた……って言って、いいのかなあ？

ここから先が、とにかく訳判らなくなるのだ。

六月のある日、鏡子夫人は、家の前で美弥という娘をみつけた。（何かよく判んないんだけど……美弥と名乗る、二十近い女の子が家の門の前に捨ててあったって……えーい、普通、捨て子って、いくらとうがたってても二、三歳だ。二十近い捨て子がいるもんか！）で、まあ、何だかんだあって（この辺の事情、鏡子夫人がとにかく話したがらないんで判んないんだよね）、二人は美弥を養女にした、と。

養女になった美弥という娘――何か、記憶がなかったか、あるいは判然としなかったみたい――、何故か、練馬区の小竹町、栄町、板橋区の小茂根をやたらうろついた、と。どうやら、その辺に記憶のいとぐちがあるらしい、と。（で、この辺ってつまり、我が家のあるあたりなの）

と。ある日、夫人に言われて美弥のあとを尾けていた宮田さんという執事（ここで、何故執事さんが美弥を尾けていたのかも謎なのよね）が、あたし、新井素子を発見した、と。新井素子は、美弥にうり二つであった、と。

やがて。いつの間にか記憶をとりもどしたらしい美弥は、部屋にこもって考えごとをするようになり――そして、ある日。失跡した。

あとには。

もし、できることならば、彼女に何かあった時、新井素子さんを助けてあげて下さいってメモ残して――。

☆

当然。大森夫妻は、期待していたのだ。あたしが、美弥について、何か知っているのではないかと（最初、うちの母の経歴を、私立探偵使って完全に調べあげるまでの間、あたしを美弥の双児の姉妹だと思ってたみたい）。

ところが。あたし、あたしの母、およびうちの家族には。美弥という女の子との接点が何一つ、なかった。ただ、あたしの顔が、美弥とうり二つであるだけで。

「本当に……美弥の写真でもあればよかったんですけどね……」

鏡子夫人、あたしに何度も美弥のことを聞いたあとで、ため息をついた。

「言えることっていえば……あなたと違って眼鏡かけてないくらいで……」

そして。

何だかんだあって。

あたしが、美弥って子について何も知らないって判ったら、もうあたし、大森夫妻にとっては何の価値もない行きずりの女の子でしょ、でも、何故か。

大森夫人は、最初の約束どおり、あたしが自力で生計たてられるようになるまで、あたしの衣・食・住を保証してくれたのだ――。

☆

そりゃ、いっぱい、悩んだ。

あたし、大森家とは、何の関係もない。何の――本当に、何も。

その大森家で、あたし、大きな顔をして養われてていいんだろうか。

でも。おばもいとこも中産階級で――早い話、おばがあたしを養おうとすると、なかなか大変な訳。おばにはおばの生活があって――そこに、あたし、なんていう養う要素がはいると。

その点。大森夫妻は。

大変の〝た〟の字も、ないのよね。

女の子一人、養う。それって……全然、苦にならない訳。

こうなると。何か変な話なんだけど、身内のおばに苦労かけるよりは、まったく他人の大森夫人に苦労かける方がましだって気がしてきちゃうのよね。苦労――だって、おばにとっては、それって本当に苦労だけど、大森夫人には。全然、苦労じゃないんだもん。

ただ。あたし、苦労した。慣れるのに。

「素子様」

第一声がこれだもの。

朝起きると、まず、この声聞く訳。田村さんの。

田村さん。メイドさんなのよね。とっても上品な中年のおばさまで、教養はあるし、英語だけでなくドイツ語もできるし（あたしのドイツ語の宿題、ほとんど田村さんにやってもらった）、礼儀正しく……この、すばらしいおばさまが、あたしの——一介の女子大生にすぎない、あたしのルーム・メイドなのよね。

「朝食は、食堂でなさいますか？　それとも、ベッドで？」

望むと、ベッドで朝食なんていう——えーい、映画じゃないんだ！——ことができる。あーん、慣れないよお、こういうの。

それに。田村さんだけじゃなくて。

とにかく息がつまるのだ。

中産階級であった我が家に感謝！　ものごとは、何ごとも中流がいい。上流なんて……じょ、上流階級なんて、あんなもん、人間の階級じゃないっ！

とにかく非生産的なのよ。あたしのお出かけ用ワンピースが買えるようなハンカチ、何が哀しくて使わなきゃいけないんだ。こんなもん、もし、汚点でもつけたら……。そして、一切、汚すまい、と決心すると、ハンカチ持ってる意味がないのよね。ハンカチを持っているにもかかわらず、ちょっとお茶こぼした時、思わずブラウスでふいてしまう——なら、何でこんなハンカチがいるんだ。

お出かけ用に、五台の外車。家の総人口――家族は二人しかいないのに。おまけに、五台が五台とも、どっかのあんちゃんが、ついうっかりすり傷でもつけようものなら、卒倒するような値段がついてる。

あたしの部屋――単なる居候のあたしの部屋。あたしのベッドルーム八畳、あたしのバスルームとトイレ、あたしの洗面台、あたしの応接間十二畳、あたしの私室十二畳――おい、計何畳だ？――で構成されている。

人間なんて、立って半畳、寝て一畳ありゃ――ま、いくら何でもそれはあんまりか、でも、六畳あれば充分生活できる。家具がどんなに多くても、十二畳、いらないのに。何であたしの部屋が、こんなにばかっ広いんだ。

まして。あたし、立派な成人です。髪だって自分でとかせるし、服だって自分で着られる。喉がかわいたら自分でコーヒーいれることもできるし――何で。何だって、小学生ですらできるようなこと手伝う係がわざわざいるのよ？　着せかけてもらわなくたってコート着られるし、ひいてもらわなくたって椅子にくらい坐れる。

おばのうちにいる時は、それなりに気をつかった――いや、気をつかわせてもらった。お夕飯たべる。みんなが食べおわると、立って、食器を台所へ運んで。

「洗い物、やります」

「あら、もとちゃん、いいわよ。……あんなこともあったんだし、大学のお勉強もあるでしょう。あっちでTVでも見てらっしゃいよ」

なんてこと言ってくれるいとこのお嫁さんにくいさがり。

「いえ、それじゃやっぱり……」

「そうお？　じゃ、洗った奴、ふいてちょうだい。……どのお皿がどこの食器棚にあったか判る？」

「ええ」

勿論。お皿洗ったり、庭のそうじをするくらいで、おばやいとこにかけた負担をおぎなえるとは思っていない。でも、これくらいのこと、やらせてもらわないと……も、どうしようもない訳。申し訳ないし、手持ち無沙汰だし。

それが、大森家では。

毎晩毎晩、立派なフルコース。あたしがなにもしなくても、すっと、オードブルからはじまってデザートまでできちゃう訳。あたし、例えばおばのうちでカレーライス作ることはできても、大森家でフルコース作ることは、絶対、できない。おばの家では家事だったことが、大森家では、シェフによる特殊技術なんだもん。

おまけに。食後。

お手伝いしましょうか、なんて言いだせるムードじゃないのよね。

「素子さん、よろしかったら一緒にお茶でも飲みませんこと？」

大森夫人は——大森氏が仕事で家をあけがちなので暇なんだろう——何かというと、素子さん一緒に……を連発した。で、あたしがうなずくと。食堂でお茶、なんて無粋なことはしないのよね。サロン風のお部屋の方へでかけて。

「松本さん、お茶持ってきて下さらないこと？　あ、あたくしのには少しブランディ、いれてね。ああ、それからショパンをかけてちょうだい。スケルツィオがいいわ」

で、まあ、二十畳はありそうなだだっぴろいお部屋のソファでくつろぎながら、えらく見事なオーディオでショパンのスケルツィオをかけ、お話する——これって、間違っても、あたしの生活パターンじゃ、ない。この間、メイドさんだか何だか（あたし、係の名称、いちいち識別できないよ）が、あたしの食べたあとのお皿洗ってんのかと思うと、何ともいたたまれない気もするんだけど——そんなこと、下手に言うと、今度は大森夫人に厭味言ってるみたいな感じでしょ。

つまり。大森家では、下手に気をつかうことすらできないのだ。おまけに夏休み——大学があればね、まだ気分転換のやりようもあるだろうけど、夏休み。

あたし、何もせず、ただ優雅に暮らすだけで、どんどん、疲れ果てていった。

だもんだから。何はともあれ、喜んだのだ。ようやく大学が始まってくれた、二学期の最初、学校へ行ける日を。

☆

きゃあ、学校、きゃあ、学校、きゃあ、学校、きゃあ。

もう、何回でも言っちゃう。

学生らしくありませんから、とかいう理由で、車で送らせるっていう大森夫人を断り（普通の学生がロールスロイスで大学へのりつけてごらんなさいよ。どういう騒ぎになると思う？）、電車にのる。電車——わあい、まわり中全部、普通の人だ。そして、大学。

学生食堂の定食で、感涙にむせんでしまった。何て——何て素敵な定食。

御飯だけ、目一杯。衣ばっかりのエビフライ、二つ。ちっちゃいソーセージ。トマト一きれと山のような千切りキャベツ。申し訳程度のたくあんとうめぼし。

これが。これこそが、人間の食べものよ。正統派フランス料理のフルコースなんて、あんなもん、たまに食べるんならともかく、毎日食べるとしたら人間の食べもんじゃない！（フランス人は、日本人と胃のサイズが違うんじゃない？）うっうっ、本格的何とかスープなんかより、おーい、どこにわかめがあるんだあ式のおみそ汁の方がずっと体質にあってる。

そして、学校——お友達。

久しぶりだよお。ほおんと、久しぶりだよお。うちの家族のお葬式に来てくれた時以来。何だかんだでSF研の合宿には行けなかったし。

「よお。久しぶり」

部屋をのぞくと、長沼くんが（慣れない人はこれでひっくり返るのだ）44オート・マグを部屋の入り口にむかってかまえながら声かけてきた。

「ん……久しぶり」

長沼くん、こっちむかずに、小型のドライバーで銃をいじくりながら続ける。

「どう、落ち着いた？」

「ま、何とか。……あ、そだ、一時的に住所変わったんだ、それ」

「月館ちゃんに言ってよ。あの人が事務やってんだから」

「うん」

「一応、あんたがおちつくまでは、下手な同情やお見舞いでわずらわすのも何だから、あんたんとこ行くなって部員一同に言ってあったんだよね」

「あ……ダンケ」

「で、大学は続けられんの？」

「何とか」

「そりゃ、おめでとさん」

ぶっきら棒な言い方——そのぶっきら棒な言い方が何とはなしに嬉しくて、いろいろしゃべる。

「ね、それオート・マグでしょ。ちょっと貸して」

「駄目。あんたにわたしておっことされでもした日には……まして、あんたにはモデルガン壊した前科があるんだから」

「けち」

何とはなし、部屋の机の上のパソコンに手をのばす。

「おーい、そのフロッピィ、下手にいじると吉野先輩に殺されるぜ」

「何はいってんのよ」

「太陽系の惑星軌道ディスプレイ。一週間かかった労作だって」

「……んなもん、手で描いた方が早いわい」

「西暦で年月日いれると、その日の惑星の位置が全部でてくるっつう奴だぜ」

「……へ……それはすごい……で、吉野先輩は？　それに月館ちゃんとか中島くんとか……」

「〝グラス〟にいるよ。文化祭の出しものについて討論してると思う」

う、うちのＳＦ研、討論する程真面目だったっけ？

「ゆーこさんがリングワールドの模型作りたいって言って、他の連中が面倒だって反対してる」

「……面倒がってる連中は何したいって？」

「模型作るんならモノリスのがいいって」

モノリスの模型……そりゃ、楽だわ。

「で、原稿書いてきた？」

「へ？」

「月館ちゃんが怒り狂っとるわい。文化祭特集号の〝ホワイトホール〟の原稿、持ってきたの二人しかいない」

書いてないよお。えーい、話題、変えよう。

「お宅は？　何でいかないの」

「オート・マグとまだ心ゆくまで遊んでない」

……聞くだけやぼでした。

「じゃ、あたしも〝グラス〟へ行くから」

「ん。……今日は用、ないだろ」

「……ん……どして？」

大森夫人。あたしが早く帰らないと気をもむかな。

「コンパやるって。でなさいよ」

「コンパ？　何の？」

ま、うちのクラブは、意味なし何となしコンパするの、好きだけどね。

「一応連中の腹づもりとしては、あんたをはげまそうってことらしいよ」

長沼くん、モデルガンから顔もあげずに。

「ん……」

「出てやんな」

コンパ。でよ。うん。よかったな、あたし、少なくとも――あたしをはげましてくれよう
って人がいるんだから――よかった。

☆

〝グラス〟は、大学の右手にすこしはいったところにある喫茶店。うちのクラブの第二部室みたいなもの。

そこへむかいながら、あたし、悩んでいた。

〝ホワイトホール〟の原稿、どうしよ。一応〝ホワイトホール〟は創作中心がうたい文句なのよね。かといって、創作なんかしている余裕、ないし。

そして、また。

喜んでもいた。〝ホワイトホール〟の原稿、書いてきた？　これは……。

家族をなくして。いろいろと――本当に、大きなところで、人生の転換期をむかえたあたしは、ある意味で、特殊なのだ。

普通。家族が全部死んじゃったら。まわりの人は気をつかうじゃない。はれものにさわるように、なるべく負担をかけないように。

でも。そういう風に特殊扱いされるのって……さみしくもある訳。家が特殊になっちゃって、学校でも特殊、じゃ、ちょっとね。だから、学校での生活が、家族のことと無関係にいつもどおりだったの、嬉しくて。

学校の脇の道を折れる。あらま。軽く眉をしかめて、電柱のうしろの方へ寄った。

ここ、結構細い道なのよね。小型乗用車が通るのは何でもないんだけど、ちょっと大きめの車はきついって感じの。その道を、むこうから、中型のトラックがのろのろはいってきてる。と。トラック、あたしの脇まで来てとまった。

「すみません、ちょっとうかがいたいんですけれど」

三十代後半くらいの、ロヒゲはやしたおじさんが、窓からあたしを見おろして声かけてきた。

「ちょっと道間違っちゃったみたいで……山手通りはどっちですか?」

癖なのかな、おじさん、こう言いながらじろじろあたしの顔をみつめる。

「えーと……困っちゃったな、あたし、あんまり道詳しくないんです。ごめんなさい、他の人に聞いて下さいますか」

「えー、困ったなあ……。あ、すいませんけど、このロードマップ見てもらえますか」

おじさん、車の窓からロードマップ出して。

「今、私がいる道、どれだか判りますか」

「えーと」

それくらいなら、判るかも知れない。あたし、背のびして、ロードマップをみつめる。ここが駅で、ここが大学……ということは、この道、これかな。

「多分、この細い道だと……」

「え? どの道?」

「これ……」

ロードマップを指す。この間、完全にあたしの注意は、前方にのみそそがれていた。と。

「……！」

何？　何なの？　急に口に何かべちゃっとしたものがはりついた。つめたい——何かものすごく鼻につきささるようなにおいのもの。あ、鼻も。駄目だ、息吸ったらむせそう。でも、あ、もう遅い、反射的に深く息を吸ってしまい……。

口許に、白い脱脂綿が見えた。そして、その脱脂綿をおさえている、浅黒い、ごつごつした手。視界のすみに、ロヒゲの運ちゃんが所在なげなにやにや笑いをうかべているのがうつった。

「悪く思うなよ、美弥さん」

……へ？

「別にひどいことは何もしないさ。ただちょっと、あんたの体と——あんたの猫に用があるだけだ」

みや——美弥。間違ってる。あたし、何とかそう言おうとした。間違いよ。あたし、美弥じゃなくて素子。美弥じゃなくて……。

でも。おそらく脱脂綿にかなり強い麻酔薬の類がしみこませてあったのだろう、どこか遠いところで——とっても遠いところからもやが近づいてきて——そして、そのもやはあたしの意識をすっかりのみこんでしまい——あたしは気絶した。

PARTⅣ　誘拐なんて誰がされるか

横になっているらしい。

次に気づいた時、まずそれを感じた。

おそるおそる目をあけてみる。まだ薬が抜けていないらしく、視界は一面の白。一面の白――ぼやけて――あ、違う。あれは、まっ白な天井、だ。

手を動かしてみようとする。――動かない。足を――足も、動かない。

どうしたんだろう。あたしの体。完全に麻痺しちゃったんだろうか――ううん、何か、それとは感覚が違った。手足が何かにひっかかっているような感じで……。

そろそろと、頭を動かす。頭が動くと視界も移動し――ひえっ。

革のベルトで、しばりつけられていた。両手をのばし、足をぴんとそろえた十字架形に。手首と足首が革のベルトで固定されていて――おわっ、ベルト、鉄か何かの金具でとめられている。どういうことよ……いくら誘拐だって、これは行きすぎよ。

誘拐。何が目的なのかは判らないけど、あたし、例の美弥って子と間違って誘拐されたんだ。それだけは確か。人にうしろから麻酔薬かがして、トラックにつみこんで運ぶだなんて、これは絶対、誘拐以外の何物でもない。

「お気づきかな……美弥さん」

左脇に、ロヒゲのおじさんが立っていた。白衣なんか着てて——トラックの運ちゃんの格好より、白衣の方が余程さまになっているのよね。さまになっているってことは、多分こっちの方が本業。

「あなた、誰よ。何なのよこれ。それに大体、あたし、美弥って子じゃ」

「ストップ」

おじさん、右手で軽くあたしの口をふさぐ。

「君の文句を聞く前に、わたしの疑問に答えてくれたまえ。……これは一体、どういうことなんだ」

バサって、あたしの胸の上に何枚もの紙をのっける。何か、数字と英語がやたら並んでいる紙。

「何……これ」

「君が眠っている間に、君の体と筋力を調べさせてもらった」

あ。そういえば、あたしののっかってる台。これ、どこかで似たようなもの見たことがあると思ってたら——手術台、だ。

「これは一体どういうことなんだね、この数値」

「どういうことって……何がよ」

「まるで普通の女の子だ」

……まるで普通の女の子なんだもん、あたし。まるで普通の女の子に、まるで普通の女の子であるが故をもって怒る、なんて、して欲しくない。

「最初に報告を聞いた時は、おそらくサイボーグだと思った。……が、君の体は全部、君の自前の組織だ」

……そりゃそうよ。

「ついで、特異体質で異常に筋力が強いのかと思った」

……。

「ところが、どの方面から調べてみても、君は極めて普通の女の子以外の何物でもない。とすると、君は、一体全体どんな手品を使ったんだ」

「あたし、極めて普通の女の子なのよ、もともと。もともと普通の女の子なんだから、しょうがないでしょ」

「もともと普通の女の子が、どうやって百メートルを八秒切って走ったり、助走もつけずにビルの三階へとびあがったりできるんだ」

「……できないもん、そんなこと」

「まして、極めて普通の女の子が、どうして袋小路においつめられると消えるんだ」

おじさんは、全然あたしの台詞を聞いていてくれなかった。

「それに、極めて普通の女の子が、どうしてあんな猫を抱いているんだ。あんな……にやにや笑いだけを残して、消えるような猫を」

にやにや笑いだけをのこして消える猫お？　不思議の国のアリスかいな。

「あのチェシャ猫はどうしたんだ。ホログラフか？　何であんな奇怪なホログラフ、使うんだ」

知るもんですか、そんなこと。あたし、段々、このおじさんとお話してるのが嫌になってきた。

「そんなこと、その美弥って女の子に聞いてよ」

「だから聞いてるだろう。一体全体君は」

「あたし、美弥じゃないの。素子っていうのよ。人違いよ」

「あんまりすぐばれるような嘘をつくものじゃない。覚えてないかい？　わたしは、君がビルの二十八階の非常階段から裏道へとびおりて逃げた時、おいかけていたグループの一人だよ」

「……そのビルの非常階段の下、探してみた？　あなたの話が本当なら、その女の子、非常階段の下で死んでるわよ」

「美弥！」

「美弥じゃないっつうに！」

「わたし達は大森家からずっと君を尾けてきたんだ」

「だからあのねー」

何て説明したらいいんだろうか。あたし、確かに大森家にいる。美弥って女の子にとってもよく似ているらしい。でも——それはあくまでそれだけの話であって、あたし、美弥って子じゃないし、美弥って子知らないし、美弥って子に会ったこともないのだ。美弥って子に会ったこともない——あれ？　ちょっと、待ってね。

百メートルを八秒切る。オリンピック級の——ううん、オリンピックなんて目じゃない程のスプリンターで、あたしに似ている女の子。あたし……そういう女の子、知ってる。うん、知ってはいないけど、会ったこと、ある。

あの日、ラヴ・エッセンスをかぶっちゃった日。あの時、一郎がおいかけていた女の子——あたしに、そっくりの。そして、一郎が——今まで書かれたどんな小説の主人公よりも強い男が——体調の関係もあったけど、おいつけなかった子。あの子が、おそらくは美弥ではあるまいか。

だとすると。何でだか判らないけど、一郎は、あの美弥って女の子知ってるんだ。そうよ、まるで知らない女の子をおいかける筈、ないし。

何とかここを抜けだして、一郎に会おう。一郎に会って聞いてみよう。美弥って、一体全体何なのか。

うん。それに大体。

あたしは美弥を知らないけれど、美弥の方はあたしを知っているのだ。家出する時、何かあったら新井素子さんの力になってあげて下さいって書きおきするんだから。

そして。何となく、焦点があってきたような、気がした。

あたしの家。あの、原因不明の火事。あれ、あまりにも不可解で、誰の恨みようもなかったし、そもそも何していいか判んなかったから何もしなかったんだけど――百メートル八秒切ったり、ビルの二十八階からとびおりても平気な、科学常識無視した女の子が存在しているのなら。あるいはその辺に、答を探る糸があるのかも知れない。糸をたぐって答を探して――そうよ。誰が何といおうとあたし、あの火事の原因をさぐって、あの火事をおこした何か、自分の家族を殺した誰かに復讐しないでいる気はない。

「美弥」

あたしがぼけっとしていると、おじさん、強い声で言う。

「教えて欲しい。君は一体どんな手を使ったんだ」

「ね、おじさん。おじさんは何で美弥をおいかけてるの」

「質問しているのはこっちだ！」

「あたし、美弥じゃないって言ったでしょ！」

……ほとんど、堂々めぐり。あたし達、こういう感じで五分間どなりあい――ついにおじさん、ぷいっときびすを返すと部屋をでていってしまった。

☆

どうしよう。

しん、とした部屋。かなり広い――二十畳はたっぷりあるな。この部屋にいるのはあたしだけで、外の物音は何一つ聞こえない。

どうしよう。

逃げたあと、することは、いくつか考えてあった。一郎のところへ美弥のことを聞きにいく。大森夫人に、美弥についてもっと詳しく聞く。この口ヒゲのおじさんのことを警察にとどける。

けれど。逃げたあとのことをいくら考えてあっても――そもそも逃げられなければどうしようもない。

右腕に、思いっきり力をこめ、上げようとする。奥歯をくいしばる。心底――目一杯の、力。けど、革ひもがいたずらに腕にくいこんだだけで、ひも自体はびくともしなかった。駄目だ。これじゃおそらく――これっぽっちの力しかないのなら、ひもが切れる前にあたしの手首の皮膚の方が切れるだろう。

わなにかかった動物は、自分で自分の手首をくいちぎって逃げたりする。でも――人間なんていう、世界で一番弱々しい動物のあたし、とてもそんな思いきったこと、できない。とすると、あとは。ねずみが革ひもを喰いちぎって……無理、よね。まず第一にこの部屋にはねずみなんていそうもないし、革ひもから放たれてもドアに鍵がかかっているみたいだし――それに、普通のねずみなら、革よりあたしの方がおいしいと思っちゃうだろう。

おとなしくしていて、相手が油断するのを待つ。これも……無理、だな。相手がどれ程油断しても――あたしのそばで酒盛りやってねこんじゃっても、あたしほっといておつかいに行っちゃっても、この革が何とかならなきゃどうしようもない。

警察を信頼して助けがくるのを待つ。これも、望みは、まず、ない。

成人の女の子が家に帰ってこなかったら、それはあくまでも行方不明であって、行方不明者は、警察も、そんなに本気で探したりしないもの。誘拐が大さわぎになるのは、犯人が家族に何らかの要求をつきつけるからであって――先程からのやりとりでは、犯人、あくまで美弥本人に用があるのであって、家族を脅迫しようなんて気は、これっぽっちもないみたい。

八方ふさがりだな。

かといって。いつまでもあたし、こんなところにしばりつけられている気はないし、しばりつけられている訳にもいかない――ああ！

そんなこと、考えていたら。本当に、何が何でもしばりつけられている訳にはゆかなくなってしまった。何となれば――あーん、どうしよう――生理的要求。

「ねえ！　ちょっと！　誰か！」

思いっきり、大声で叫ぶ。あと十何分かは我慢できるかも知れない。でも、あんまり長いこと我慢してると、病気になっちゃったりすることもあるっていうし。

「ねえ！　誰か！　ロヒゲのおじさん！　ねえ！」

叫ぶ。たっぷり三分間は叫ぶ。まるで応答なし。えーい……冗談じゃないわよ。

「ねえ！　誰か！　誰かあ！」

更に五分間、叫ぶ。なんか……何か、段々、嫌な感じになってきた。体が固定されているから動くこともできないし……やだ、どうしよう。

「ねえ！　誰かってばちょっと！」

「……何だ、やかましい」

ようやくロヒゲのおじさんがはいってきてくれた。

「ね、おじさん、お願い」

「しゃべる気になったか？」

「違うの、おじさん、この手足、ほどいて」

「……冗談じゃない。何でそんなことしなきゃいけないんだ」

「本当に冗談じゃないのよ！　このまんまじゃ……このまんまじゃ……」

「このままじゃ、何だって？」

「困るのっ！」

「困るんならさっさと白状しろよ」

「論点が違う！　このままじゃ、あの……あ、あのね、あたし、お手洗い、行きたいのっ！」

「お……トイレ？」

おじさん、かなり呆然とした表情で言う。

「そ……そうだったな、君も人間だろうから……」

二、三歩あたしに近づこうとして。
「いや、駄目だ。ビルの二十八階からとびおりられる程の運動神経を持っているんだから、下手にこれほどくと……」

「そんな場合じゃないでしょ！　ほどいてよ！」

「いやしかし……」

「だって……困る。もう、我慢できない！」

「じゃ、そこですれば……」

「人非人！　変態！」

「へ……へんたいってしかし……」

「ひどいわよ。女の子に恥かかせる気？」

「恥ってしかし……」

「ひどい！　ひどいわよ！　あ、ああ、もう、我慢できないっ！」

「お、おいちょっと……」

「あんまりよ。あんまりだわ。あたしが何したっていうのよ」

「何って……」

「仮によ、仮に——あたしが美弥っていう子だとしてもよ、百メートルを八秒で走れるからってだけで、何でこんな恥かかされなきゃいけないのよ！」

「いや……別にそんなつもりでは……ただ、我々は、君がどこの組織に所属しているのかっことを知りたいのと」

「あたし、どこにも所属してないわよ！　せいぜい大学とＳＦ研と」

「そういうんじゃなくて……」

「あと、同人誌が一つくらいよっ！」

「だからそういう問題じゃなくて……」

「そもそも問題はお手洗いなのよっ！」

うっわ、そろそろ極限状態。体が極限状態になって——叫ぶことによって精神も極限状態に近づいてゆくと——段々、叫び声に加速がかかってくる。

「猫だって犬だってね、自分が行きたい時にお手洗い、行けるわよっ！　百メートル、何秒で走れたって、何でこういう基本的権利を無視されなきゃいけないのよっ！　大体……大体、ね」

段々頭の中でへ理屈がまとまってゆく。

「大体、矛盾してるわよ！　もし、あたしにそんな——百メートル八秒で走れて、ビルの二十八階からとびおりられるような力があるのならね、こんなとこで悲鳴なんかあげてないで、自力で革ひきさいて、勝手に逃げだして、お手洗い行くわよ。それができないから、こんなところで騒いでるんじゃない。逆に言えばね、こんなところで騒ぐっていうのは、あたしにそんな芸当ができないからってことになるでしょ」

「いや……しかし、単に走るのが速かったり、衝撃に耐える力があるだけで、腕力がないって問題なのかも知れないし……わざとそう思わせて油断させようって手なのかも知れないし……」

「わざとそう思わせて油断、ですってぇ！」

思わず叫ぶ。手がわなわなと震える。

「じょおっだんじゃないわよ！　どんな物好きが、わざと油断させる為に失禁なんてするっていうのよっ！　大体、油断もへったくれも――あなたがこの部屋でていってる間に、いくらでも逃げるチャンスがあったじゃない」

「……この部屋にかくしカメラがあるのに気づいてたんだろ」

かくしカメラ……陰険、ここに極まれりって感じだな。段々段々、加速がついて腹がたってくる。

「ひど……ひどいわよ、ひどいわ、とにかく……とにかく……も……もう、怒った」

「怒ったって何が……」

「人違いだっていうのに！　人違いで誘拐して身うごきとれないようにして、お手洗いにも行かせず、あまつさえかくしカメラですって！」

それまでは、一応、怖かった訳、ある程度。でも、ここへ来て――怒りが恐怖にうち勝ってしまった。おびえているゆとりなんかない――それ程、怒ってた。

「も……怒った、あたし、怒った……怒ってんのよ！」

「おこってるって……怒ると何だね」

多少たじたじと口ヒゲのおじさん。

「すぐにこれほどいてお手洗いに行かせてよ。さもないと」

「さもないと、何だね」

失笑を含んだおじさんの声。失笑――そうよね。この状態ではあたし、おじさんをなぐることもけとばすこともできないんだ。でも、だからって――何もしないって訳じゃないんだからね。

「さもないと、こうよ」

思いっきり、息を吸う。そして、おじさんの方へ顔向けて、あらん限りの大声で。

「うわあっわああああっわあっ！」

「え？」

おじさん、あたしが急にとてつもない声はりあげたものだから、思わず耳おさえてのけぞる。

「わあ、わわわわわ、わあああああっ！」

なるべく喉に負担をかけないように、腹式発声。あたし、声には多少自信があるのだ。きちんと腹式発声すれば、百ホンをうわまわる声を、かなり長時間だしていられる。

「お、おい、そんな声だしたって」

「わあっ、わあわあああああ」

他にできること、ないんだもの。それに、この部屋、防音になっているせいか、かなり音がひびく。これだけの声をずっと聞かされるのって、おじさんの耳がまともである以上、かなりの苦痛だと思う。

「わああ、わあ、あああああっ！」

「や……やめなさい、うるさい」

「わあっあああああああ」

うるさいって台詞にはげまされ、更に大きく声をはりあげる。と、プチンって音がして、声が聞こえてきた。

「おい、やめさせろ、うるさい」

「うるさいって、わたしがやらせている訳では」

多少おろおろとおじさん。

「わああ、あああああ、わあああああっ！」

「え？　何だって？　聞こえない」

「だからわたしがやらせている訳では」

「わあああああっあああああああっああ」

「イヤホーンでそっちの部屋の音、モニターしている身にもなってみろ」

「わああ、ああああああ、あああああああ」

「判った！」

おじさん、叫んでいるあたしの耳許で叫ぶ。

「判った、お手洗い、行かせてやるから、少し黙りなさい！」

ぴたっ。あたし、叫ぶのやめる。あれ程うるさかった部屋が急にしんとなると、今度は、しずけさが耳にしみた。

おじさんは、白衣の下から妙な形の銃をとりだす。

「麻酔銃だ。一番強力な——象でも眠らせることができる程度の銃だからな。下手に逃げようとするなよ」

慎重に、右手で銃をあたしの胸におしあてつつ、左手で革のとめ金はずす。

ぱちん。四回音がして、あたしの両手両足は自由になった。はふ。先刻、逃げようとしてもがいた時、革にこすれた右手首が痛い。

あたし、手術台の上に身をおこすと、無意識に左手で右手首をさすろうとした。と、おじさん、きつい声で。

「下手に動くな。両手を上にあげろ。おろしたら問答無用でうつぞ」

「……ＯＫ」

とりあえず、お手洗いに行かせてもらえるんだから、あたしもある程度譲歩する気になっている。素直に両手をあげて。

「まさかと思うけど、お手洗いにかくしカメラなんてないでしょうね」

おじさん、苦虫をかみつぶしたような顔をして。

「職員が使うトイレだから、そういうことはないよ」

「了解」

背中に銃をつきつけられたまま、重たい鉄製のドアから外へ出る。長い廊下。そのつきあたりに、また、ドア。

「そっちじゃない、右だ」

右へ歩く。あ、本当、お手洗いの表示。

「一応、言っておくが、このお手洗いに窓はそもそもないからな。逃げようとしたって無理だ」

「へえへえ」

「二分、待ってやる。二分待ってでてこなかったら、中へふみこむからな」

「はいはい」

「出てくる時は、手を上にあげてくるんだぞ」

「へいへい」

お手洗いはいって、中から一応鍵かける。本当、壁は全部(あ、ドアのぞいて)コンクリートで窓はなし。逃げるだなんて、論外だな。

とにかく生理的欲求にかたをつけ、手を洗う。ふう、やっとこさっとこおちついた。

このまま外へ出たら。またあの手術台にくくりつけられることになるんだろうなあ。やだなあ、そういうの、ぜひとも避けたい。

とはいっても。とてもここから逃げられないし、あの麻酔銃相手にして勝てる訳もない。

何とかあたしが人違いだって、あのおじさんに納得させるしか、手はないかなあ。でも――人違いだって納得したからって、素直にあたしを帰してくれるだろうか。

急に、心が、ずきんと痛んだ。

もし。あたしが人違いだって、本当に判ったら。彼、どうするだろうか。

これだけ大がかりな誘拐、やったのよ。おまけにあたし、子供じゃない――ちゃんと、一人前の記憶力と判断力を持った大人。とすると、この大がかりな誘拐、あたしを帰したらすぐばれる訳で……。あたしが犯人なら。まずあたし、帰さないだろう。けど、帰さないっていったって、そういつまでもここにおいとく訳にはいかないし……とすると……。

うわっ、冗談じゃない。人違いで誘拐されて、人違いで殺されでもしたら……泣くに泣けないじゃない。嫌だ。たとえ誰が何といおうとも、あたし、そんな目にあうの、嫌だ。

「おーい、まだかあ」

ロヒゲのおじさんが、ドアをドンドンたたきだした。

「手くらい洗わせてよ」

あたし、叫び返す。こんな時に、レイ・ガンなり電磁メスなりあればなあ。何かとにかく、コンクリートをうちくだくような……。

何の期待もせず、成り行きでポケット探る。勿論ハンカチとティッシュ以外のものがはいっている訳――え?

はいってた。ハンカチとティッシュ以外のもの。ボンナイフ。いつこんなもん、ポケットにいれたんだろう。

しかし。せっかくみつかったとはいえ、ボンナイフじゃおどろく程役に立たないわねえ。多分、あの革すら切れないだろう。鉛筆けずる為のナイフなんだから。切れて紙が二、三枚、凶器として使うのだって無理に近い――せいぜい、自殺する為、手首切るのがやっとのナイフ。

あたしが、実は、こんな大がかりな誘拐されるような人間だったら。このナイフ、秘密兵器で、コンクリートくらい切断できるのかも知れないけど、実はあたしは一介の女子大生だもんね。そんな秘密兵器、持ってる訳、ない。

あーあ。それでも未練がましく、ボンナイフで壁切る真似してみる。と――と！

ボンナイフ、チーズか何かを切っているみたいに、いともたやすく、ずぶずぶとコンクリートの中へもぐっていってしまったのだ。え？　え？　ええ？

この壁。一見コンクリートで、実は紙だったんだろうか。まさか。たたいてみる。でも――やっぱり音と手ざわりはコンクリート。

どういうことなんだろうか。一瞬、頭の中が空白になる。コンクリートを切断できるボンナイフ。そんなの……なしよお。それじゃ、鉛筆けずるかわりに、鉛筆、切断しちゃうじゃない。

「おい、今の音は何だ？」

ロヒゲのおじさんの声。そうだ。あたし、正気にもどる。たとえこのボンナイフに心あたりがなくても——信じられないような性能のボンナイフだとしても。今は、そんなことに呆然と感心している場合じゃないんだ。とにかくあたしは逃げたいんだし、何故かこのボンナイフはコンクリートが切れるのだ。だとしたらあたしのすべきことって――ここで、ボンナイフの性能にぼけっと感心することじゃなくて、逃げることとなんだ。

壁にめりこんだボンナイフ、下へおす。いとも楽々とボンナイフはコンクリートの壁を一メートル程、切る。それから壁からボンナイフひっこ抜き、三十センチ横にすべらせ、そして……。

三十センチかける一メートルの長方形分、壁に切れ目をいれた。その壁、むこう側にけとばす。重たい音をたてて、壁に三十センチかける一メートルの穴があく。この壁――ひえっ、こうして見ると、相当厚い――のむこう側は。あ、廊下、だ。

あたしが壁を切断しだした時から、お手洗いのノブはしきりにがちゃがちゃ音をたてはじめていた。ロヒゲのおじさん、待つのが我慢できなくなったよう。

「こら！　どうやったってそこからは逃げようがないんだぞ！　あきらめて出てこい！」

ガチャガチャ――そして。ついに、鍵、壊しちゃったみたい。大きくドアがあき、呆然としているおじさんの顔が見え――とにかくあたし、走りだしていた。

あの穴。あたしは楽々通り抜けられたけど、あれだけ体格のいいおじさんは。どうやってもつっかかってしまうのではなかろうか。この建物の地理、全然知らないんだから、今のうちに時間をかせがなければ。

「大変だ！　美弥が逃げたぞ！」

おじさんの叫ぶ声が、うしろから聞こえる。あたし、とにかく、走った。

☆

大きな、建物だった。

廊下につぐ廊下、部屋につぐ部屋、階段につぐ階段。あっちこっちの部屋には、大型のコンピュータだの、訳の判らん機械だの、何だのかんだのがあって……勿論、人もうじゃうじゃいた。

困ったもんだ。あたし、小走りに廊下を行きながら、何度もため息をつく。あたしみたいな方向音痴の子を、これ程沢山部屋がある建物におしこんだらどうなるか――外へ出られたらめっけものって感じに、なってしまうのである。

ただ。たった一つ、ものすごおく幸運だったのは――ほとんど大多数の人が、あたしをおいかけなかったってこと。

つまり。この建物、いくつかのセクションにわかれているらしいのよね。仮にあたしをつかまえようとしていた人達をAセクションとすると、Aセクション以外の人は、あたしについて、何も知らないらしいのだ。

勿論、あたし、そのAセクションのブロックに閉じこめられていたんだけど――廊下の端っこにあったお手洗いの壁ぶち抜いて脱出、っていう、あんまり信じたくない脱出方法、とったでしょ。あの壁のこっち側って、セクションが違ってたらしいの。すれ違う人みんな、ほとんどあたしに注意を払わない。たまにあたしの顔をみつめる人がいても、その注視は、「あれ、何でこんなとこにこんな女の子がいるのかな、誰か職員の娘か何かかな」程度の意味しか含んでないみたいだし。

でも。あたしの幸運も、そう長くは続かなかった。むこうから歩いて来た茶色の服の男があたしの胸のあたりをじろじろ見て——そして、軽くあたしの腕をつかんだのだ。

「何ですか」

「失礼、お嬢さん……。身分証明書は？」

男の胸をちらっと見る。うす青の、五けたの番号と名前を書いたプレート、つけてる。そういえば、すれ違った人全員、オレンジや黄色のプレート、つけていたような気が……。

「あ……あの」

「もし、身分証明書を持っていないのなら、ちょっと来てもらいたいんだが」

「あ……あの、ですね」

困った。どうしよう。

「あ、あの、ちょっと忘れちゃって……」

「忘れた？　そんなことはないだろう？　先刻保安部に連絡がはいったんだ。君は大森美弥だろう」

「違います！」

「違うっていうんなら、身分証明書を」

「だから、ちょっと忘れたんですってば」

言いながら、悩む。こんな言い訳、通用する筈ないし。

「人違いだって主張するんなら、ちょっと保安部まで来て下さいよ。ほんのちょっと来てくれて――首実検すれば、すぐ判るんだから」

困った。首実検されれば、すぐばれてしまう。

無意識に、ボンナイフがはいっていたポケットをさわる。歌にあったっけ、ポケットをたたくとビスケットが一つ、もうひとつたたけばビスケットは二つ。そんな不思議なポケットが――ぜひ、欲しい。

「何、ごそごそしてるんです」

「え、えっと」

思わず、ポケットから手をだす。その時、何か、かたいものが手にさわり、何となくそれつかんで出すと――ええ？

身分証明書。オレンジの、新井素子名義の。ど……どういうこと、なんだ？

「あれ？　持ってたんですか？」

茶色の服の男、素頓狂な声をあげる。それから、ちょっとうたがわしそうに身分証明書、ひっくり返す。裏にはビニール・コーティングされたあたしの写真がはってあり……。

「失礼。御本人だと認めます」

「あ……はい」

「でも、駄目ですよ、えーと、新井さん」

男、あたしにプレート返してくれながら。

「ここの規則は知っているでしょう？　ちゃんと右胸に身分証明書、つけておかないと、疑われても文句は言えないきまりなんですからね」

「あ……はい」

何で？　何であたしのポケットに身分証明書、はいってるの？　それもあたし名義の。

「ま、今後、気をつけて下さいよ。では、どうも失礼」

「あ……どうも」

呆然としつつも、プレート、右胸につける。そのあと数人、うす青のプレートつけた男の人（何か、うす青って保安係のプレートみたい）に出喰わしたけど、あたしの胸のプレート見ると誰も文句言わず——あたし、一時間たっぷり迷子になりながらも——無事、表にでることができた。

☆

すっかり明るかった——昼間みたい、だった。夕方に誘拐されて、で、今が昼間だとすると、あたし、たっぷり一日、眠っていたのだろうか。するってえと、せっかくみんなが企画してくれたコンパ、すっぽかしちゃった訳で——申し訳、ないな。

申し訳ないな。コンパ。大学。何か考えよう、何か。そんなこと。そうでもしないと――そうでもしなくちゃ。

とても、耐えられそうに、なかった。

美弥と間違って誘拐された。

美弥って、何者なの。

そして、美弥を誘拐したのは、どこかの一個人じゃなくて――大きな組織だ。で――あたしは。あたしのポケットは。一体全体、どうしちゃったんだろう。

とにかく、昨日から今日にかけて出喰わした事態は、あまりに想像外だった。あまりに突拍子もなかった。あまりに現実的ではなかった。故に、下手にこれ考えこむと、発狂しちゃいそうな気がして……。

○○ビル。人通りと車通りの結構多い道にでてから、あたし、先刻のビルを見上げる。出てから判ったんだけど、あたし、あのビルの地下三階に閉じこめられていたんだ。地下三階だから、どこにも窓がなかったんだ。でも――変なのよ。

あのビル。表には――少なくとも、一般の人がのれるエレベータには。B1までしか、階がなかったもの。迷子になっちゃってたから、どうやって1Fへ来たのか判んないんだけど――あそこの地下二階と地下三階、少なくとも通りすがりの人には発見できない筈なのよ。

秘密の地下室のあるビル。その、地下二階と地下三階につとめている人達だけが、あの身分証明書、胸につけていた。何か――とっても大規模な――何なんだろう？

ぼんやりと、歩きだす。ぼんやり歩いて——二十分も、歩いたかな。気がつくと、見たことのある街並みにでていた。見たことのある街並み——有楽町。

ぼんやりと有楽町線にのる——さて、これからどうしよう——あ。

そうだ。飯田橋でおりよう。

第13あかねマンション。とりあえず、あそこ、訪ねてみる気になっていた。一郎に——美弥のことを聞く為、一郎に会いに。

PARTV　一面の猫、一面の猫、一面の猫

たっぷり五分間、ドアの前で悩んだ。何となく——何とはなしに、はいりづらい。と。

拓。うわ。

急にうしろから声かけられた。隣の部屋から出てきた、拓。

「何の用です……あ、もとちゃん」

何か判んないんだけど、何かあたし、彼、というか彼女苦手で。

「あ、あ、あのね、一郎に用なの」

慌ててノックもせずに一郎の部屋のドア開ける。

「あ、もとちゃん、はいっちゃ駄目！」

拓の制止——逆効果。すでに一歩、部屋の中に足をふみいれていたあたし、思わずうしろ手でドアを閉めてしまった。うしろ手でドア閉めて——へ？

へ？

え？

何だここ、どこお？

ドア、閉めるや否や。一郎の部屋は一郎の部屋ではなくなっていた。

猫。

別に、一郎の部屋が猫になった訳じゃないんだけど、他に表現のしようがない。

一面の猫だった。

白猫、トラ猫、ペルシャ、アビシニアン。金目銀目にたびはいた猫。数百匹を越える猫が、だだっ広い木の小屋の中にいた。

いいかえよう。ドア、開けたとたん、一郎の部屋は、猫数百匹でうもれている、だだっ広いい木の小屋になってしまったのだ。

拓。それしか思いつけなかった。

空間を自由にねじまげる超能力者。あいつ、一郎の部屋の空間まげて——どこへつなげたんだろう？

「ふう」

手近なところにいた三毛猫が、あたしの顔をまじっと見、それから毛をさかだてた。

「あ……ちょっと」

三毛猫が毛をさかだてると——連鎖反応的に次々と、茶トラも白猫も金目銀目も毛をさかだてて……おーい、ちょ、ちょっと待ってくれ。

「ちょ、ちょ、ちょっと、あのね」

　思わず何か言いかけて——何も言うことがないってことに気づき、やめる。何も言うことがない——大体、多分猫に日本語通じない。

　猫は……肉食だ。

　今の今まで、猫って、かわいいだけとしか思ってなかったけど、考えてみれば、猫って肉食なのだ。今、ここにいる猫達が、あたしをどうにかしようと思ったら——えー、生かすも殺すも、猫の気分次第じゃないのぉ。

「ぐう……」

　黒猫が、くぐもった声、だした。牙を……むいてる。爪も……わっ。

　元来が肉食獣である猫。雑食性の人間。人間の方が猫よりも大きいから、猫と人間が一対一で戦えば、一応人間の方が勝てるけど、百対一なら人間に勝ち目はないし、大体、猫の方が、走るにしろ何にしろ、人間より余程速いのだ。

「あ、あの、あたしがここへ来ちゃったのは事故であって、その、ね、決してあなた方の邪魔をしようと思った訳じゃないんだから……」

　通じる訳はない、と思いながらも、猫に話しかける。……と。

　うわああ。

　世にも見たくないもんが急に目の前にあらわれた。

「もとちゃん」

　拓の、首だけ。

「た……たく？　ど、どうしたの？」

「あの部屋から首だけのぞかせてるの」

　ぶ……不気味だ。

「ちょっと待ってて。信拓の旦那か誰か、呼んでくる」

「ちょっとお、ここからだしてよお」

「駄目なの。ここ、一方通行に設定してあるから」

「じゃ、助けに来てよお。あ、あたし、このままじゃ、食べられちゃいそう」

「ごめん、あたしも怖くてこの部屋、はいれないんだ」

　ええ！

「猫語判るの、旦那だけだから、旦那つれてくるまで、猫、刺激しないで待ってて」

　猫語が判る……そりゃ、あたし、信拓の旦那のこと、言語学の天才でマッド・サイエンティストって設定したけど、語学の天才って、猫語まで判るのお？

　拓の首が消える。あとに残されたのは——猫と、あたしだけ。

　じりじり、茶トラが近づいてくる。お尻を軽くあげて、前足をうんとかがめて——攻撃姿勢、じゃないよお。

「あ、あのね、食べちゃや、嫌だ」

「くすっ」

　へ？　誰か……誰か、今、笑わなかった？　人間の笑い声が聞こえたような気がした。あたし、慌ててあたりを見まわす。と——と。

紅海を渡るモーゼさながら。猫が——百匹近い猫が、真っ二つにわかれた。中央に道を作ろうとして。

そして。できた中央の道から、一匹の猫が、のそのそ歩いてきたのだ。

トラ猫、だった。そして——まわり全体が猫だからこそ——そのトラ猫は、異様な感じを、あたしに与えた。何故なら——うん、たてがみもないし、形態は完全に猫——サイズが、ライオンなみだったから。

おおきい。おおきくて——とっても、かしこそうだ。かしこそうで——どことなく、皮肉めいた表情をうかべて。

これがボス猫だろう。間違いなく。まず、サイズだけで充分判る。

「ね……ねこ、さん」

あたし、精一杯友好的な表情をうかべると、ボス猫に笑いかけた。

「あの……あたしのこと食べないでね」

「食べるものですか」

……！　……!!　……!!!

ボ、ボ、ボ、ボスね、ボス猫さん、く、く、くち、口、きいたっ！

「お久しぶりです、素子さん」

ちょっとお。あたし、こんな大きな猫に、知りあい、いた？

「お忘れですか？」

ボス猫、にやっと笑った。お忘れも何も――こんな巨大な猫、一回見たら忘れようがないと思う。

「ああ。みんな、間違ってるんですよ。あなたのことを、まず美弥さんだと思った」

でた！　美弥！

「ついで、においで美弥さんじゃないって判った。で……誰かが美弥さんのふりをして、自分達をだまそうとしてると思っちゃったんです。それで怒ってるんですよ」

ん……んなことといったって、その問題の美弥って子とあたしが似てるの、あたしのせいじゃないわいっ！

「ね……あの……あたし、つい先刻、その美弥って子と間違われて、誘拐されたのよ」

「そうだそうですね」

何故か、ボス猫は、それを知っているみたいだった。

「美弥さんがあなたを助けに行った筈ですけど……どうやら一足違いであなたが自力で脱出したようですね」

「で……その……美弥って、誰なの？　何であなた、あたしを知ってるの」

「おや」

ボス猫は、とっても複雑な目をした。

「素子さん、あなたがそういうこと、言うんですか？」

「へ？」

この、台詞。聞いたことがある。一郎が、その美弥をおいかけていた時。

もとちゃん、あんたがそう聞くの？

こういう言い方は。ボス猫も、一郎も、あたしが美弥を知っているって頭ごなしにきめつけて——で、言っているみたい。

「まあ」

ボス猫、くるりとむきをかえると、猫達にむかいあった。

「先に誤解をといておきましょう。……みんな、この人は怪しい人じゃない！　この人が新井素子さんだ！」

猫に日本語、通じるのかいな。けれど。ボス猫がこう言うと、猫達は一斉に、何か感動したみたいで……おおっ、この方が素子さんって感じで、まじまじとあたしをみつめだした。

「あ……あの……」

「美弥さんがお判りにならないとすると、私も誰だか判らない？」

ボス猫、こう言うとあたしを見あげた。

「このロージーをお忘れですか？」

そして。ボス猫——とんでもないことをした。

まず、にやっと笑ったのだ。そして——にやにや笑いをのこしたまま、猫の本体が消え……しばらくの間、空中ににやにや笑いだけが残り……。

and this time it vanished quite slowly, beginning with the end of the tail, and ending with the grin, which remained some time after the rest of it had gone.

口の中で、不思議の国のアリスの一節を復唱していた。まさにボス猫はそういう消え方をし——チェシャ・キャット！

チェシャ・キャットのロージー？

え？

ええ!?

ひょっとして。

「ローズ……ローゼット・ロージー？」

「そのとおり」

ふいに。あたしのまうしろで声がして——ロージーは、まず、にやにや笑いから、あたしのまうしろに出現しだした。

「じゃ……美弥ってひょっとして……山神美弥？　みいのことなの？」

「そうです」

完全に、出現したロージー、言う。

「やっと思いだしてくれましたか？」

美弥。今まで、美弥っていってきたから、よく判らなかったのだ。みい、と一言、言ってくれれば……。

みいとロージー。これ、あたしが中学二年から高校一年にかけて書いてきたシリーズ物のキャラクターだ。

みい——山神美弥。（これ、原稿の上でフルネーム書いたの、自己紹介の時だけだったのよね。だから、美弥じゃ、判んなかったんだ）人猫（この頃、平井和正先生の人狼シリーズがとっても好きだったので……でも、あたしが書いたら、人猫になってしまった）と、吸血鬼の混血児。

ロージー。ロゼット・ロージー。チェシャ・キャット。

そうよ、思い出したわ。

みい、は、理想のあたし、みたいなキャラクターだった。

たとえばあたし、視力〇・〇三。みい、一・五。たとえばあたし、運動音痴。みい、スポーツ万能。

そして。一番違うところは——みいは、満月に近くなったり、人の血を吸うと、おそろしい程元気よく、また、治癒能力がけたはずれに——ほとんど不死身の域に達してしまうのだった。

「私と美弥さんは、ある日唐突に実体化してしまいました」

ロージー、話しだす。

「で……そのショックで、美弥さんは、何だか軽い記憶喪失になったみたいなんです」

へーえ。小説の登場人物も記憶喪失になるのかあ。あ、ううん、設定上大体、小説の主人公っていうのは一般の人間よりも記憶喪失になりやすいものって相場が決っているけど……小説の主人公って、小説以外の場所でも記憶喪失になることがあるのかあ。

「まあ、ブランクが長かったですしね」

ロージー、こう言うと、くっくっと喉の奥で笑った。

「素子さん、私達のシリーズを、途中でずっと放りだしていたでしょう。いい加減――三年も、作者に思い出してもらえなかったキャラクターは、まあ、記憶くらい失うでしょうね」

「……あ……ごめん」

「せめてシリーズが完結してればよかったんですけどねえ……」

「う……ご……ごめん」

皮肉だな、やっぱ、これは。

「で、まあ、実体化したのが夜中だったもんで、一晩中あのあたりをぐたぐた歩いたんですよね。で、疲れ果てて大きなお屋敷の前で寝こんだところ、そこが大森家の玄関脇だった、と」

はあ。

「最初っから美弥さん、大森夫人に気にいられて気にいられて……ま、あれは素子さんのおかげですよ」

「へ？」

「素子さん、美弥さんのことを、割とアウトサイダー的な人物に気にいられる妙な魅力があるって設定してくれたでしょう。あの夫人は……いろいろ事情があって、あの家やあの親戚の中では完全にアウトサイダーなんですよ」

どうして？　とってもおしゃべり好きの、人のいいおばさんだったけどなあ。

「で、まあ二晩もたつと、美弥さんも完全に自分が誰だったか思い出して――で、思い出しはしたものの、今更素子さんのお宅へおしかけるのも迷惑だろうと思って、しばらくの間、遠慮していたんです。ま、この頃は一郎さん達が実体化したことも知らなかったし――実体化は、我々だけの特殊事情だと思っていたんですよね」

そりゃそうだ。あんなもん、もし特殊事情じゃなかったら――今頃世界の人口、きっと倍近くになってる。

「でもまあ――なんとなしになつかしくて、素子さんの家のまわりをうろついて――一郎さんにおいかけられる羽目になります」

今なら判る。一郎が美弥をおいかけた理由。多分、一郎、一目見て美弥を自分の仲間――あたしのキャラクターだと思ったんだ。で、実体化した理由も謎だったし、いろいろ話も聞きたかったんだろう、美弥をおいかけた。美弥は、あの子が主演している小説の中では、割と理不尽においかけられる役まわりが多かったもんで、おそらくは反射的に逃げだしたんだろう。逃げられたもんだから一郎は更においかけ、おいかけられたもんだから美弥は更に逃げ……で、あたしにぶつかった、と。
あ、そうか。だから一郎、逆にあたしにあんなこと聞いたんだ。何でおいかけるのかって
もとちゃん、あんたがそう聞くの？
「まあ、そのあと、妙なことから信拓さんと連絡がついたもんで、ゆきがかり上〝絶句〟連
みんなと知りあいになれて……まあ、それはよかったんですけどね。で信拓さんに頼まれて、
私が猫のまとめ役をやって……あ」
ロージー、妙に人間じみた仕種で、口をふさぐ。
「で、まあ、とにかく」
こほん。咳払いすると、ロージー、話を続ける。ね……猫のまとめ役って、何なの一体？
それに……大体、何だってここ、こんなにいっぱい猫がいるんだろう。
「私や美弥さんが、何だかんだと仕事をしていたせいで、変な集団、拾っちゃったんです」
「仕事？　変な集団？」
あたしの質問の、最初の一つ目を、ロージー無視して。
「変な集団――つまり、素子さん、あなたを誘拐した連中ですよ。あれはまあ……完全にこ
っちのミスでした。最初の頃、ついうっかりして――美弥さんの能力が特殊だってことをつ
い忘れて、思いどおりにふるまってしまったもので――変なものに目をつけられてしまった
らしいです」
「ね、その変なもの、変な集団って、つまり何なの？　あれ、間違っても普通の個人ではな

かった」

「まあ……何か、というのはこちらも正確には把握していないんですが……諜報機関の一種であることは、まあ、間違いないでしょう」

「でもまあ、CIAクラスの大物じゃありませんから御安心ください」

！　そ、そういうことをあんまりさらっと言って欲しくないっ！

社員が三人しかいないような、家内制手工業式のだって安心せんわい！

「美弥さんをサイボーグかエスパーと間違えたんでしょうねえ」

「あの……小説のキャラクターにこういうこと聞くの失礼かも知れないけど……そういうのって、SF小説以外に出てくるものなの？」

「おや。意外と現実認識能力がないんですねえ。美弥さん並みのサイボーグやエスパーをつくりだす技術は、現に研究段階ですし、完成すれば絶対にペイしますよ。軍隊では、ああいう人が、喉から手がでる程欲しいでしょうしねえ」

「欲……欲しいったってね」

「彼女並みの機能を持ったサイボーグが一人いれば、優にグリーン・ベレー一ダースに匹敵しますからね」

「ん……んなこと言ったって……でも、もしよ、もし仮に、美弥並みのサイボーグを作れたとしても、よ、一人が高くついて高くついてしょうがないじゃない」

「ファントムって、知ってます？」

ロージー、ふいに話題を変えて。

「あ……飛行機」

「そう。あれ、まあ、戦争の場合、しょっちゅうあっちこっちで壊れますね。あれ、一ついくらするか知ってます？」

「さあ……買おうと思ったことないから」

「か……買おうだなんて無茶苦茶ですよ、素子さん。車ですら買えないあなたに」

「へーえ、車よか高いの……まあ、そうか」

えー！　言ってから、驚く。そ、そんな高いもんのぶっ壊しっこするのか、戦争って。

「あのね……高い、んじゃなくて、桁が違うんですよ。まして、空母なんていったら、もっとずっと高そうな気がしませんか？」

「……してきた」

「それに兵士一人一人が銃を持つでしょ。あれだって、安くはありませんよ。弾だって勿論ただじゃない」

……ようやく。ようやく理解できた。何で戦争がおこると景気がよくなるのか。これ、長い間、謎だったのよね。物ぶっ壊しあいしてたら景気はどんどん悪くなるんじゃないかと思ってたの。でも——成程。無茶苦茶高価なものを一所懸命軍隊が消費するんだ、そりゃ景気はよくなるわ。

納得。それならば確かに——美弥を欲しがる、美弥の体を調べたがる人達がいるのももっともだ。

「話をもどしますよ。とにかく、変な集団、拾っちゃったせいで、大森家にいづらくなったんですよ、私達。仮にも恩人をこういうやっかいごとにまきこむ気がしなくて……。ただ、どうにも素子さん、あなたのことが心配で——あなたに万一のことがあったら助けて欲しいっていうおき手紙残して、で、大森家を去った、と」

「あたしのことが心配？」

「判らないんですか？　美弥さんを喉から手がでる程欲しがっている連中が、美弥さんの正体を何らかの方法で知ったら——連中は素子さんを、それこそ喉どころじゃない、胃からでも腸からでも手をだす程、欲しがりますよ。あなたが創造主なんだから」

同じことを、前、拓に言われた。でも……今一つ——ううん、今二つも三つも、実感できない。

「判ってないんですね。あなたはね、素子さん、現在の地球における、最重要人物なんですよ。ある意味で、本当に神——創造主なんだから」

「け……桁が違うわよ。本物の創造主っていうのは、もしいるとしたら、この地球全部を作った人じゃない。あたしが作ったの、六人と猫一匹だけよ。多産系の人なら、もっと子供作るわよ」

「……あのね。子供の作り方が違うでしょうが。原稿用紙に字を書いて子供作った人はいないでしょう」

「あの……小説家の子供は？　小説家が原稿用紙に字を書くことによってかせいだお金で育てた子供」

「論点が全然違う……素子さん、あなた、判っててはぐらかしてますね」

あたしを上目づかいに軽く睨みつけるロージー。んなこと言ったって……論点でもはぐらかさなきゃ、とってもやってられないわよ。

「とにかく」

ロージー、咳払いをして肩すくめる。完全に人間的なジェスチャー。

「あなたのことがとっても心配だったんですよ、私達は。私達——私も、美弥さんも〝絶句〟の方々も、一応それなりに自分を守る術を持っている。でも、あなたはね——何ら特殊能力を持っていないでしょう。——あるいは、信拓さんが言うように、我々の中で一番強い能力を持っているのにそれが発現していないのかも知れませんが。まあ、とにかく、誰かに襲われたら、一発でアウトだと思った」

うん。現にあっけない程一発でアウトだった。

「でもまあ……あなたも無事に帰ってきたことだし……美弥さんには何とかこちらから連絡して、帰ってきてもらいましょう。……ところで、素子さんはどうします？　どうやら信拓さん、まだつかまらないみたいだし。ここで信拓さん、待っててもいいし、帰ってもいいし」

「帰ってもって……ここ、どこ？」

「飯能のちょっと奥にはいったとこです。ここ出てしばらく歩くと、わりと大きな道に出ます。そこからタクシーひろえば、駅まで二千円たらずで行きます」

「あ……飯能」

気が抜けた。意外と近いんだ。

どうしようかな。

少し考える。

一郎に聞こうと思っていた美弥の件は、かたがついたといえばかたがついたんだし、何もここで〝絶句〟連待つ必要はないのよね。いくら猫が好きだからって、こんな猫の大集団の中にいるのって、あんまり、好きじゃないし。

それに。もう一つ。ロージーが。

何か、帰って欲しそうだったのだ。帰って欲しい——何故だか知らないけど、あたしにここに居て欲しくないらしい。別にそういうそぶりは見せないんだけど、雰囲気で、それくらい、判った。

どうしようかな。ちょっと考えて。

「ん。あんまり遅くなると——特に昨夜帰ってないもんだから——大森のおばさんが心配するだろうから。とりあえず、電話のあるとこへ行くわ」

「そうですか」

ロージー、軽く尻尾を振る。

「じゃ、この子に送らせましょう」

白猫を一匹、つけてくれた。

「ま、本来ならわたしが送ってゆくところなんですが——なにぶん、このサイズですので、目立ちすぎるんですよね」

☆

白猫つれてお家帰ると——そこにはそこで、やっかいごとが待っていた。

あ、その前に。

白猫つれて——そう。何故かこの猫、くっついてきちゃったの。送らせましょう。ロージーは、そう言った筈。だから当然あたし、この猫は駅かタクシー拾った時点で帰ると思ってた。でも、猫さん、何故かがんとして帰るの拒み。

何度か、帰んなさいよ、みゃあ、帰んなさいよ、みゃあってやりとりするのを聞いて、タクシーの運ちゃんや駅員さんが目をむいたので——結局、つれて帰ることにしてしまった。この子にはこの子で意図があるんだろう。たとえばあたしのボディ・ガードとか何とか。

「素子さんっ！」

お家から、駆けだしてきたの、大森夫人。

「ぶ、無事だったのね、よ、よかった」

あやうくあたしにとりすがって泣きだすところ。ど……どういうことなんだろうか。これ、他人の娘が一日家あけただけの時の――おまけにその娘は二十歳こえてる――反応だろうか。

何か、夫人、あたしが誘拐されたの、知ってるみたい。

「宮田がね、あなたを尾けてて……あなたが誘拐されたって聞いた時は、わたくし、もう……」

こ……この家の執事さんの仕事って、自分の家にいる若い女の子、尾けることなの？

「奥様」

うしろから、その宮田さんがでてきて、何やら夫人とこそこそ相談しだし……やがて、夫人がヒステリックな叫び声をあげた。

「もう嫌です、わたくしはっ！」

くるっとあたしの方向いて。

「これ以上素子さんにかくしごとしたくないし……素子さんに申し訳ないと思わないの？　今日は無事に帰ってこられたけど、いつまでも無事っていう訳にはゆかないわよ」

「奥様……しかし……」

「何も知らない他様の子供を、美弥の身代わりになんて、もう、これ以上しちゃいけないのよっ！」

美弥の身代わり？

「しかし……奥様。もう今からでは遅すぎます。今からでは――あるいは、最初、美弥様が素子様に接触した時から、すでに」

「それはそうかも知れないけど……」

「素子様が、どうせ遠からずさらわれるであろうということが判っているのなら——どうせなら、よそで住む家もない状態で放っておくより、うちにひきとった方がいい、と最初におっしゃったのは奥様でしょう」

「わたくしが間違っていたんです。素子さんがあんまり美弥に似てらっしゃるから、つい……素子さん見ていると、美弥が帰ってきてくれたみたいで嬉しくて……。でも、そんな感傷の為に、女の子一人、危険にさらす訳にはいきませんっ！」

「しかし……今、この家から出て頂いても……一度、目をつけられた以上、素子様はもう、どこにいても危険ではないかと……」

「どうすればいいの？　宮田。どうしたらいいの、わたくし」

駄目だ。完全なヒステリー。これは……しずめてあげないと体に悪かろう。

「おばさん……おばさま、落ち着いて」

軽く夫人の肩をたたいてやる。

「いいんです、おばさんのせいじゃありません」

そうよ。むしろ、あたしのせい。思いだしちゃったんだもの——美弥。

「美弥のせいで、あるいは美弥に似ているせいで、あたしがどんな目にあおうとも、それって自業自得——っていうか、あたしがまいた種なんです。他の人には一切関係ない……あたしの個人的な事情です」

「素子さん……」

「いいんですよ、何もおばさまが気にすることはないんです」

優しく夫人の肩、なぜて、微笑うかべて。

「全部あたしがかたをつけます――つけなきゃ、いけないんです」

最後の台詞だけ、正面向いて。それから。

「すみません、宮田さん、おばさまだいぶ顔色悪いから――ソファか何かでくつろがせてあげて下さい」

「あ、はい」

ほっとした、というか、ありがとう、という表情して、宮田さん、あたしを見た。

☆

あたしのだだっ広い部屋のふかふかソファの上で、白猫さんひざにのっけて。あたし、考えていた。

だいぶ――少なくとも、あの火事の直後よりはだいぶ、判ったことがあった。

一郎達の他に、美弥とロージーも、実体化してしまっている。(両方共、理由は判らない)

おおざっぱな計算だけど、大体両グループが実体化したのは同じ頃らしい。

うちの火事は、普通の人間が普通におこせる火事じゃ、ない。

普通ではない人間達――〝絶句〟連と美弥&ロージーは、絶対、あんなことをしない。

美弥を、つけねらっているグループがある。これも、普通の人間では、ある意味で、ない。

ある種の特殊な組織らしい。

あたしのキャラクターが実体化する時と火事の前、あたしはただただ白い所で声を聞いた。

この声も、まあ、普通の人ではあるまい。

とすると。どっちかだ。うちを燃して、あたしの家族を殺したのは。

美弥をつけ狙う連中か。

あの、白いところでひびく声か。

枝葉末節の謎――たとえば、あの山のような猫、とか、ロージーの仕事、とか――は、まだ沢山あるけれど、とりあえず、それ、おいとくと。主筋は、この二つだと思う。

あたし、忘れない。

あたし、許せない。

ある日唐突に、家族ごとあたしの家焼いちゃった誰かを。

眼鏡はずして、ちょっとまぶたをこすり、髪、かきあげる。

あたし、許さない。

その誰かが誰であっても――何であっても。ぜえったい、はったおしてやるっ!

ただ。あの、白い声の方は。何一つ――本当、きれいさっぱり何一つ、手がかりがないのよね。

とすると。とりあえず、美弥を狙ってる組織っていうのの方、あたってみることにしよう。

☆

ノックの音がした。ベッドにはいろうと思っていたあたし、慌てて枕許の時計を見る。十一時十五分。あんまり、人がたずねてくる時間じゃないなあ。

パジャマの上にガウンをはおり、ドアの鍵あける。

「どなた？」

「あ、素子様。おやすみでしたか、すみません」

宮田さん、だった。

「ようやく奥様がおやすみになりましたので」

「あ、どうぞ」

宮田さんをお部屋の中にいれる。

「先程の話なのですが」

宮田さん、一礼してあたしのソファに腰をおろす。

「一応素子様に詳しい事情をお伝えしておいた方が良いと思いまして……」

「ええ。あたしも聞きたいと思ってたんです」

あたし、宮田さんのむかいに腰かけて。

「宮田さん、先程のお話では、あたしのこと尾けてたんですって？　何か美弥のことも尾けてらしたそうだし……何でなんですか」

「私は、もともと奥様のボディ・ガードなんです」

何か、急に話がとんだような気がする。

「大森哲雄の妻、という立場ですので……誘拐に気をつかっております」

「はあ。成程」

へーえ。大金持ちだと、三十すぎても誘拐に気をつかっちゃうものなのか。

「一応、ある程度武道の心得もありますし」

言われてみて、納得。確かに筋骨隆々とした体つきをしている。

「ただ、奥様のそばに、常時ボディ・ガードがついている、となりますと、外聞もあまりよくありませんので、一応、立場としては執事、と」

「はあ」

まだ、美弥の話に結びつかない。

「ところで美弥様なのですが、時々外出するようになってから、服装がおかしくなってきたのです」

「……服装？」

「美弥様御自身は、転んだとか、木にひっかけたとかおっしゃっていたのですが……どうも、誰かに襲われたか、けんかでもしたような御様子の日が続いたのです。奥様も御心配なさって……しかし、奥様がといつめても、はぐらかすような御返事ばかりで」

そらまあ……あの組織相手にけんかしたり、ビルの二十八階からとび降りる毎日だったら、洋服、ぐちゃぐちゃになるだろうな。

「それで、ある日、私が美弥様をこっそり尾けることになったんです」

成程。そういう脈絡で、宮田さんが美弥を尾けるのは、非常に納得できる。

「……ひどいありさまでした」

宮田さん、ちょっと言いにくそうに、頭をかく。

「昔、一時期警察におりましたので、尾行には自信があったのですが……何度も、まかれまして……」

ま、相手は猫並みの行動力を持つ女の子なんだから。警察がいくら優秀でも、猫の尾行はできまい。

「そのうちやっと──尾行をはじめて五日目でしたでしょうか、美弥様のけんかの相手をみつけたのです。あれは……素人じゃありませんね」

目を細めて。

「何で美弥様を襲うのか、そのうち一人をつかまえて問いつめようと思ったのですが……駄目でした」

はあ。この体格の、宮田さんが、ねえ。宮田さん、そんなあたしの表情読んだのか、ちょっと顔を赤らめて。

「まあ、とにかく、美弥様は、三度誘拐された……と、私は思いました」

？　何か妙に持ってまわった言い方。

「そのたびごとに、何とか美弥様を助けようと思ったのですが、力がおよびませんでした」

「あの……と、私は思いましたって、どういうことです」

「三度共、その日のうちに、美弥様、お帰りになってしまったのです」

……さもありなん。

「で、そうこうするうちに、美弥様は御自分の意志で行方不明になってしまい、奥様が半狂乱になりました」

半狂乱……何で？

「奥様は、子供ができない体質らしくて——美弥様を偏愛してらっしゃいましたから……」

あ、その感じ、少し判るな。

「で……美弥様が誰に襲われていたのか、この家に来る前に何をしていたのか、今更ながら気になりだしたのです。もし、どこかで危ない目にあっているようでしたら、ぜひ助けてさしあげたいし、できることなら帰って来て欲しいと奥様もおっしゃいますし……」

……おそらく、他の誰に助けてもらわなくても、美弥は平気だろうけど。

「そんな時、美弥様のおき手紙で素子様のことを思い出しまして……その……」

「あ、判った。あたしがこの家に来れば、その美弥を襲った相手があたしを美弥と間違って、またちょっかいかけてくるかも知れない、と思ったんでしょ」

「……はい」

宮田さん、うなだれる。

「そうすれば——今度、また宮田さんがあたしを尾けて、あたしにちょっかいかける相手つかまえて、しめあげれば、美弥の行方について、何か判るかも知れない、と」

ははあ。成程。それなら完全な身代わりだ。

「ただ……素子様の昔のお宅のあたりは、美弥様の行動範囲の中ですから、遅かれ早かれ、間違われることは間違われるだろう、と思いましたし……それなら、私がそばにいて守った方がましではないか、とも思いましたし……」

「うふっ。弁解しなくて、いいです」

あたし、笑って。

「あたしが美弥に間違われるのは、あたしのせいなんだから」

「とはいえ、勝手におとりにつかうような真似をいたしまして、本当に申し訳ありませんでした」

宮田さん、深々と頭下げる。それから。

「で……あの……こんな真似をした上に、失礼とは思うのですが……ぜひ、お聞きしたいことがあるのです。何か、今の口ぶりですと、素子様、美弥様のことを御存知でいらっしゃるようですが」

……ちょっと、返答に、つまった。確かに知っている。でも……あたしの小説のキャラクターです、で通じる話、なんだろうか。

「美弥様は、過去、どのような訓練をうけた方なんですか？　どうしてああいうことが……。それに、あの方の本当の御両親は……何に追われているんです？　素子様との御関係は……？」

これだけ一息にまくしたてて。それから。

「最初、私は素子様は何も知らないと思っていたんです。美弥、という名前を聞いた時の反応や、あと——失礼ですが、こちらで勝手に素子様の交遊関係を調べさせて頂いたものですから。でも——知っていらっしゃるようですし」

うーん、困った。何と説明しよう。

「えーと、あの、あたし、直接美弥を知っているって訳じゃないんです。あたしの知人が彼女知ってまして……」

多少、でっちあげ。彼があたしのこと調べたのなら、昔なじみでした、なんて話でごまかせないだろうし。

「ですから、彼女が普通以上の運動神経を持っている理由は、よく判らないんです」

「はあ」

「で……彼女の両親は、その……いないんです」

「いない？　おなくなりになったんですか？」

「……ええ」

良心ちくちく。むしろ、はじめから存在していなかったっていう方が正しい。

「では、御両親をなくしたあと、美弥様はどうやって生活を……」

「さあ……それも、判らないんです」

これは本当。あたし、美弥を十九に設定したのであって、あの子の過去については決めてない。

「で、素子様との関係は？」

「ええと……」

さあて。これが一番、難問だ。まさかこればっかりは知らないって言う訳にはいかないし。

「美弥が、その、あたしの知人にあたしのこと聞いて、で、自分にそっくりのあたしって女の子に興味持ったんじゃないでしょうか。それくらいの……関係です。一回、道でばったり会った以外に、あたし彼女に直接会ったことないし……」

無茶苦茶、苦しい言い訳。

「あんまり……こんなことを言える立場ではないんですが、素子さん、それは通りませんよ」

宮田さん、こう言うと足を組んだ。素子様、が、素子さん、になって。それはその方がいいんだけど、この足の組み方やものごし――かなりの迫力。

「道でばったり一度会っただけの女の子の為に、何で美弥様があんな書きおきをするんですか」

「さあ……美弥に聞いてもらわないと……あたしにはちょっと……」

しどろもどろ。

「それに素子さん、あなた御自分でおっしゃったじゃないですか。美弥のせいであたしに何かあっても、それは全部自業自得っていうか、あたしがまいた種だって。道端で会っただけの女の子のせいであなたに迷惑がかかるのが、何で自業自得なんです」

うっ。答えられない。

「……」

「黙っていられても判らないんですけどね」

言葉づかいは丁寧だけど、成程昔警察にいたっていうのがよく判る。

「あ……あの、あの時、おばさま、ヒステリー状態だったでしょ、だ、だから、おばさまの心理的な負担を多少なりとも軽くしてあげようと思って、で、口からでまかせを……」

あー、嫌だ。こういう言い訳。でも……。

「私には、どちらかというと、今の台詞の方がはるかに口からでまかせに聞こえますよ」

そりゃそうでしょう。

「まあしかし、それはこちらにも負い目のあることですし、それでいいということにしましょう。では、その、美弥様を知っているあなたのお友達というのは？」

「秋野信拓って人です」

もういい。言っちゃお。信拓は——ま、多少分野は違うけど、天才って形容のつく人なんだから、何とかごまかしてくれるだろう。

「秋野信拓さん……。連絡先は？」

「飯田橋の第13あかねマンションってとこに住んでます。……あ、彼に聞けば、現在の美弥のいどころも判るかも知れない」

宮田さん、おそらくあたしが、それもしどろもどろでごまかすと思っていたのだろう、あんまり素直に言ったので、逆に驚いてるみたい。

「……はあ。では、どうも夜分にすみませんでした」

宮田さん、立ちあがる。あたし、ほっと息をつく。と、宮田さん、くるりとこちらを向いて。

「素子様」

あ。言葉づかいがもどった。

「嘘をついたり、知っていることをごまかしたりするのがきつくなったら、いつでも私に言って下さい」

「あ……はい」

あーあ。つい、つられてこう返事。これじゃ、嘘ついてんの自分で認めたことになってしまう。

「では」

ドアの所へ行きながら、宮田さん、くすっと笑った。

「おやすみなさいませ」

「おやすみなさい」

あたし、ドア閉めると、ため息ついてソファの上にひっくり返った。白猫がやってきて、あたしのほっぺた、ぺろっとなめた。

☆

その晩。

あたし、また、例の夢を見た。例の——ただただまっ白なところにいる夢。

「……狂いだしている」

あの、交通事故がどうのこうのってわめいていた人の、声。

「……駄目だ、あきらかに狂いだしている。もう様子をみている段階じゃない」

「あなた、誰よっ！」

あたし、叫ぶ。けれど、まっ白のもやがあたしの声を吸収してしまい。

「……おまけに、疑われだしている。……最悪だ」

頭かかえてうめいている雰囲気。

「……ここにいるから駄目なんだろうなあ」

ぼそっと、呟く、声。

「時間の流れが違いすぎるんだ。こっちの体感の一日が、むこうじゃ一ヵ月以上だからなあ……。やはり、あの星の生物に同化して始末をつけないといけないんだろうか」

髪かきむしる。そういう感じの、想い。

「しかし、他の惑星の知的生命体に介入するというのは……けれど、両親が路頭にまようのは……えーい、駄目だ、こういうことを悩んでいる暇はないっ！　すでに、もう充分すぎる程、悩んでしまったんだ」

他惑星の知的生命体への介入と路頭にまよう両親。何か……単語の持つイメージに、かなりのギャップがあるなあ。

「悩んでいる間に、空間が狂いだしてしまったんだ。これ以上狂ったら、次元管理官にかぎつけられるおそれが大きいし――そうだ、何より大惨事になるおそれがあるっ！」

何かよく判んないんだけど、〝決意っ！〟って感じ。

「そうだ、どうせこの子も生命体である以上死ぬんだ。今死のうが五十年後に死のうが、たいしたかわりはないだろう」

……人間が、現在死ぬのか五十年後に死ぬのかには、もの凄いかわりがあると思うけど。

「すでに考えている時ではないんだ。実行にうつさなければ」

それから。決意みなぎる声とはうってかわった苦し気な声。

「そうだ、やるしかないんだ。この個体には……本当に申し訳ないことだけど……」

流れてゆく、白いもや。とっても悲し気で苦し気な白いもや。

もや――。

そして、目がさめた。

PARTⅥ　誰かお願い嘘だと言って

がばっ。

慌てて、身をおこす。

誰か別のキャラクターが実体化してないでしょうね。

家、燃えてないでしょうね。

前二回の経験があるから、まず、それを考えて。ほっ……無事、だ。

「みゃお」

白猫さんが、床からベッドにとびのって、あたしの鼻、なめた。

「ふう……何でもないの」

白猫さんの頭、なぜてやる。

「ちょっとね、夢見が悪かっただけ」

「くうん」

鼻ならす。

「おまえさ……」

あたし、ベッドにうつぶせになると、顔だけあげて、白猫さんの顔、正面からまじっとみつめる。

「日本語、判るの」

「にゃん」

……どっちともつかないな、この返事。

「日本語、しゃべれない？」

「にゃん」

同じ返事かいな。

「ま、声帯の構造上、無理か」

「にゃん」

「それにしても、ロージーはどういう声帯、してんのかしらねえ」

「にゃん」

「他のことが言えんのかあんたは」

「みゃお」

お。ちゃんと他のこと、言った。すごいなこの猫、日本語判るのかしら。……あるいは、偶然かな。

「ね、白猫さん、お名前何ていうの」

「にゃん」

「にゃん、じゃ、鳴き声じゃない」

「みゃお」

「みゃおってあんた、名前が二つある訳じゃなかろうし」

「ふみい」

「おーい、三つかよ」

「にゃお」

……やっぱ、日本語判んないのかな。ま、そっちの方が普通なんだろうけど……どっか残念。

「ま、いいや。あのね、白猫さんっていうんじゃ呼びにくいから、名前つけるけど、いい？」

「みゃう」

「……あたし、猫語は判んないのよ。それ、了解ってメッセージだと思っていい？」

「にゃ」

「……いいということにしよ。じゃあ、白猫だからシロ……じゃ犬みたいねえ」

ねっころがったまんま、右手のばして喉の下なぜてやる。

「みい、は美弥だし、えーと……タマ。ありきたりすぎるな。ペル……ペルシャ猫じゃないし」

「みゃう」

と、白猫さん、名前あげはじめてから、はじめてないた。

「へえ。ペルがいいの？」

「ふみい」

「うーん、猫語は判らんってんのに。じゃ、いいや、あんた、ペルにきまり。OK？」

「にゃご」

「よおし、ペル。とりあえず起きようね。朝だから」

☆

朝だからとりあえず起きて下へいくと、おばさま、すでに食卓の椅子にすわっていた。

「あ、素子さん……」

おろおろと何かいいたげな様子。

「あ、おはようございます」

先にこっちが明るい声を出す。

「あ、おはよう。あのね、素子さん、昨日の話なんだけど……」

「あの、おばさま」

おばさまが、充分すぎる程罪悪感を持っているのが感じとれるから、目一杯明るい声を出してあげる。

「あの、もしこちらの方で都合が悪くなければ、あたし、ひきつづいてここにおいといて頂きたいんですけれど」

「え、ええ、それは勿論、あなたの一番いいように」

「で……あたし、何も気にしてないです」

「でも、あの、素子さん」

まだおばさま、しどろもどろ。

「あたし、本当に何も気にしてないです」

「でも、あの、宮田が昨日、あなたに失礼なこと……」

「本当に気にしてないんですよ」

で、にっこり。まだ謝りた気な様子の夫人の機先を制するべく。

「あ、あの、居候の身で申し訳ないんですけど……猫、飼っていいですか？」

「猫？　……美弥も飼ってたわ。ブルドッグみたいにおっきなのを……」

「普通の猫サイズです」

「ええもう、一ダースでも一グロスでも、どうぞ。だけど素子さん、あのね、わたくし……」

まだ気にしてるよお、この人。どうしよう。

「すみません、朝御飯、まだですか？」

またもや話題、かえる。

「ええ、もうはじめましょうね。でも素子さん……」

しつこい程、罪悪感、持ってんのねえ。

「早く食べないと、大学、遅れちゃうんですよね。今日は一時限目からあるので」

それに、ＳＦ研のみんなにも謝らないといけないなあ。

「大学！」

と、夫人、叫ぶ。

「素子さん、大学いくのっ！」

「え？……はあ」

何で？　何でこんなにさわぐの？

「あんなことがあったのに？　危ないわよ、いつまた危険なことがあるか……」

実はそれがこっちの狙いなのだ。あの、美弥をおいかけていた連中。とりあえずあの連中、うちの家族殺した最有力の容疑者なんだから。

「大丈夫ですよ」

でも、一応、のほほんとした声を出す。

「大丈夫って、危険よ、あなた。家にいた方がいいわ」

「……でも、あの連中おそれてずっと家にいる訳にも……」

「ええ。美弥の時は、美弥がどうしても嫌がったのでやらなかったけれど、実は今回は警察に訴えたの」

けいさつ？　……考えもしなかった。

「まあ、あなたが昨日のうちに無事帰ってきたので、それはよかったんだけど……あなただって、嫌でしょ？　得体の知れない連中の為に、日常生活がおくれない、だなんて」

「え……ええ」

それは確かにそうなんだけど。でも――警察相手にどうすればいいんだ？　美弥の異常性について、や、何故美弥が狙われるのかについて、どう説明すりゃいいんだ？　それに……あたしの脱出方法だって。いくら何でも、コンクリの壁、ボンナイフで切って逃げましたっていうのは……。

「一応、あんなことがあったし、あなたも午前中はゆっくりと休みたいだろうと思って……警察の方には、午後、来てもらうことになってるの」

「今日の、ですか？」

「ええ」

今日の午後――わあ、とてもそれまでに、人を納得させるようなストーリー、思いつけないよお。それに、コンパすっぽかしちゃったこと、ぜひ、SF研の連中にわびたい。

「じゃ……あの、あたし、午前中だけ大学行って、午後、すぐ帰ってきます。今日はどうしても外せない用があるので……」

「でも……危ないわよ」

「宮田さんについてきて頂きます」

本当はこれ、嫌だったんだけど、夫人を納得させる為には仕方ない。それにあの人、どうせ嫌だって言ったところで、ついて来ちゃうだろうし。

「そう……宮田に……じゃ、なるべく早く帰ってきてね」

☆

……はふ。

あたし、宮田さん、い、い、宮田さんについて来てもらうって言ったつもりだった。確かに宮田さんもついて来てくれた。でも……宮田さん以外も、沢山。

早い話、あたし、ボディ・ガードの群れにかこまれて登校することになっちゃったのよお。

宮田さんを筆頭に、腕っぷしの強そうな人、半ダース。ま、別にいいけどね、えらく大学とは場違いなのよね、これが。

道ゆく人がみんなふり返る。実に……実に、無理はない。おまけに私設ボディ・ガード――ペルまでが、断固、あたしから離れようとしない。

仔猫抱いた女の子、まわりに六人の屈強の男したがえて。昼日中に仮装行列してるみたいだなあ。おまけにみなさん、大学の敷地の中まではいってきちゃって……学生証見せろって言われたら、どうする気なんだ？

お。おまけに。

「あ……あの」

おそるおそる、聞く。だって……校舎の中にまで、はいってくるんだもん！

「ま……まさかと思うけどみなさん、教室の中にまで……」

「ついてゆきます」

「にゃん」

宮田さんとペルが同時に言う。この猫、やっぱ日本語、判るのかしら？

「一時なりとも目を離してはならないという、奥様の命令なので」

「だって……目立つわよ、あまりに目立つわよ」

「しかし」

「それに、教室の中にまで、変な人はいってこないわよ」

「いや、判りません。相手が学生に化けている、という可能性もある」

「それに、失礼だけど、あなたがたみたいに齢のいった人がはいっていったら、教授が不審に思うわよ」

「大丈夫です。大学側には、事情を話して許可を頂きましたから」

事情を話して……うー。いい、もう、いい。今日の授業、パスっ！　直接部室の方へ行こ。

「あれ……素子様、授業は」

「パス、します」

「でも、外せない用というのは……？」

「授業じゃなくてクラブの方なの」

ま……まさか。

「で……クラブの部室にもついてくる気？」

「はい」

「にゃん」

ああ、クラブの笑いものになってしまう。……でも、ま、いいか。これだけボディ・ガードがついているんだ。誘拐されたせいでコンパすっぽかしたっていうの、納得してもらえるだろう。ただ……納得されると、そのあとが怖いんだけどね。何で誘拐されたんだって話になると……説明できないし、説明したって、冗談言うなって怒られるのがせきの山だろう。

と。むこうから。

ボディ・ガードのみなさんと同じく、まったく大学に似あわない人がやってきた。齢の頃は四十から五十。頭、少し、はげ気味。背はそんなに高くなく、でっぷりとした、とってもふくよかなお腹をしている。

齢格好だけだと、そんなに大学に似合わないこともない——教授かな、とも思えるんだけど、雰囲気がね。とっても実業家然としているの。せんせってムードではない。でも、まあ、世の中には実業家然とした教授もいるのかも知れないし。

「すみません」

そのおじさんは、まっすぐあたしのところへやってきた。ペルが、あたしの腕の中で、しきりに鼻をくんくんさせだす。

「はい？」

「新井素子さん、ですか？」

「ええ。あの……あたしに、何か？」

「ふうっ」

ペル、毛をさかだてた。攻撃姿勢。同じくボディ・ガードの皆さんも、お互いに目くばせしあい、いつでも攻撃できるように身構える。

「あの、ちょっと来て欲しいんですが」

「どこへ……あなたは誰ですか」

「西谷、といいます。どこへ行くかは、来て頂けば判ります」

「あの、あたし、嫌です。子供の頃から、知らないおじさんについてゆくなって言われてますし」

あせったもので、かなりとんちんかんなことを言う。

「嫌ですか」

西谷さん、何か妙に哀し気な顔をする。

「じゃ、私があなたの知っている人なら、いいんですか？　それでしたら、待っていてくれれば、あなたの知っている人になって来ますが」

「はあ？」

何なんだ、このおじさん。

「たとえ知っている人でも、事情が判らずにどこかへ連れてゆかれるの、嫌です」

「あ、では事情が判ればいいんですね？　でも……事情を話したら多分あなたは来てくれないだろうなあ」

「どっちにしろ、行きません」

「そうですか……困ったなあ」

変なおじさんだなあ。美弥をおいまわしている連中にしては、妙なところが多すぎる。

「で、あの」

つい、こう聞いてみる。

「事情って、何ですか」

「はあ。あの……あ、でも、そうか、これ話しちゃいけないんだ。あなたを殺したいので人目のないところへついて来て欲しい、なんて言っちゃったら、まずついて来てくれなくなるだろうし」

「!!」

あ……あ……あいた口が、あいた口がふさがらん！

「……ああ」

おじさん、やっと気がついて。

「話してしまいましたね。で、こういう事情なんですが……ついて来て頂けますか？」

「頂ける訳ないでしょうがっ！」

ボディ・ガードの皆さんも、あまりのことにあぜんとして、口をあけておじさん見てる。一人——というか、一匹——ペルだけが、ひたすらおじさん相手に敵意をむきだしにして。

「では……不本意ながら、腕ずくで来て頂くことにします」

「ちょっと」

このおじさん、現実認識能力がないんだろうか。あたしのまわりにいるボディ・ガードの群れ——気にしてないの？

ボディ・ガードの皆さんも、ことここに到って、ようやく呆然としているのをやめた。そのうち一人がおじさんの腕をつかんで。

「ちょっと来て頂きたいんですが」

あのボディ・ガードさん一人で、おじさんをのしてなお余りがあるだろうな。けんかをするって観点でみれば、おじさんの体、あまりにも貧弱なんだもの。

「今は困ります」

おじさん、律儀にこう返事する。それから。

「ああ、腕ずくで来て頂くことになったんでしたっけ、するとあなた方を何とかしないといけないんですな」

そして。

そして！

次の瞬間、ボディ・ガードさんの腹に、おじさんの腕がもぐった。す……すごいっ。ほんとに一瞬で、ボディ・ガードさん、のびてしまった。

「何をするっ」

残りのボディ・ガードさんが、一斉におじさんにかかる。でも……全然、たちうちできないの。おじさん、おそろしい程、強い。それも、単にけんかが強いっていうんじゃなく――防御、しないの、この人。なのに――どこなぐられても、まるっきり平然として。

なんて――なんて、感心して見ている場合じゃない。ボディ・ガードさんが全部のされてしまえば、あたしが危ない。

「誰か、助けて！」

思いっきりの、悲鳴。ここは、夜中の誰もいない道じゃない、まっ昼間のキャンパス。まわりに人は結構いる。

「誰かあっ、助けてえっ！」

「素子さん」

ボディ・ガードさん、全部くたっと地面にはりついちゃってるっていうのに、おじさん、息をきらしたって様子もなく、言う。

「騒いでも無駄です。ついて来て下さい」

「いやあ」

「静かに」

おじさん、あたしの口を手でおさえる。

「な……何してるんだ」

その頃になって、呆然としていた通りがかりの男子学生が、ようやく何人か助けに来てくれた。むこうの方では、警察を呼ばなくちゃ、とかって声が聞こえている。

「おやめなさい、怪我をするだけですよ」

「何をっ！」

かかってきた男の子二人、足だけで気絶させる。こうなると、残りの連中、あたし達を遠まきにするだけで、手だしができなくなってしまう。

「では、素子さん、行きましょうか」

おじさん、あたしの口おさえたまま、あたしをずるずるひきずって歩く。何という力だ。ペルがおじさんの足ひっかいて、おじさん、ペルけとばそうとする。けど、ペルは間一髪逃げて……。でも、猫一匹でこのおじさん、とめられる訳がない。

ずるずる、ひきずられて校門をでる。あーん、おまわりさん。早く来てくれないだろうか。でも……このおじさんの様子を見てると、おまわりさんレベルでどうこうできるとは思えない。

校門の脇に。車がとめてあった。あたし、その車の中におしこめられてしまう。どうしよう。ど……どうしたら逃げられるんだ。

おじさん、別にあたしをしばるでもなく、助手席の方へおしこむ。で、自分は運転席にすわりこんで。

多少の怪我と死。心の中で、はかりにかけてみる。そりゃ勿論、どう考えても、怪我する方が死ぬよりましだ。

おじさんのあの腕っぷしを考えると。今、この段階でおじさんにくってかかったら、間違いなくあたし、のされてしまう。でも、おじさんが車運転しだしたら？　まさかおじさん、ハンドル放っといてあたしをとりおさえる訳にもいかないだろうし、いくら非力な女の子とはいえ、おじさんのハンドルさばきの邪魔くらいできるだろう。ハンドルきりそこなって、電柱か何かにぶつかって車壊れれば——むちうち症くらいにはなるかも知れないけど、殺されるよりずっとましだ。

ところが。車が動きだしてすぐ、あたし、あてがはずれたことを知った。あてがはずれた——嘘お。このおじさん、車、運転してないっ！

言いかえると。おじさんは、のっているだけで——何もしないのに、勝手に車が走ってゆくのだ。

「あ……あ……あ……」

「失礼、素子さん。かなり無理矢理にさらってきてしまいまして……本当は、こんなにいろいろこけおどしなんかせずに、すぐ殺してあげたかったんですが……科学的なことはよく判らないんで何なんだけど、どうもあなたは、人の大勢いるところで殺さない方がいいと思ったもので」

口調は、とっても丁寧。世間話、しているみたい。別に、迫力があるって訳でもなく……

そこがまた、怖かった。

「出来得べくんば、地球上で殺さない方がいいでしょうねえ」

ん……んじゃ、どこで殺すっていうのよ。スペース・シャトルにでものっけてうちあげようっていうの？

事態が。

このおじさんが、あたしの命を狙っている、で、あたしは今、おじさんの手の中におちて、殺されようとしているところ、なんていうものと全然印象違って――実際にはそうなんだけど、おじさんの話し方があまりに茶のみ話的なので――あたし、段々、ひらきなおってくる。

そして。

唐突に思いつく。

「あ！」

「はい？　何ですか？」

「あなた、交通事故のおっさん！」

声も違う。顔を見たこともない。でも、どことなく、イメージが。

「交通事故？」

「あ、ひっかけちゃった、どうしよう、免許停止だ、両親が路頭にまよう、のおっさん。違う？」

おじさん、こころもち、赤くなる。

「何だ……聞こえてたんですか、あの一人言」

「ちょ……ちょっと待って……じゃ……じゃ、ひょっとすると」

「はい？」

「うちを燃やしたのは？」

「それは私です」

☆

まだ新築だった家。白かった壁。わりと広い玄関、ぬけると茶の間、ほりごたつ。こたつの、南にお父さん、西におばあちゃん、あたしと妹とお母さんは、でたりはいったり。平凡な――ありきたりの――家族。家庭。

人の頭の中に意味不明のメッセージ送りつけ、あたしの家族を全部殺し、あまつさえあたしを家なき子にした男。

その――恨んでも恨んでもあまりある――そんな大悪人が、ようやく、あらわれた。あらわれて、今、あたしが手をのばせばとどく所にいる。

でも。

何なんだ、このあぜんとした感情は。怒り、とか、恨み、とか、憎しみ、とかいう感情に火がつかない。だって……だって、困るのよ！

悪人は、悪人らしくしててくれなくっちゃ。別に何をしろとも言わないけれど……もうすこし、あ、この人、悪人だってイメージでいてくれないと……困るのだ。

恨んでも恨んでもあまりある男が、ひょいと大学へやって来て、ひょいと殺しますので来て下さい、なんていって、ひょいとあたしを誘拐したんじゃ……えーい、悪人ならもうちょっと悪人らしくしてくれ。

おまけに。

一方的にあたしに意味不明のメッセージを送ってみたり、今、まるで手をつかわずに車運転したり……こ、この人、エスパーだ。それも、もの凄いレベルの。

「何で……何でよ」

声がかすれてきた。

「何であたしが殺されなきゃ、いけないのよ」

「すみません」

おじさん、深々と謝る。

「事故なんです。交通事故」

「へ？」

「私があなたをはねてしまったもので……」

「は？」

あたし、このおじさんにはねられた記憶、ない。ううん、このおじさんだけじゃなく、どこの誰にもはねられた記憶、ない。それに——百歩譲って、あたしがはねられたとしても、よ、何で交通事故の加害者が被害者を殺さにゃならんのだ。個人感情的に言えば、逆ではないか。

「あの……どこで？　あたし、車にひかれた記憶も、はねられた記憶も、ぶつけられた記憶も、ないよ」

「車じゃなくて、宇宙船です」

「余計ないっ！」

ど……ど……どうせいっつぅんじゃあたしにっ！　宇宙空間ただよってろっていうのかっ！　宇宙空間にただよってでもいなきゃ、宇宙船にはねられようがないではないかっ！

「人違いよ人違いっ！」

美弥の件以来、何もかも人違いですまそう、だなんていう、手抜きの思考、しちゃってる。

「あたし、宇宙船にはねられた記憶、ないっ！」

「いいえ。厳重なる個体識別の結果、私がはねた個体は、新井素子さん、あなただと決まりました」

勝手に決めんで欲しいっ！

狂ってるんだ、この人。あんまり常人ばなれした超能力があるから、気が狂っちゃったんだ。そうとしか、思えなかった。大体、そうでもなきゃ――気が狂っているのでなければ、そもそも、宇宙船が人をはねるだなんて妄想、思いつける訳がない。

どうしよう。どうすればこの場を切り抜けることができるだろう。

そんなこと考えながら、あたしがあせったりおびえたりしているうちに。ききっと軽い音をたてて、車、とまった。

ここ……どこなんだろう、嫌に森閑とした、とっても静かなとこ。あたり一面の林で、その奥に、ぽつんと家がある。隣御近所は——あーん、視界のおよぶ範囲に、御近所の家は、ない。

「うちの別荘です」

おじさん——西谷って名乗ったっけ。本当にそういう表札、でてる。西谷英厳。

「どうぞおりてください」

ドアあけてくれる——もんだから、何とはなしにおりる。

車おりて、何気なく車の屋根見ると……息が、つまった。

赤い車。線状に、塗装がはげている。その線の間隔——ペル。

ペルは。おそらくはあたしが車におしこめられるや否や、ペル、車の屋根にとびのったのだろう。そしてそのまま屋根の上にふんばって——で、力つきて、どこかでおっこったんだ。おっこちる前に、目一杯ふんばって、つめで車ひっかいて——でも、力およばず、そのままずずっておっこった。そんな事情があって、ついたに違いない傷跡。ペル……。

「おじさん——西谷さん」

変な話だけど、ようやくあたし、怒れるようになってきた。ようやく——ようやく怒りが日常レベルまでおりてきてくれた。今までは、あまりの非日常性に、怒りの方がそっぽむいてたのが、今、ようやく、怒りのレベルと現実のレベルがあった。

「ひどいこと、するのね」

睨みつける。

「ひどいこと？」

「ペルよ。この車の上にいた猫――ふりおとしたわね」

猫族は敏捷だから、助かるだろうとは思った。でも――仮に、交通量の多いとこでおっこったら。後続の車にひかれるかも知れない。ペル……生きててね。

「はい」

西谷さんは、何であたしが怒るんだか判んないって顔で、あたしの怒りをうけとめた。

「でも……それが何でいけないことなんですか？」

「だって……走ってる車からおっこったら、あの子、怪我をする……」

「でも……あのままのっかってた方が、より悲劇ですよ。車のまわりの空間はシールドしてなかったんだから」

「シールド？」

「途中何回かとんだんですよね。とんだ――テレポーテーション」

ぜ……全然、気づかなかった。

「車の中はシールドしてあったからいいけど、外は……あれ、通常の地球生物がまきこまれたら、多分、体にあまりよくないと思いますよ。……え？　気づかなかったんですか、とんだの」

今更のように、西谷さん、驚きの表情、作る。

「だってここ、下田ですよ。通常の手段で下田まで、どうしてこんなにすぐ来られると思うんです」

「ここが下田だって知らなかったのよ！」

言われてはじめて気づく。池袋から五分ちょっとドライヴしたにしては、たしかに異常な程、静かだし、森の中だ。

「では、素子さん、あの家の中にはいって下さい。中に宇宙船がありますから……あなたの始末は、やはり、宇宙船の中でやりましょう」

「……嫌だって言ったら？」

そろそろあとじさる。

「不本意ながら、地球上でやります」

「それも嫌だって言ったら？」

「それを拒否することは、残念ながら、あなたにはできません」

あたりを見まわす。ちょっとした丘陵——山のとばくちか何かかも知れない。車は、アスファルトの道路の上にとまってるけど、その道路から土の細い道がうねうねと木立ちの中に消えている。足許をみまわす。あたし、アスファルトの道路おりたとこに立っていて、下は土。ところどころに、あたしのにぎりこぶしくらいのサイズの石が転がっている。

「拒否すること……できるかどうか、やってみようじゃない」

西谷さんに聞こえない程の小声で呟いて。それから、西谷さんにうながされたとおり、数歩あるく。そして。

「あ……いた」

うずくまる。

「歩いて下さい」

「いたっいたたたた……」

下腹おさえて、苦悶の表情。

「歩いて下さいってば……どうしたんです」

「急にお腹が……持病のしゃくだわ」

「それ……放っとくと死にますか？」

えーい、時代劇くらい、みなさいよっ！

「死にません」

「じゃ、駄目だ、ちゃんと殺さないと。……歩けない程痛いんですか？」

……こ……これからあたしを殺そうって人に、いたわられてしまった。西谷さん、あたしに手をさしのべてくれ——悪いけどその甘さが命とりよ。

ばすっ。

実は、こごんだ際に、石を拾っておいたのだ。その石を、思いっきり、西谷さんにぶつけた。それも、前、一郎に忠告されたみたいに――ごめん――男性の急所、めがけて。

ばすって音がしたのよ。かなりもろにぶつかったと思う。なのに。

「持病のしゃくっていうのは、石を投げたくなる病気なんですか」

西谷さん、まるっきり平然としてる。

「さあ、しっかり起きて下さい。その石が投げられるんなら、お腹の方は大丈夫でしょう」

……駄目だ、これは。さしのべられた手を、はねのける。もうこうなったら――問答無用、とにかく逃げよう。

走りだす。車でおいかけてこられないように、山道めざして。

「あ、ちょっと。ちょっと、素子さん、待って下さい、方向が違いますよ」

誰が待つかいな。かなりかかとの低い靴、はいててよかった。これでハイヒールなんかはいてたら、まず、走れない。山道じゃ、靴脱いで走るだなんて、論外だし。

「待ってくれないとおいかけますよ」

……い、いいんだけどね、西谷さん、あなたが並みはずれて礼儀正しいのはよく判ったから、頼むわ、あんまりテンポを狂わせないで欲しい。

西谷さんは、こう言ってから、五秒そこにつったっていた。どうやらあたしの返事を待っていたらしい。で、あたしに返事をする意図がない、と知ると、おもむろにあたしをおいかけだした。

ちょっと、走る。最初は砂利まじりのゆるい坂だった道が、段々、けわしい坂道になってくる。けわしい坂道——こ、この道、完全に登山よ。

急な坂。別に雨が降ったっていう訳でもないけど、ところどころ、ずるっとすべる。地面の中の砂利の構成比が段々減ってきて、もろ、泥っぽくなってゆく。

舌うち一つして、ショルダー・バッグ、捨てる。もうこんなもん、持ってられない。それから——あーん、こんなことになると知ってれば、ミニ・スカートなんかはいてくるんじゃなかった——格好を度外視して、走るというよりはよじ登る——うん、この山道。素直に走るよりも、適当な岩や木に手をかけてよじ登った方が、ずっと楽だ。

「ま、待ちなさい、素子さん」

うしろから西谷さんがおいかけてくる。この人、あくまで正統的に——背広きて四つんばいになろうとしないで——走ってくるものだから、なかなかあたしにおいつけない。

おいつけない——うん、速度的には。でも。

息をきらしてないのよお。

この急な坂。二十歳のあたしが登るんだって、なかなか大変だ。なのに、この五十すぎの太った男のどこにこんな体力があるんだろう……。

「誰が待つものですか」

言って、五十センチくらいの岩からとびおりる。木の枝で、ブラウスをすこしさいてしまう——おまけに。

ぐぎっ。体が不自然に左へかしいだ。足首の感じが変。何か、とっても歩きづらい——がくがくする。痛みは全然感じないけど、ひょっとして、ねんざでもしたのかしら――あ、違う。

靴のかかと。いくら低いとはいえ、一応、かかと。とれちゃってる。

「えーい」

舌打ちして靴脱ぎ、一所懸命あたしをおいかけてくる西谷さんの顔めがけて靴投げた。西谷さん、まっ正直に、よけようともせず靴を額でうけとめ――でも、軽く投げた靴に、そんなに破壊力あるわけないのよね。

五歩、走る。いたっ。左足――ストッキングはいただけのはだしが、もろに小石をふみつけた。ストッキングは破れて、おまけに足の裏の皮も少し破れたみたい。

靴。運動靴、欲しい。スニーカーでもバッシュでもテニスシューズでも何でもいいから走れる靴が欲しい。

そう思いながらも、更に逃げる。と――と!?

目の前に、何故か、靴があった。お、なつかしい、高校の時の体育館シューズ。

何かさっぱり訳判んないけど――あの魔法のポケットの服、今日、着てないぞ――とにかく靴をはく。あーこの、ひもの結び目がややっこしいのよね。

と。靴はくのに時間がかかったので――えーい、これじゃ、靴はいてもしょうがないのよっ！――まうしろに西谷さん。

「素子さん、困りますよ。私としては、あんまりあなたをおいつめたくなかったのに。だから精一杯下手にでてたのに、また、ゆがめましたね」

「何を」

言いながら悩む。武器——何か、武器になるもの。

「何をって、今靴をだしたでしょう。困るんですよ、そういうことをされると」

「んなこと言ったって、かかとがとれたんだもん！」

「かかとくらい、言えばいつでもつけてあげますっ！」

「でも……だって、あのね」

おそるおそる、聞く。

「あたしがあなたから逃げている、まさにそのまっ最中に、とことこあなたのとこへとって返して、すみません、かかとがとれましたって言って……で、あなたが、おうちから靴の修理道具一式持ってきて、で、靴なおしてから、またおっかけっこ……するの？」

「……多少……おかしいような気も……しますねえ」

「すごくおかしいわよっ！」

「どこがおかしいんでしょうか」

「大体ね」

言いかけて、あせってやめる。大体あなた、こんなのほほんとあたしとおしゃべりしてないで、とっとと殺したらどうなのよ、なんて、それ、間違ってもあたしの台詞じゃない。

「大体えーと……武器」

そうよ、武器、何か探さないと。

とたんに。

ばきっ。どさっ。

ものすごい音がして、何故か、木がおれた。木――西谷さんの脇にはえてた木が根元から折れ――もろに西谷さんの頭へむかって降っていったのだ。

「だ……大丈夫？　西谷さん？」

あんなもんがもろに後頭部にぶつかったら、まあ、議論の余地はない、西谷さん、死ぬな。慌てて木をとりのぞいてやろうとする。と、西谷さん。

「大丈夫です」

全然、声に、変化ないの。痛みをおさえてる、とか、そういう雰囲気が。

それから。大人が二かかえはありそうな木が、もそっと動く。下で西谷さんが、もちあげてるみたい。

「あーあ……頭蓋骨が陥没してしまった……」

「ず……ずがいこつがかんぼつ？」

西谷さん、上半身を木の下からひっぱりだしてあたしに示す。

「ほら、ここ……さわってごらんなさい、ぽこっとへこんでますから」

へ……へこんでますってあなたね。

「駄目よ、動いちゃ！　駄目、傷口さわったら！　下手に動くと死ぬわよっ！」

大体生きてるのが信じられない。

「大丈夫ですよ、もう死んでますから」

「は？」

「今朝、心臓発作で死んだんです」

「誰が」

「私」

傷口と、耳から出血してるとこ、軽くなぜながら言う。

「あの……この血、見苦しいですか？」

「見苦しいってあの……」

「死後……えーと、八時間くらいたってるから、あんまり出血がなくてよかった」

指折って数えてる！

「もし見苦しいようでしたら……」

ごぞごぞと下半身も木立ちの中からはいだしてきて、ポケットさぐる。ハンカチひっぱりだして、血をふいて。

「傷口ふさいで出血ふくと、そんなに見苦しくないでしょう。……まだ、見苦しい、ですか？」

髪の毛にまだ血がこびりついているあたり……見苦しいというより不気味だ。でも、精一杯、みだしなみをととのえようと努力している西谷さん見ると、そんなこと言っちゃ悪いような気がして。

「いえ……見苦しく、ないです……」

「じゃ、何で素子さん、そんなに青い顔をして私を見るんですか」

ことは、もはや、見苦しいとかそういうところにないっ！　はっきりいってこれは……恐怖、だ。

この人、何で、生きてんのよ。なんで、傷口なぜるだけで怪我が治るのよ。大体、朝心臓発作で死んだってどういうことよ。

「……ああ」

西谷さん、何となくあたしの考えてることを納得したみたいだった。

「私が死なないのが――あるいは、死んでいるのに動くのが不思議なんですね？　つまり、私、私じゃないんです」

日本語か、今の？

「えーと、つまり、この体の正当な持ち主――西谷英厳って人は、今朝、心臓発作で死んだんですよ。私は、あの、あなた方の言葉では、何ていうのか――宇宙人、とかってものに相当するものでして、形態が人間型、してないんですね。で、本当の姿で人間の前にあらわれると、まあ、混乱がおきるだろう、と思いまして……死んだ西谷さんの体、お借りしている次第です」

「……はあ……」

なんて納得している場合じゃないっ！

この西谷さんの言ったことが本当かどうかは別にして——あくまで、発狂したエスパーって可能性もあるんだから——、すくなくともこの人、頭蓋骨が陥没しても死なない体質の人なんだ。とすると、やっぱりここは……逃げるっ！

走りだす。とにかく走る。靴かえたせいで、前より数段、速く走れる。

「素子さん、まだ逃げる気ですか」

うしろで西谷さんが、あきれたような声をだしている。

「いい加減、あきらめて……」

誰があきらめるもんですか。石、一つのりこえる。

と。

そこは、登り道の終点だった。先にひろがっているのは——。

かなり急な坂。そして、海。荒磯、だ。

前に海。でも——まだ、おいつめられたって訳じゃない。ここから何とか海岸線までおりて——あとは海岸線にそって逃げようじゃない。たとえ、日本を一周しても、断固、逃げきってやる。

気をつけておりる。先程までやたらとあった岩は、この辺にはほとんどない。急なくだりで、すべる地面、手がかりになる岩はなし。下りの方が、更に条件、悪いな。

「素子さん」

いい加減、あきれ果てた、こういうおいかけっこはもう嫌だって顔をしながら、それでものそのそついてくる西谷さん。

「いい加減殺されて下さいよお」

「嫌です」

数歩、すすむ。ずずってすべって——スカート、まっ黒。と。

「わっ」

急にうしろで悲鳴がした。ふり返る——必要もない。あたしのま脇を、西谷さん、五メートルくらいすべっていった。

「あーあ、ズボンが……見苦しいですか？」

「……お互いに、見苦しいみたい」

「それは困った……」

西谷さん、眉しかめて。

「できうる限り避けなければいけないが、万一、他の惑星の知的生命体にでくわしてしまった場合は、絶対に見苦しくない態度をとるっていうのが、銀河長距離トラック連盟の信条なんですよね……」

「格好は見苦しいけど、あなたの態度は立派よ」

思わずはげましてあげる。

「そうですか」

西谷さん、嬉しそうな声をだして。

「では、殺されてやって下さい」

「それは嫌ですってば」

またおっかけっこがはじまる。今度はあたし、横に逃げ、西谷さん上にのぼってこようとし……えーい、駄目だ、すべる。

ずるずるお互いにすべりあい、完全に泥だらけになって。これではらちがあかない。五メートルひきはなしたと思うと、三メートルすべって西谷さんに近づき、つかまりそうになったかと思うと、西谷さんがすべって遠ざかる。こんなこと繰り返してるんじゃ……本当にしょうがない。

いっそ、すべっちゃおうかしら。岩みたいな邪魔なものがないんだし、すべって逃げた方が早いかも知れない。とすると。

そりか、その代用品。板っきれでもいいんだ。何かないかな……。と。

と。もう、やだ悩むの。

何故か、（あたし、もう悩まないからね）目の前にそりが出現した。昔、どっかの映画で見たそりみたい。ローズバット、か何か書いてある。

「あ、またやった」

西谷さんがうめく。

「何でそんなもん、出すんですか」

んなことあたし、知るもんですかっ！　どういう訳か、できちゃったんだもん。

とにかく。西谷さんの叫びを無視して、そりにのる。んでもって、地面けって。

やっほう——だなんて、とても言う気になれなかった。泥地をすべりやすいそり（おい、どういうそりだ）だったらしく、あたし、ぐんぐんすべりおちてゆく。

岩。波。海。

目の前に、それらが迫ってくる。

灰色の岩、それにあたってくだけ散る波。そして——圧倒的な、海。鼻の奥がつうんといたくなる程の潮の香。ほおがいたい——それ程、風をきって、ぐんぐんせまる岩——ちょっとお、このそり、どうやってとめるの!?

ぐわしゃ。

どうやってとめるのか、すぐ判った。実際とまったんだもの、波打ち際にひっくり返って。今度はあたし、水びたしになる。あーあ、さんざんだ。

何とか立ちあがり、顔にかぶった海水をぬぐう。しょっぱい。と——あん。

足首。今度は、靴のかかとじゃない、足首そのものをいためてしまったみたい。立ったとたんに、じんと痛みが走った。

思わず足ひきずる。波がうちよせてくる。いたっ、海水がしみる。やーん、足首くじいただけじゃなく、すね、一面すりむいてしまった。

「素子さん」

いい加減しつこい人よね、西谷さん。まだおいかけてくるよお。

どうしよう。よたよた、二、三歩歩く。歩くごとに足首の痛みが増してくる。思わず転ぶ。波がうちよせる。すりむいた肌に海水がしみる。

どうしよう。

これじゃ、とても海岸線にそって逃げられやしない。大体、あと十メートル、歩けるかどうか。

ざざーん。

また、波が、寄せる。波。あーん、何で海って塩水なの？　いなばの白うさぎの気持ちがとってもよく判ってしまった。すりむいた肌に塩水って、痛いんだ、すごく。

ざざーん。

痛い。

やだ、もう。

西谷さんうしろに迫ってくるし、歩けないし、足首ははれてあつくなっちゃってるし、すねに海水はしみるし。

もう、やだ。海。あんた嫌いよ。どうしてそう意地悪なの。塩分なんか含んじゃって。

まったく勝手に海にあたる。

何よ何よ何よ、嫌いよあんたなんか。そんなに意地悪しないで、もう少し優しくしてくれたっていいじゃない。真水になるとか、モーゼさんにやってあげたみたいにまっ二つに割れてくれるとか。

とたんに。

も……もう、これは……え、えーい、あたしは悩まないことにしたんだ、知らないぞもう……海が。

あたしの目の前で、海がまっ二つに割れた。

☆

「素子さんっ！」

肩ゆすられて、気がつく。

あたし、海がまっ二つに割れるや否や——逃げるなんて考えもしない、とにかくその場で茫然自失していたのだ。そのあたしの肩を、かなり荒っぽく西谷さんがゆすっていて。

「どうしてこういうこと、しちゃうんですか」

「こういうことって……」

「こともあろうに、海、壊しちゃって……」

海、壊した。ま、お皿が二つに割れたら、その状態は壊れたっていうんだから、海が二つに割れたのも、壊れたっていうのかな。

「すぐ、直して下さい」

「あの……直すって、どうやって」

セメダインではりつけるって訳には、いかないだろうなあ……。

「このままじゃ——こんな状態になったら、どこかで、津波とか、そういう異常現象が絶対おこってますよ。これ、紅海じゃなくて太平洋なんだから……。太平洋、どこまで割ったんですか」

「あの……だって、あたしが割った訳じゃないのよ」

「あなた以外の誰が割ったんです」

「だって、でも……あのね、普通の人間は、絶対こういうことできないの。モーゼさんの時だって、神様が割ってくれたんだろうし」

あたし、神様にこういう助けられ方をする程、信仰深くはないんだけどなあ。助かってお うちへ帰れたら、近所の教会にお礼に行こう。

「あなた……まだ、気づいてないんですか？　あなたのどこが普通の人なんです」

「どこって……全部」

「全部もはや普通の人間じゃないですよっ！」

だってえ。オープニングではあたし、普通だったわよ。

「とにかく、海、直して下さい」

……どうすればいいんだろうか。とりあえず、念じてみよう。直って欲しいな。

ざざーん。

と。唐突に、海、もとどおりになる。うわっ。

そりゃ、海が直ったのは、嬉しい。下田から、太平洋ずっとまっ二つに割って、およその国まで歩いてゆけるのより、間にきちんと海があった方が、そりゃ、ずっとまともだ。でも──そう思いはしても。

問題は。ちょっとあたしが考えただけで、海が割れてしまい、ちょっと直った方がいいなと思っただけで、海がなおってしまうという、この事実だ。

これは──えらいことだ。えらいこと。もう、筆舌に尽しがたい程、無茶苦茶なこと。あたしって……ひょっとして、神様だったのだろうか？

肩、つかまれる。西谷さん。

「ここまで騒ぎを大きくされたら──まあ、最初っから許す気はなかったんですけど──もはや、絶対、許せません」

「許せませんって、あの」

「死んでもらいます」

立場を思いだし、また、逃げようとする。でも、西谷さんの手、がきっとあたしの肩口にくいこんでて──どうにも、逃げようがない訳。しばらく西谷さん、あたしの肩つかんだまま、考えこんで。それから。

「素子さん」

重い、声。

「大変つかぬことをうかがいますが……この星の人間はどうやれば死ぬんですか」

……は？

「あなたを殺さなければいけないって、そればっかり考えていて――肝心の、人間はどうやったら死ぬのかを考えてなかったのです」

「あの……手を放して逃がしてくれるっていうの、どお？」

おそるおそる聞いてみる。

「そうしたら、死ぬかも知れない」

「嘘をつかないで下さい。何でこんな、いたいけな宇宙人をなぶるんですか」

……普通、殺す方と殺される方にわけたら、なぶられているのは殺される方であるっていうの、常識じゃないっけ？

「からだを二つにさいたら死にますか？」

……そら、ま、死ぬだろう。でも――そんな死に方、絶対、嫌だ。

「二つにさくと、素子さんが二人できる訳ではありませんね？」

……人を何だと思ってるんだ。

「御返事がないようなので、さかせて頂きます」

「嫌っ！」

叫ぶ。

「嫌よ、絶対嫌よっ！」

この人——あの大木を持ちあげるだけの力を持っているんだ。放っとくと本当にさかれてしまうかも知れない。

「どうしてもあたしを殺すっていうなら……もっとまともな殺し方してよっ！」

「では、まともな殺し方を教えて下さい。……基本的には、あなたをこんな体にしてしまったのは私なんだし、あなたには何の恨みもないので、でき得る限りあなたのリクエストにおこたえします」

「……」

返答につまる。基本的には、絶対、殺されたくないのだ。とてもそんなもん、リクエストする気になれない。

「御返事がないようなので、さかせて頂きます」

「嫌っ！」

「あんまり駄々をこねないで下さいよ。……あ、そうだ、もっと一般的なのがありますね、お腹、切りましょう」

「は？」

「ハラキリっていうのは、この星の住民の一般的な死の手段なんでしょう？」

この地方の人間の、だ。それに、冗談ではないわい。切腹っていうの、きちんとやったらえらく痛いだろう。あたしには、自分のお腹を十字に切る根性もその気もないし、そんなことしたら、腹圧で腸なんかとびだしてきちゃうだろうし、おまけになかなか死にきれない。

死にきれないから普通、介添人が、首の皮一枚残して首切ることになっていて……いやだあ、断首は嫌だ。前に映画で見たことがある。首、すぱっとおとされた人が、おとされた瞬間にはまだ生きていて、地面に転がった首が、首なしの自分の胴体見て目をむくの。あたし、死ぬ直前に、首なしの自分の胴体だなんてもの、見たくもないわい。

「あ、あのね」

あたしの肩をつかんだまま、内ポケットをごそごそ探しだした西谷さんを見る。

「あ、これでいいでしょう」

西谷さん、十センチたらずの棒をとりだす。どこにあるのかスイッチいれて。と、すっとその棒は、三十センチくらいになった。

「工作道具なんですが……充分切れますよ」

ふってみる。あ、本当。雰囲気で判る——刃物だ。

「では、いきますよ」

「ちょっと待ってよっ！」

絶望的に、もがく。

「まだ辞世の句、よんでないっ！」

あ……いたあああああ。

遅かった。

西谷さん、すっと——本当にさり気なく、右手だして——その、何だか名前の判らない刃物、あたしのお腹につきたてたのだ。

いた、いたい、あ、あああああ。

手をふりまわす。おなかあたりが、ぐっしょりと濡れていて——かすかに視線をおろすと——手、まっ赤。

まっ赤。

網膜に、その赤だけが、やきついた。

そして意識が……。

嘘よ。

死ぬ直前、あたし、考えていた。

嘘よ。こんなことが許されていい訳、ない。一人称小説の話半ばで主人公が死んじゃったら……この話、一体どうなっちゃうのよっ。一人称である限り、主人公はラストまで生き残る筈じゃなかったの？

そうよ。主人公の特権において、あたし、絶対、死にやしないわよ。死にやしないわ……。

あ……意識が。

果ててしまった。

第一回作中人物全員会議

「と、まあ、そんな訳で」

どこだか判んないとこにあたしはいた。あたし――キャラクターの新井素子。で、誰かがしゃべるのをぼんやり聞いていた。誰か――あ。あたしを作った作者の新井素子。

「実に不本意ながら、一人称のヒロインが、話半ばにして死んでしまった訳です。こういう場合、普通話はここでおわりになりますが――早い話、まだ、伏線ひいただけで結末部、書いてないのよね」

「ここでFinにするのは、ちょっとやばいんじゃない？」

あ。一郎。キャラクターのあたしの、更にキャラクターの一郎。

「うん。あたしもそう思うの」

作者の新井素子。

「いい方法があるわよ」

あたし、大声で主張する。

「この前の何十枚か、原稿書き直すの。それがいいわよ。とってもいいわよ」

「あたしがいくら頼んでも書き直してくれなかったじゃない」

拗ねて、拓。

「基本的な作者のもとちゃん、キャラクターであたし達の作者のもとちゃんばっかえこひいきしたら、嫌よ」

「やよって、拓、あんたね、作者といえば親も同然、キャラクターといえば子も同然の間柄で何てこと言うの」

「女装の女に直してくんなかった」

ぷっとふくれる。

「だって……女装の女って、日本語じゃないよ」

「あれだけ乱れた日本語つかっといて、今更何よ」

「まあまあ、けんかしないで」

作者の新井素子が割ってはいる。

「もとちゃん……えーと、基本的な作者の方」

信拓だ。

「これ……作者とヒロインが同姓同名って設定、ややこしすぎるよ」

「今更遅いことに文句つけないで欲しい」

「エラリイ・クイーンが好きなら、構成の緻密さか何か真似すればよかったのに……こんなしょうもないとこ、真似ても……。おまけに、キャラクターの方も小説家志望で、僕達がそのキャラクターっていうんじゃ……」

「あ、そういうこと言っちゃ、駄目」

あたし、慌ててとめる。作者の新井素子は、大体あたしと同じ性格してるから……そういうこと言うと、すぐ拗ねるのだ。○・一秒あれば拗ねる。

「ふんっ」

ほら、拗ねた。

「信拓、そういうこと言うと、消しちゃうから。あたしが何の為に万年筆じゃなく、鉛筆で原稿書いてると思ってんの？」

「……キャラクターを脅迫する為だとは知らなかった……」

呆然と一郎が呟く。脇からまた信拓が口はさんで。

「世の中には、けしゴムだけじゃなく、インク消しっていうもんがあるから、万年筆で書いても消せるんだがなあ……」

「あのお」

また拗ねそうになった、作者の新井素子の機先を制して、美弥が声をだす。

「あたし、どうなっちゃったの？　当初の予定では、あたしが副主人公だった訳でしょ？　何で副主人公が、全然、でてこないの？」

「……それも、あるの」

作者の新井素子、美弥の方を見て、うめいて。

「この子の一人称ですすめる以上、美弥と信拓の話がでてこないのよねえ」

「わしは？」

まだ登場していない、ある人が言った。

「どうしてまだ出てこないんだ」

「そう。あなたの問題も、あるの。あなた、素子と作品中で、最後の最後、ちらっとすれ違う程度でしょう」

「そうみたいだねえ」

「一人称の場合、主人公が会わなかった人物って、書けないのよねえ」

「でも……そりゃ……困るんじゃないか？」

「そうなのよ。主人公が海辺でおにごっこしたり、ボンナイフでコンクリート切ったりしている間に、他の連中が何してたか、書かない訳にいかないのよねえ。……でね、諸悪の根源は、一人称という形式にあるって、判ったのよ」

ちょっとお。どういうことよ。

「でね、主人公、殺してみたんだ」

「殺してみたってあなたね、そんないい加減な……」

「ん？」

作者の新井素子、あたしをきっと睨む。

「今、何か言った？」

「あ、あの……あなたも困るんじゃない？」

下手にでてみる。

「やっぱ、ここで話をおわらせる訳にはいかない以上、あたしが死ぬっていうのは……」

「でも、生きてると邪魔なんだもん」

「邪魔ってあなたね」

「ただ、ここで話をおわらせる訳にはいかないでしょ。考えたんだけど……」

な……何を言う気だ？

「三人称にしようと思うの」

そんな今更？

「で、一応、登場人物側の意向も聞いてみたい、と」

「三人称にしないと、あたし達の出番、なくなっちゃったりする訳よねえ」

美弥達、考えこむようなふりをして。

「ま、しかたないんじゃないか」

「だろうな」

「やっぱ、ちゃんとした話の進行を一番に考えないと」

ううう。

「で、どう、全体の意向としては」

「賛成」

「いいんじゃない」

「ま、しかたないよな」

「反対っ！」

あたし一人、大声で叫ぶ。

「絶対反対っ！」

「反対は一人だけね？　じゃ、そうしよ」

「そうしよってちょっと！」

素子、叫んだ。

「え？　何、今の？　何で？」

素子、また大声を出す。

「ちょっと何で？　何で地の文が〝あたし〟じゃなくて〝素子〟なのよ!?」

「三人称って、そうじゃない？」

「嘘っ！　嘘っ！　何でこんな唐突に三人称になっちゃうのよっ!?」

「なっちゃったものは仕方ない」

「仕方ないって、あーん。……へ？　今の文、これ、台詞じゃないよ。地の文のつもりで……」

「……」

「今まではね」

作者の素子、言いきかす。

「あなたが考えたこと、そのままストレートに地の文になったけど、もうならないの」

「何でっ！」

「だって……三人称だもん」

「それですましちゃうつもり？　あんまりよっ！」

たった一人でわめいている素子を、登場人物一同、ちょっと同情をこめた目でみつめて。

代表して、一郎が、素子の髪の毛、なぜてやる。

「まあ……悪いことばかりじゃないよ。これで、もう、泥だらけになったり刺されたりすることはないんだから……」

「そこでお茶でものんで、見てらっしゃいよ。あとはあたしがやってあげるから」

と、美弥。

「じゃあ」

作者、重々しく口をひらいて。

「ストーリー、再開しようね。三人称で——時間的には、素子が第一回目の誘拐されるところ——美弥と間違って誘拐されるとこから。では、スタート」

第二部

PART I　ところでほかの方々は

まぶしい。

ずっとうつむいて書類をめくっていた秋野警部は、煙草を咥えると、視線を窓からそむけた。九月の陽差しがブラインドごしに秋野警部の机の上へのびており——白い紙をみつめ続けた目には、それは痛い程まぶしかった。

「秋野さん、お茶がはいりました」

「ああ、春日君、ありがとう」

婦人警官にうなずくと、目頭を軽くおさえる。だいぶ疲れがたまっているのを感じる。

「また新井家火災の報告を読んでいらしたんですか？」

「え……ああ」

肩をすくめる。

「さっぱり判らんのでね。これだけ調べて、まったく出火原因が判らない火事というのは…

……初めてだよ」

「あんまり根をつめると、お体にさわりますよ」

「もう齢だからね」

「やだ、まだ四十代でしょ」

明るい笑い声。

「そろそろ五十だよ」

灰をおとす。もう四十六、だ。警察にはいって二十数年。なのに……あんなに訳の判らない火事にでくわしたことは、今までにない。

家の中には、火元と思われるものは、まったくなかった。ガス栓、こたつ等の電源は完全に抜かれており、また、あの家には煙草をのむ人はいない。

いや——火元よりも。あの燃え方。

まんべんなく、家全体が燃えたのだ。ここが一番判らない。どこが火元にせよ、普通はまず、どこか一個所が燃え、それがひろがってゆくものなのだが……何故、一階も二階も、家の北端も南端も、同時に燃えたのだろう？

「放火、じゃないんですか？」

春日嬢、くりっと目を動かして、秋野警部をみつめる。

「それをまっ先に考えたんだが……そういう形跡が、まるで、ないのだ。それにあの子……何ていったっけ、たった一人生き残った女の子」

「新井……素子、ですね」

「あの子の助かり方が、ひどく不自然なんだ。何で一階に寝ていた両親と老人が逃げられずに、二階の端の部屋にいたあの子だけが助かったんだろう」

「それは……若いから、行動が敏速だったんじゃ」

若いから。春日みのりのしゃべり方に、秋野警部、心の中で失笑する。確かこの子は二十二……素子って子と、ほとんどかわらない齢じゃないか。

「やけ跡でね、現場検証をしたんだよ。実におもしろいことが判った。あの家は、いわば密室だったんだ」

「密室？」

「玄関や、サッシの雨戸が燃え残ってね。全部、内から鍵がかかっていた。玄関にはチェーンもかかっていたようだ。たった一つ、あいていたのは——というか、壊れていたのは、素子の部屋の窓だけだった」

「じゃ、別に密室でも何でもないじゃないですか。その子、その窓から逃げたんでしょ」

「その窓の下はね——コンクリートなんだよ。普通にとびおりれば、足の一本は折れるだろう」

「その辺……全部、コンクリなんですか？」

「いや、柿の木がはえている。——四メートル程、先にね。本人の話では、そこまでとんだんだそうだが……」

「それ、うたがわしいんですか？」

「窓の位置も、柿の木にとびうつるのに適してないし……ひどく運がよければ、そういうはなれ技も可能かも知れないが、並みの運動神経では不可能だ。新井素子は――知人の話では、決して運動神経がいい方ではなかったそうだ」

しんせいを、もう一本とりだす。咥えるでもなく右手に持ち、しんせいの尻で机をトントンとたたく。

「ただ……その娘があやしいって訳では、ないんだよ。彼女には家族を殺す動機が何もないし――仮に、彼女が家の中にいて、放火したとすると……彼女、家から出られない。外から放火された形跡はない」

「あら……本当に密室だわ」

春日嬢、両手をあごの前であわせる。そのポーズで考えこむと、どこかおさなくて可愛らしい。

「どうもね、ひどく釈然としないし……」

秋野警部、くるりと椅子を回転させると、本格的に春日嬢の方を向く。

「もっとおかしなことがあるんだ。先月のおわりに、彼女、大森家にひきとられた」

「大森家？」

「大森財閥の総帥の家だよ。ところが、素子と大森家には、何のつながりもないんだ。大森氏がどんな物好きだとしても、何で全然関係のない女の子を、家にひきとったんだろう」

「何だか推理小説っぽくなってきましたね」

「更にね、妙な話なんだが……あの家には、美弥という娘がいたんだそうだ。これも、大森夫妻とは何の関係もない――二、三ヵ月前、大森氏から、届けがあったそうだよ。自宅の前に、記憶を失っているらしい女の子がいるが、捜索届けはでていないかって」

「その美弥って子が、記憶喪失だった訳ですね？　でもそれが何か……」

「結局、大森家では、その娘をひきとることにしたらしいんだ。養女にしたい、という話もあったらしい。その美弥が――新井家火災の頃、家出している」

「まあ」

春日嬢、こう呟いて、目をくるっとみひらく。

「でも……それは偶然じゃないですか？」

「その美弥って子と、素子が、うり二つのように似ていても？」

「あら」

今度こそ完全に、春日嬢、驚いたような表情になる。

「それ……どういうことなのかしら」

「これも、さっぱり判らん。ま、とはいえ……記憶喪失の女の子をひきとっても、火事で焼けだされた女の子をひきとっても、別に犯罪を構成する訳じゃないからね。関係ないと言えば、関係ないんだが……どうも、気になってね」

「妙ですものね……」

春日嬢、こう言うと、軽く小首をかしげて。それから、その辺にあった椅子を、秋野警部と向かいあう位置へひっぱってきた。

「妙って言えばね、最近、うちの近所でとっても妙なことがあるんですよ」

「ほう」

いつの間にか、おしゃべり大会になってしまった。そう思いながらも警部、彼女の話に熱心に耳をかたむける。

「ノラ猫がいなくなったんです」

いかにも重大そうな口調とうらはらの内容に、軽くふきだしそうになる。

「何だ……よかったじゃないか。いつも、うちのカナリアを狙って困るって言ってた、あのノラ猫だろ?」

「いいえ、あれだけじゃなくて」

春日嬢、大きく首をふって。

「うちのあたり、わりとノラ猫多くて、家から駅に行くまでの間に、普通だったら二、三匹のノラ猫に出喰わすんです。それがここしばらく、一匹もノラ猫の姿がないんです」

「ほう」

「飼い猫も、なんです。裏のお宅の猫と、すじむかいの猫が行方不明なんですって」

「大がかりなしゃみせん業者でもいるのかな……」

「それがね」

春日嬢、身をのりだして。

「うちの近所だけじゃないんですよ。うちの所轄区域だけで、今月、猫が誘拐されたって被害届けが七つ、でてるんです」

「猫の誘拐……」

最近の飼い主は、そんなことまで警察に届けるのか。秋野警部、多少不快そうな顔になる。猫なんていうのは、あっちへでもこっちへでも、好きな時に好きなところをうろつくから猫なんだ。出先で事故にあって死のうが、さらわれてしゃみせんにされようが、それがそもそも猫なんだ。そんなことで警察をわずらわして欲しくない。

「お座敷猫とか、マンション猫なんか、生まれてから一回も外へ出たことないっていうのが、いるんですよね。うちの子が一人で外へ出る筈がない、誘拐されたに違いないって訴えが、結構あるんです」

生まれてから一回も外へ出たことのない猫——そんな飼い方は、実に猫にとって迷惑だろうに。

「秋野さん、ここ数日、猫、見ました？」

「猫……ね」

言われて考える。そういえば、前の家の茶トラ、最近はひなたぼっこしてないな。どうしたんだろう。

「しゃみせん業者にしては、事態が大きすぎると思いませんか？」

事態が大きすぎる——何て言い方だろう。たかが猫じゃないか。

「では、何かね、春日君。君も、警察は猫を探すべきだ、と思うのかね」

笑みをふくんだ声で聞く。

「いえ、まさか。でも……ちょっと、怖いんですよね」

「何が？」

「猫が東京からいなくなる——ほら、動物って、勘がするどいっていうでしょ？　大地震でもくるんじゃないかと思って」

「地震は完全に管轄外だな」

くすくす笑う。と、むこうから、浜田刑事がこちらへ向かってくるのが見えた。

「ほら、春日君、仕事にもどろう。こんなとこで油売ってるのが判ると、浜田君に怒られるぞ」

「あ……はい」

ところが。浜田氏は、いつものように、春日嬢を冗談で怒ったりせず、まっすぐ、秋野警部のところへ来たのだ。それも——いたく真面目な顔をして。

「秋野さん」

「おお、何だ」

にこやかな笑みをうかべていた秋野警部、浜田氏の顔を見ただけで、何か切迫した異常事態がおこったのを知り。

「どうした」

急に真面目な顔になる。

「例の新井家火災をやっていらしたのは秋野警部、ですよね」

「ああ。何か」

「新しい動き——なのか、火災とは全然関係のないことなのか、まだ判らないのですが……新井素子が、誘拐されました」

「誘拐！」

「捜査本部が別室にもうけてあります。本田さんが、被害者の名前を聞いて、例の火事を思いだしまして……秋野警部にも、出席して頂きたいとのことです」

「おう。行くとも」

しんせいを乱暴に灰皿の中におしつける。

「で？　犯人の要求は？　金か？」

「いえ……」

浜田氏、口ごもり。

「よく、判らないのです。大森家の執事の宮田とかいう男が、被害者が麻酔のようなものをかがされて、車につれこまれたのを見た、というだけで……」

浜田氏、眉根をよせる。

「誘拐はこれで三度目ですけど……今までで一番、シチュエイションに納得のいかないケースです」

☆

その頃。

信拓――秋野信拓は。マンションの中で、ドライバー片手に、何か作っていた。何か――一見して、あ、これは複雑そうだって判る、機械みたいなもの。

「……どうかな」

「ちょっと大きいですね」

部屋のすみ、椅子の上にひょいとのっかっている猫――ローゼット・ロージー。

「猫の手には余ります」

「猫がみんな、君みたいに大きければいいんだがな」

「猫族が平均して私並みのサイズだったら、誰も、猫、飼おうと思いませんよ」

「確かに」

信拓、喉の奥で笑って。

その猫――茶トラのローゼット・ロージーは。一般の〝猫〟という概念を無視して、体長が一メートル以上もあった。このサイズの猫を飼うのには――勇気がいるだろう。

「とすると……もう一回、改良する必要があるな……」

「せいぜい百グラム以内にして下さい。百グラム……本当言うと、それもきついですね」

「きついのは君の注文だよ。で……まあ、どうなんだ、仲間の集まり具合は」

「順調この上もなし、です。東京二十三区の猫は、ほとんど結集しました。今は、多摩地区で仲間をつのっています」

「……成程」

「正面切って言ってきませんが、犬族も参加したいようです」

「……ふーむ」

「あと……ねずみの決死隊が来ました。ねずみ族も参加を希望しています。ただ、猫と一緒のチームにはいるのは、遠慮したいそうです」

「ふむ。で……まさか君達、ねずみの決死隊、喰っちまわなかったろうな」

「新宿区代表のタマがあやうく喰ってしまうところでしたが、中野区代表のシャムに言われてあきらめたそうです」

「……それはよかった」

「あとは」

ロージー、あごの下をなぜる。

「美弥さんのところに、ペットの団体代表が来たそうです。りす、モルモット、ハムスター、インコ、文鳥、十姉妹の混成軍だそうです。彼らも、参加希望です」

「……成程」

「あと、極めて少数ですが、ワニ、イグアナ、ヘビの参加希望者もいます」

「わに？　いぐあな？　へび？　何でそんなものが東京にいるんだ？」

「脱走したペットで、下水道にすみついているそうです」

「……驚いた。意外と東京都にもいろんな動物がいるんだな……」

額をなぜる。犬と猫。猫とねずみ。猫と鳥。組みあわせを余程考えないといけない。

「で……上野の方は何て言ってる？」

「大体全員がＯＫです。中には数匹……上野で生まれ、上野で育ったので、今更故郷に帰っても暮らしてゆける自信がない、と言っているものもいますが……」

「ふーむ。問題はそういう連中だな……」

そうこう言っている間に。魔法のように、信拓は、先程のものより一まわり小さい機械を作りあげていた。

「どうだロージー……こんなもんでどうか？」

「ふーむ」

ロージーは、のっかっていた椅子からひょいととびおり、信拓の組みたてた機械を、前足でいじくりまわす。

「まあ、これならいいでしょう」

「ふむ。とすると、これを百個くらい作ればいいんだな？」

「はい」

信拓、はじめて手をやすめ、煙草を咥える。

「三日……いや、二日あればできる。Xデイは、二日後にしよう」

「ちょっと……きついんじゃないですか？」

多少不安そうに、ロージー、信拓を見あげる。

「いや、いいよ、徹夜でしあげるよ。……君もその方がいいんだろ」

「え？」

「世田谷区代表の猫……ほれ、何て言ったっけ、あのアビシニアン」

「ああ、チビですね。彼女が何か？」

「この間、僕に訴えてった。猫達はやる気充分で——あまりにやる気が充分すぎて、下手をすると暴走しそうなのを、ロージーがやっとこまとめてるって。Xデイを一日でも早くしてくれないと、ロージーが過労でたおれちまうって」

「私は大丈夫なのに……」

ロージーの目の中に、一瞬、何とも言いがたい色がうかぶ。

「ま、君もいい仲間を持ってしあわせなんだよ」

と。ばたん、とドアがあいて。黒地に白いタビをはいた猫を抱いたこすもすが、はいってくる。

「あなた、この猫がドアの前でみゃあみゃあないてたの。これ、あなたのところへ来たお客様じゃない？」

と、白タビ猫、ばっとこすもすの手からとびおりて。

「みゃあ、みゃあみゃあにゃあ、にゃ、にゃおにゃおにゃん、ふみ、ふみゃあ、あ、みゃうみゃお」

何やら早口でまくしたてた。ロージー、それ聞いて、信拓にむかい。

「豊島区パトロールの猫から報告です。新井素子さんがさらわれました。今、豊島区パトロールの連中が、素子さんをさらった車を尾行している最中だそうです」

「いいよ、ロージー。僕、猫語は判るんだから……。美弥に連絡つくか？」

「みゃお、みゃ、みゃみゃ、ふに、にゃん」

ロージー、白タビ猫に言う。白タビ猫、思案して。

「ふみ」

「そうか……。じゃ、そういう風に連絡たのむ。こすもす、一郎は？」

「もとちゃんのそばにはいると思うんだけど……連絡不可能」

「拓は？」

「一郎にくっついてっちゃって、同じく」

「あもーる」

「今日一日はアフリカよ、あの子。ライオンの受けいれ態勢、ととのえてる筈」

「ふーむ。……ま、一郎がそばにいるんだから、もとちゃんの方は大丈夫だろう。……ロージー、例の代表者会議、明日の午後二時に召集してくれ」

「いいんですか？　もとちゃんの方は」

「ま、大丈夫だと……思うよ」

信拓、多少はぎれ悪くこう言うと、黙々とまた、機械にむかいだした。

☆

さて、一郎と拓。

「ね……いい訳？　放っとくともとちゃん、誘拐されちゃうよ」

電柱の上で。拓がこう聞く。

「ああ……いいんだ」

一郎、うっすらとはえてきたあごひげをなでる。今朝そったんだがな。この分じゃ、一日に二度そらないといけない。

「でも……スリルあるわね、こういうの」

拓、はしゃいでいる。久しぶりの、一郎との水いらず。

「あん？」

「誰かが上向いたら、大さわぎじゃない」

拓は、電柱のてっぺんに、ちょこんとこしかけているのだ。一郎、電柱に右手と右足ひっかけて、それだけで見事に空中静止。

「ま、普通の人間は、電柱に注意はしないよ」

それに。これを口にだすと、拓を責めることになってしまうから言えないが——拓が、もとちゃんの家族を救わず、原稿を救う為にテレポーテーションして以来、どことなく、もとちゃんと拓の間は気まずいのだ。とてもおおっぴらに拓つれてもとちゃん尾けられない。

「ま、女心ってのは判らんからな」

あの時の信拓の旦那の台詞を思いだす。

「女ってのは、奇怪な生き物だから……原稿、くずかごにつっこんであったって、そのくずかごが捨てられていなければいいっていう風には、考えられないらしいな」

そう。もとちゃんが拓をどことなくうとんじているように、拓も、どことなくもとちゃんをうとんじているのだ。原稿が、くずかごの中にあった。この、事実の為に。

俺とかさ、信拓の旦那とかはさ。たとえ、くずかごの中にあろうがどこにあろうが、原稿が助かったんだからいい。そう思うよ。

けど。本当、女ってめんどくさいんだよな。拓（ま、こいつは女というのには多少無理があるが、精神はまるっきり女だ）やこすもすやあもーるは。

原稿がくずかごの中にあったっていうだけで、もとちゃんにあんまりいい感情、抱けなくなっちまってる。

「あ、車、動きだした」

もとちゃんに、麻酔かがせた男――どうも、こいつじゃなさそうだな。残念。

「尾けるぜ、拓」

「はい」

とっても嬉しそうに、軽くほおをあからめて、俺についてくる拓。これも——何とかして欲しいんだよな。

何だかんだ考えながらも、一郎、車を尾けだす。

☆

有楽町にあるビル。二度ほど、尾行をまく為か車をのりかえたあと、もとちゃんを誘拐した男達、有楽町のビルにはいった。……完全な、期待はずれだぜ。

「ね、どうしたの、一郎」

拓が心配そうな顔をして、一郎をのぞきこむ。

「別にどうもしないよ」

一郎、苦笑。俺、もともと世話女房型の女って——特に自分にその〝世話〟がむけられると——苦手なんだよな。世話女房型の男なんて、どうあしらえばいいんだ?

「ただね」

ただ、拓が、本気で一郎の表情心配して、で、声をかけたって、よく判ってしまうから、丁寧に返事する。

「あいつらが、ひょっとして、〝例の人〟かも知れないと思ってたから……期待はずれだったの」

「〝例の人〟……?」

「ほら、信拓の旦那が言ってたろ」

「あ、あの」

拓、眉をひそめて。

「あの、空間特異点がどうのこうの、とか、空間偏差がどうのこうのってひと……？」

「ああ」

「やだあ。あたし、あんま、そういう科学的な言葉で形容されるひととお近づきになりたくない」

……これだもんな。これだから女って（あ、拓は一応男か、ややこしい）、扱いにくいんだ。拓の超能力だって、ちゃんと説明する為には、そういう単語、目一杯つかわないといけないのに。

例の人。

多分。

俺達を実体化させる基本的原因を作った人。

（拓にとっては皮肉な話だけど）拓の超能力に興味を持った信拓の旦那が、それ調べてるうちに判ったことなんだが、通常空間——もとちゃんが、今いる、この空間——のどこかに異常が発生したらしいのだ。異常——それがどういうものだかは判らないが。（信拓の旦那は、異常の質を何だかんだと説明してくれたのだが、一郎には理解不可能だった）で。どうやらもとちゃんは、その〝異常〟にまきこまれたらしい。まきこまれて、もとちゃんのインナー

・スペースが壊れて——もとちゃんのインナー・スペースの中味が、通常空間に流出しだした。
「結局、よく判んないのよね」

もとちゃんがつれこまれたビルのむかいのビルの屋上にちょこんと腰かけ、拓。

「もとちゃんのインナー・スペースの中味が、通常空間に流出したって、つまり、あたし達が実体化しちゃったってことをむずかしい言葉で言いかえただけで……どっかに差、あるの？」

「あるらしいよ」

のほほんと一郎。

「何か……もとちゃん、おっとろしい女の子になるんだそうだ。あの子、小説家志望で小説なんか書いてるから、まず、俺達が実体化するって格好になったんだけど……インナー・スペースの流出ってことは、この世界、もとちゃんにとって現実であると同時に、もとちゃんの頭の中の世界にもなっちゃう訳で……。自分の想像の上なら、どんなことでもできるだろ。もとちゃん、その気になれば、この世界でどんなことでもできるらしい」

「ふーん……」

「ふーんって、感動のうすい子だな、おまえは」

……どうも調子狂う。何か女と話してるみたいだ。

「ね、そんなことより」

拓、急にくるりと振り返って。

「このまんま、特にもとちゃんをどうこうしようっていうんじゃないんなら、あたし、いったん帰るわ」

「あ……ああ」

「で、お弁当つくってこようと思うんだけど、おかず、何がいい？」

「お弁当のおかずぅ？」

……おそろしい程、現実を無視してるな。

「最近、こすもすに習って、ずいぶん腕をあげたのよお」

「こすもすに習ってって……おまえが作るのか？」

正直言って、怖い。

「うん。ね、何がいい？」

「……フランスパン一本と生卵と単なるソーセージ」

「一郎」

つん。拓、拗ねて横むく。でも……俺だって自分の身がかわいい。食中毒で死ぬのは嫌だ。

「いいもん。驚かしてやるから。すっごくおいしい御飯、作ってきてみせる」

「ああ。楽しみに待ってるよ」

あんまり拓が拗ねるものだから、一郎、仕方なしにこう言う。と、拓、ぱっと明るい顔になって。

「ん。待っててね」

ウインクして消える。

「ふう」

一郎、首を振って、軽くのび。

「さあて、どうするかな。一応邪魔者は消えた訳だし」

今度は屈伸。

「もとちゃん、助けにいこうかいな。この分じゃ、例の人、出てきそうもないし」

例の人。拓は何でまた、あんなにのほほんとしていられるんだろう。それが俺には不思議だ。

もし誰かが——何らかの方法で、空間を自由にまげたり切りさいたりできる誰かが。何かをしている際に、あやまってもとちゃんのインナー・スペースを、通常空間にまぜてしまったら。

その誰かは——おそらく、現在のもとちゃんの状況を好ましく思わないだろう。まったく意図せずに、一人の女の子が、強大な力を持つことにしちまったんだから。現にあの火事——あれ、おそらく、その誰かがもとちゃんを始末しようとしておこしたに違いない。とすると……一回失敗した奴は、もう一回、同じことをするだろう。

そうだ。それが問題。

「ま」

火のついた煙草を、右手でもみけす。

「どんな奴が相手でも、俺が負けるとは思わないがな」

思わない――が。どうもその――どんな方法だか知らないが、空間を勝手にまげる奴とは
――あんま、けんかしたくないなあ。

ま、とりあえず。

もとちゃん、助けにいこ。

☆

「ふにい」

右手に猫抱いたあもーる、今日、何度目かの汗をふく。

拓。ちゃんとむかえに来てくれるんでしょうね。こんなジャングルのどまんなかに放りだされたら、一日で、あたくし、あせものかたまりになっちゃう。

「ね、まだあ?」

右手の中の猫に聞く。

「ごめんなさい、まだ」

しきりに鼻をぴくつかせている猫、謝る。

「ま、謝らなくてもいいんだけどね――ロージー・ジュニア」

別にロージーの子供ではないんだけれど、ロージーの教育の結果、まっ先に人間語を話せ

るようになったこの猫、ロージー・ジュニアって呼ばれている。猫のＩＱははかりようがないけれど、おそらく人間だったら天才クラスの猫。

「あ。ちょっと、あもーる、とまって」

ロージー・ジュニアのひげ、ぴくんとうごく。すとんって、あもーるの手から、とびおりて。

「みゃう」

一声、高く、鳴いた。

と。

がさっ。

手前のしげみが急に動いた。おいしげる、木の葉、下草をかきわけ、でてきたのは——巨大なオスライオン。

「がうっ」

軽い、叫び。ライオンさん、少し、驚いているみたい。

「ふみっ。みゃう」

ロージー・ジュニア、必死でしゃべる。あもーる、ショルダー・バッグから、ラヴ・エッセンスとりだし、身構えて。いざという時、このライオンさんに、ラヴ・エッセンスふりかければ——最悪の、食べられてしまう、という事態は、防げるかも知れない。（だからあもーるが来たのよ）

通じるのかしら。

あもーる、心底、おびえる。

ロージーは言った。猫族の言語の基本母体は同じだ。猫語は、絶対、ライオンに通じる。東京弁と東北弁の差みたいなもんだから。それを信じてアフリカに来たんだけど……これで、ロージー・ジュニアの猫語がライオンに通じなかったら……どうなるんだろう。

(このあとの、ロージー・ジュニアとライオンさんの会話は、猫語とライオン語だったんだけど、日本語に翻訳して、書かせてもらいます)

まず、ライオンさん。

「何だ。今、俺を呼んだのはおまえだろ？　何だよ」

からかって、遊ぶような、口調。

「あの……あ、食べないで下さい」

ロージー・ジュニア。

「ああ」

ライオンさん、うそぶく。

「用件を言うまではな。あんたが……猫が、ライオンを呼ぶってことは、命はもうあきらめてんだろ。用件だけは聞いてやる」

「あのね……あの……ライオンのことなんだけど……動物園のライオンについて、どう思いますか？」

「へ？」

ライオン、しかめっ面して。

「どういうことだ？　ドウブツエン？」

「知りませんか？」

「ああ。……知らないものは、答えようがない。おら、逃げな。……喰うぜ」

ライオンさん、完全に、遊んでる。猫も人間も、彼にとってはエサで……この距離なら、どっちも逃がしっこない。どっちも今……喰ってやる。

「あ、あの、ちょっと待って」

ロージー・ジュニア、慌てて。

「遅い」

せせら笑うのは、ライオンさん。

「そっちの人間が銃を持ってないのは、においで判るぜ。この距離だ。今更、逃げようもない。命ごいには遅すぎるぜ」

「命ごいじゃないんです。動物園について説明したいんです」

攻撃姿勢にはいっていたライオンさん、一瞬、とどまる。

「動物園って……動物を……ライオンとか、トラとか、ヒョウとかを、とじこめておくところです」

「閉じこめる……」

「おり、判りますか？」

「莫迦にするな」

「人間は、不思議な習性を持っていまして……動物を、おりの中に閉じこめて、見せるのです」

「見せる？」

「ええ。ライオンを、せまいおりの中に閉じこめて……で、ライオンって札をだして、見せるんです」

ぐうっ。

喉の奥でライオンさん、何とも言えない音をだす。

「動物園のライオンは、終始、ほえてます」

「終始ほえる……？　何でライオンが、そんなことするんだ？」

「軽いヒステリー状態なんだと思いますよ。……まあ、ストレスもたまりますよ。毎日毎日、人に見られて生活しなきゃいけないんだから」

ライオンさん、段々、新たなる怒りがこみあげてきたみたい。

「前にどっかで、もっとみじめな黒ヒョウ見たことがあります」

ロージー・ジュニア、続けて。

「自分で自分の尻尾に、くいついてるんです」

「え？」

「自分で自分の尻尾をかんで……で、自分の尻尾を求めてぐるぐるあたりをまわり……」

「ぐうっ」

ものすごい、音。ライオンさん――目の輝きが、違うっ！

「判った。あんたは――おい、猫、あんたは好きな時に逃げなさい。そこにいる人間――そいつだけは」

喉の奥で、くぐもった声。

「そいつだけは、生きたまま、ひきさいてやる。俺の――俺の仲間にそんなことをした奴の仲間は……全部、みつけ次第、あらん限り残酷な手段で殺してやる」

「あ、あ、ちょっと待って。違うんです」

慌ててロージー・ジュニア。

「違う？　何が」

「今、こんな話をしたのは、えっと、決してこの人をひきさいて欲しいからじゃなくて……」

「ま、それはそうだろうな。今、人間を殺しちまえば、おまえみたいな弱そうな家猫、ここで一日たりとも生きてゆけまい」

軽く、ライオンさん、頭を下げる。攻撃姿勢。

「訂正します」

でも、ロージー・ジュニア、何故かそんなライオンさんの様子にめげず、きっと頭をあげて。

「私は、野良猫です。家猫じゃありません。人間なんかに養われている訳じゃありません。今の台詞、訂正して下さい」

「あ……ああ」

ライオンさん、また、頭をあげて。

「失礼。訂正しよう」

で、くすっと笑って。

「生粋の猫族だな、あんたは」

「猫ですからあたり前です」

憮然と、ロージー・ジュニア。それから、急にまた、弱々しい声にもどって。

「そういうことじゃなくて……えーと、我々がここに来たのは、その、ライオンとか、黒ヒョウとかトラとかを、本来いるべき土地にもどそう、という計画があってのことなんです。で、うけいれる土地側の意向——特に、ライオンみたいな、社会生活を営んでいるものは、集団がうけいれてくれないとどうしようもないですから——を、確かめに来たんです」

「ふ……ん」

ライオンさん、多少、鼻息がおさまった。

「ま……いいことなのかも知れないが……たび重なる、偽善だな。人間が、他の動物を、ここまで迫害しておいて、人間がそれを助けようだなんて」

「で……あの、この人は、いかにも人間のように見えますが、実は人間じゃないんです」

こう言ってから、ロージー・ジュニア、困る。あもーる〝絶句〟連。どう言ったらいいんだろう。

「えーと……人間亜種……キャラクターといいまして、レオポンみたいな、人間と、そうでない生物の混血なんです」

「ふーむ」

軽くうなる、ライオンさん。

混血。ま、いいか。ロージー・ジュニア、一人でそう納得して。もとちゃんと小説との混血なんだ。

「で？　一体俺にどんな用事があるっていうんだ？」

あんまり攻撃、という感じはなくなって——とにかく事情を聞こうというムードになってきたライオンさん。

「つまりその……」

ロージー・ジュニア、ぽつぽつとしゃべりだした。

PARTⅡ　動物革命

　ことのおこりは。一郎が、動物園へ行った時にさかのぼる。

　一郎、一回目にもらった仕事（雑誌のカット）の為に、どうしてもらくだを見る必要があった訳。で、らくだを見に動物園へ行き――我慢、できなくなる。

　考えてみて。

　親が多少なんだかんだ言うだけで、子供が〝るせーな〟っつって反抗しちゃう現代で、よ。生活の一部始終――朝起きてから夜寝るまでのすべてを――他の生物に見られたら。これで、ストレスのたまらない人、いる？

　それも、子供なんか、ただ見るだけじゃなくて、ものを投げたりつついたり――。

　まして、情容赦もなく、交配中も見る――ものによっては、交配中のビデオとられたり、〝パンダ、結婚！〟とかいって新聞にのったりするのよ。こ……こういうのって、我慢、できる？

　こんな――人間だったら、まずまあ我慢できないような状態に、動物は、いるのだ。

　刑務所。何か、悪いことをした人が、はいる所。その刑務所だって、一日の生活すべてを他人に見せるだなんて非道なことはしていない。そう、閉じこめるだけで、それはかなりの罰なのだ。

おまけに。無期懲役ったって、死ぬまでずっと刑務所にいるってことじゃないの。十何年かで出てこられる。

その点、動物園の生物は。死ぬまで狭いおりの中で見世物にされ……。故郷を夢みても、それは夢でしかなく——運よく逃げたとしても、この島国の中でどこへ逃げる？　大型肉食獣なんて、ひたすら狩られて殺されるのがおち。

ましてや。

いろいろ、本能が、ある訳。

たとえば。

狼は、かなりひろいエリアを持つ。かなり広い空間駆けまわって、そこにいる動物を喰う。これが、ものすごく狭い、まあ、十畳や二十畳のおりの中に閉じこめられたら、どうなる訳？

気候だって、まるっきり違う。日本は高温多湿で梅雨なんかあって……動物園の係の人が、どんなに一所懸命動物の世話をしてくれても、よもや、日本の気候を変えることはできまい。

（それに大体……赤道あたりから極地あたりの動物まで集めてんだから……変えるとしても、どこにあわせて変えたらいいのだろう）

「何なんだあれは何なんだ」

帰ってくるなり一郎、信拓やあもーるや拓や、とにかく手近にいる人にくってかかって。

「おい、信拓の旦那――ありゃ……動物園っていうのは、一体全体何なんだ」

「へ？」

信拓、不審気な顔。

「そりゃ君……各地の動物を集めて見せるもんだよ」

「何であんなもん作るんだ」

一郎、筋が違うな、と思いながらも、信拓に喰ってかかる。

「何であんなもんって……基本的には、教育の為、だろ」

「きょういく!?　どこが!?」

一郎、あやうく信拓の胸ぐらにつかみかかりそうになり、自制。

「えーと、つまり……」

一郎の見幕に驚いた信拓、多少および腰になり。

「日本の子供は、自然の動物に接することができない、と。とね、たとえば、象とはどういうものか、なんて、絵を見せても写真見せても実感できないだろ。で、実物見せれば……」

「そんな安易な」

「子供の頃から動物に親しむのは、情操教育的にもいいって……」

「じょおそおきょおいくう！」

ばんっ！

一郎、思いっきり机たたき——机、壊れた。

「アウシュヴィッツの収容所見せんのが、情操教育かよっ！」

「え？」

「動物を——自然のままに放っときゃ、まずノイローゼになったり発狂しない生き物を、無理矢理ノイローゼにするような環境……。肉体よりも精神を壊すって点で、アウシュヴィッツより圧倒的に悪いぜっ！　そーかよそーかよ、人間のガキっつうのは、生体実験所兼拷問所を見て育つ訳だな？　で、そういうの見せるのが、情操教育だって……」

「あと、自然保護って意味もある。放っとくと絶滅してしまう生物を……」

「おー、よく言うぜ」

一郎、目が血ばしってる。

「偽善もそこまでいきゃ、いっそ見事だ。自分でぶっ壊せるだけぶっ壊しといて、もうなおせなくなったら、それ、保護するっつうんだな？　はーはん、ざっけんじゃねえよっ！」

「僕がふざけてる訳じゃないんだけどな」

信拓、一郎の肩に手をおいて。

「そんな……ひどいのか？」

☆

信拓が動物園へ行くと。

「……」

何も、言えなかった。

言語学の天才の信拓は……理解してしまったのだ。動物達の呟き。

「……僕は……」

動物園にいる間中無言だった信拓、動物園を出てしばらくして、やっと、口をきいた。

「僕は……あんな……」

眼鏡をはずし、目頭をつよくおさえる。

そして、しばらくの沈黙。

「……決めた」

十秒におよぶ沈黙のあと、信拓、口をひらく。

「誰が何と言おうとも……僕はやる」

「やるって……あなた、何を？」

こすもす、不安気な顔をして信拓見つめ。

「全部、逃がす」

「え？」

「全部、逃がす。動物園にいる動物全部……もといたところへ、逃がす」

「……だって……」

「誰にも協力して欲しいとは言わない。これは——僕の感情の問題だ。人間が、自分達で勝手に絶滅へおいやった種をこういう風に保護するのが偽善なら、僕がそれらの動物を、それらの生まれ故郷へおくり返そうとするのも偽善だろう。でも……今更……他にしようがないじゃないか。偽善だって判っていても――僕にはもう、偽善しかできることがないんだ」

「だって……そんなことって、できるの？」

こすもす、少しあおざめて。

「できるよ。やる気になりさえすれば」

少しの間、眉をひそめてから、信拓。

「つっても、こっちが独善的にやるのは何だから――動物園にいる動物も、口では故郷に帰りたい、おりの中は嫌だって言ってても、おりから出たら生活能力があるのかどうか、はなはだこころもとないし……受けいれ側の問題もあるから……ことは慎重にはこばないといけないけど。でも――やろうと思って、できないことではない」

そして、信拓は、この日から、街中や動物園をうろつき、動物達の生の声を聞く仕事につくことになる。（以前、もとちゃんが疑問に思ったこと――一郎がイラストレーターやって、拓が生け花の先生やって、あもーるがモデルやって、こすもすが家事やって――では、信拓はその間、何をしていたのか、の答は、これだった訳）

そんな中で信拓は、妙な現象に気づいたのだ。

猫。東京地方の猫の間に、妙な――一種の新興宗教みたいなものが発生している。新興宗教。いや、そういうよりは。

猫族にとっての、圧倒的なヒーロー、圧倒的なスターが誕生したらしい。スター——それも、たとえば芸能界のスターみたいなものじゃなくて、ジャンヌ・ダルクだの、シッダルタだの、（たとえは悪いけど）ヒットラー並みのスター。

美弥。あるいは、ローゼット・ロージー。それがそのスターの名前。

信拓、何とかその二人にコンタクトを求め——そして、お互いが、半ば兄弟のような、同じ作者の腹（……なのかな？）から生まれた作中人物であることを知る。

「出ようと思ってるの」

第13あかねマンションの信拓の部屋で。美弥、カーペットの上に直接あぐらをかき、こころもち下から信拓を見あげる。

「出るって……どこを？」

「大森の家。……おばさんが——ああ、お母さんって呼ばないと、あの人、哀しむんだ——お母さんがね、あんまりあたしにかまいすぎるのよ」

「ふーふん。親を持つ身になるとすぐに、もう独立したい？」

美弥につきあって、直接カーペットの上にすわった信拓、軽く鼻で笑って。

「じゃなくて……危ない、と思って」

「あん？」

「大森のお母さんが。あたし、もうすでに、民間の、まあいわば〝死の商人〟の皆様に目をつけられてるみたいだし」

「君……どうして」

「ちょっと派手なけんか、いくつかやっちゃったもんで……サイボーグかエスパーか……とにかく何かと間違われてる」

「何やったんだよ」

信拓、軽くため息。

「僕達は……まあ……存在論的に言って、あんまり目立っちゃいけないのに」

「保健所、いくつか襲ったのよ。それだけ」

「保健所？　何で？」

「野良猫が薬殺されるところだった。……行きがかり上、野良犬も助けちゃったけど」

信拓、一瞬笑いかけて、眉根をよせる。

「いずこも考えつくことは同じ……か。ま、それはそれでいいけど……できる限り、これ以上、めだたないでくれよ」

これから自分のすること考えれば、あんまり言えた義理ではないが。信拓、苦笑をうかべて、ハイライト消す。

「とにかく、これで一回君に会ってみたいって用事も済んだことだし……。ま、いつでも遊びにおいで。もし、家を出たいんなら、ここへ来てもいい」

「あ、どうも」

こういうと、美弥と信拓、立ちあがって。と。

「みゃお」

ロージーが、美弥のスカート、ひっぱった。

「ちょっと待って、美弥さん、信拓さん。ここは一つ、我々が協力した方がいいと思いませんか」

「協力？　手伝ってくれるのか」

信拓、頭では判っていても、日本語を話す猫っていうのは、どことなく不気味だな、なんて思いながらロージー見おろす。

「手伝うも何も……美弥さんも信拓さんも、結局、やりたいことは同じな訳でしょ」

美弥と信拓、顔をみあわす。確かに。

「だとしたら、協力した方が楽ですよ。……特に……美弥さん、あれ、話しちゃっていいですね？」

美弥、ちょっと眉をしかめて。

「ロージー」

「あれって何だ？」

「ううん、こっちのこと。……ロージー、あれはやっぱり……猫以外に話すのは……この人はいい人だと思うけど、でも人間だし……」

「ま、話したくないことを無理に話せとは言わないけどさ」

のんびりと、信拓。

「でも、僕を疑う必要はないよ。疑う必要がない……っていうより、基本的には、僕も君も同一人物だろ」

「え？」

「どっちももとちゃんの小説のキャラクター。だから、考えることも似たようなことになるし……基本的に、精神内容の基になってるものは同じだよ」

「そう……ね」

美弥、もう一回、カーペットにすわる。

「あのね……保健所襲っているうちに思ったんだけど……東京って、この狭い面積に、人間があまりにも沢山いすぎると思わない？」

「まあ、ね」

「人間があんまりいすぎるから、他の動物が生きてゆく余地がないのよ」

「……それは、いえる」

「同じことだなって、思ったの。基本原因——人間の数があまりにも多いってとこ無視して、保健所から猫逃がしても、いたちごっこだって」

「……まあ、な。でも……人間の数をへらすのは……僕は反対だぜ」

「何で？」

美弥、挑発的に信拓見上げる。

「だって、そうだろ」

信拓、挑戦的に美弥を見下ろす。

「ま、君は半分猫だからどう思うか、知らない。でも、僕は、一応全部人間だから……人間を殺すなんて、絶対、人間がしてはいけないことだ」

「そうよ」

美弥が、あまりにも簡単に肯定したので、信拓、軽くずっこける。

「誰が人間殺すって言った？　あたし達、人間食べないのに」

「じゃ、どうやって人間へらすんだよ」

「増やさなければいいじゃない」

「へ？」

「産児制限、やればいいのよ。猫の産児制限、まったく猫の意志を無視して、勝手に人間がやってんのよ。じゃ、何で、人間の産児制限を猫がやっちゃいけないのよ」

「……」

信拓、呆然。

「そ……そりゃ……つまりそれは……でも、そんなこと、どうやってやるんだ」

「今まで人間は、ずっと勝手に、人間の為だけの社会を築いてきたのよ。……ま、それはいいでしょう。確かに、ここは、弱肉強食の世界で、人間が一番強かったんだから。でも、今の人間、自分達が強いっていうことに慣れきっちゃってて……今の、だらけた人間社会なら、できるわ」

「何が」

「革命」

「かくめい？　誰がおこすんだ。たとえ、あんたがおこしたって……どう考えたって、他の人間がそれにのるとは思えん」

「何で人間にのってもらわなきゃいけないのよ。猫の、猫による、猫の為の革命、よ」

ずでっ。信拓、こけた。猫の、猫による、猫の為の革命……。

「……で、まあ、とりあえずは全世界の人間の数を今の百分の一くらいにへらして、必然性のない殺生を禁止するの」

「必然性のある殺生って……あ、食べること」

「そう。肉食動物は自分の食べる分は殺していいわけ。それから、アスファルトによる道路の舗装の禁止、極端な分業の禁止」

「極端な分業っていうのは？」

「一つの社会生活最小単位の中で、自分のエサを確保しろってこと。今、第一次産業についている人の数って、あんまり少ないじゃない。変よ、こういうの。一つの家族——たとえば、おじいさんとおばあさん、長男夫婦、次男夫婦と、孫達——こういう集団の中の誰かが、こういう集団内の人達の食糧を確保しなさいってこと」

「要するに、農業やってる人がいて、流通業者がいて、米屋がいて、サラリーマンがいるって社会をやめろっていうんだな？」

「そう、全員が、自分で食べるものを自分で調達するのが理想なんだけど……子供や老人は体力的に無理だから、先刻みたいな表現にしたの。でね、こうすると……なしくずしに、第二次産業、第三次産業はなくなるでしょ」

「……ああ」

「この二つがなくなるのって、地球的規模の資源の節約になるわよ」

「まあ……な。でも……何も、そんな過激な方法とらなくたって……」

「でも……じゃ、ずうっと、猫は我慢してろっていうの？」

「待っていれば、そのうち、人間の大多数が他の惑星に移住してくれるかも知れないし……」

「アメリカに人が渡ったあと、結局、イギリスの人口、ゼロになったっけ？」

美弥、皮肉な目つきで信拓を見上げる。

「それに……たとえば、政治の実権が、月だの火星だのに渡っちゃう方が怖いのよ」

「何で」

「火星からスイッチ一つで地球にむかって原爆でもおっことされた日にはたまらないもん。……私達の地球、とか、人間は言うけど──そりゃ、地球の何百分の一かは人間のものかも知れないけど──でも、圧倒的大半は、人間以外の生物のもんなのよ。人間の政治的な都合で、人間以外の生物のものである地球を壊されてたまるもんですか」

「ああ」

ここは、信拓、素直にうなずける。

「大体、常識じゃない？　ここに、この世の中にたった一つしかない、大切なもの——地球——があるとするわよ。と、どこの莫迦が、そんな大切なものを、いつうっかり壊してしまうか判らないガキ——人間——にあずけられると思うの？　人間以外のどの生物が主権をとったって、人間程だらしない、なさけない、ガキじみたふるまいはしないわよ」

「ああ」

段々、信拓も興奮してくる。そりゃそうだ。

「どんな莫迦な猫だって、人間程ひどいことはしないわよ。だから、人間が主権とってるよりは、猫が主権とってる方が、地球的規模で全生物の為よ」

「ああ」

信拓、いつの間にか完全にのせられている。

「だから、とりあえず、猫の、猫による、猫の為の世界を作ろうと思った訳。……ただ、本当言うと、猫の独裁国家っていうのも、いけないな、とは思うのよね。本当の理想は、人間以外の生物の、人間以外の生物による、人間以外の生物の為の世界を作るべきなんだろうけど……あたしもロージーも、猫語およびその周辺語——ヤマネコ語、トラ語、ヒョウ語、ライオン語……しか判んないもんで……」

「僕なら、判る。植物は発声器官がないから駄目だけど、動物は大抵」

いつの間にか信拓、こう言っていた。

「まぜて欲しい。僕なら——僕が加われば——」

「動物の、動物による、動物の為の世界が作れる！」

☆

「で、その、動物革命の第一段階としまして、動物園からの動物の解放、日本の首都である東京の征服、を考えている訳です」

……ふう。長い台詞だった。喉がかわいた。

ロージー・ジュニア、こう言うと息を吐き、ライオンさんの顔をみつめる。

「ふうむ……あんたを喰っちまわないでよかった。こんなおもしろい話が聞けるとは思わなかった」

ライオンさんも、ゆっくりと息を吐き。

「で、そこにいる人間の女は、その、ミヤとかノブヒロとかいう奴の仲間なんだな？」

「ええ。あもーるといいます」

「判った」

くるん。ライオンさん、まわれ右して。

「ついて来なさい。……喉がかわいたろう」

「あ……はい」

「この先に河がある。ついでに、俺の仲間にも紹介しといてやろう」

うしろ姿を見せて歩きだしたライオンを見て、あもーる、ロージー・ジュニアをつつく。

「ど……どうなったの？」

「かろうじて、何とか」

ロージー・ジュニア、日本語でこう言うと、ほうっと安堵のため息。

「何とか理解してもらいました」

「そう……御苦労様」

あもーる、思いきりぎゅっと、ロージー・ジュニアを抱きしめた。

☆

さて、こちらは美弥。

新井素子さんが誘拐されました、というニュース、美弥の方にも勿論、猫を通して流れていた。

「……というような事情で、素子さんの位置は、常に把握しています。あと、〞絶句〟連の森村一郎氏と宮前拓氏が、素子さんを誘拐した車を尾けていったという情報もはいりました。……あの二人が尾けていったのだから、素子さんの方は、まあ、大丈夫でしょう」

「ふうん」

数日中に来るXデイ——動物革命第一段階決行の日——にそなえて、多摩地区の猫とうちあわせをしていた美弥、右手で髪をかきあげ、立ちあがる。

「……ね、ミーシャ」

中で一番大きいトラ猫呼んで。

「あなた、ここの議長、できる？」

「え……まあ」

ミーシャ（何か熊みたいな名前だな）、軽く前足で鼻の頭ひっかいて。

「できないことはないですが……美弥さん、行ってしまうのですか？」

「ええまあ、一応……。多分、大丈夫だと思うけど、でも、あの子が誘拐されたのって、あたしと間違われたせいでしょう。……放っとく訳にはいかないわ」

軽く鼻をならして。

「それに――まあ、作者なんだから、あたりまえなのかな――何か、あの子、他人でないような感じがして……放っとく気になれない……」

たった一回、それも道でぶつかっただけの相手なのにね。

鼻にしわをよせ、素子の顔を思いだしてみる。

あたしによく似ていた――顔だちは、まあ、はっきり言ってしまえばあたしの方がととのってたけど、雰囲気が――どことなく。でも、まあ、どこにでもいる女の子で――まあ、親って言えば親なんだけど――でも――何でこんなにあの子のことが気にかかるんだろう。

心の中で、やたらと〝でも〟と、〝まあ〟を連発して。

正直に言って。たまらなく、不安なのだ。不安――心配。一郎と拓がついているのだから、あの子に万一のことがあるとは思っていない。けれど——心配。

妙ね。妙だわ。何だかこの感じ、まるで——。

美弥は、素子とぶつかった時、ほんのわずかひっかかった液体が何であるか、それをかぶると、どういう感情にとらわれるか、知らない。知らないけれど——確実にラヴ・エッセンスは、きいているようだった。

「美弥さん」

と。急に、中空があき、そこにロージーの顔だけが出現した。

「わ……ロージー」

素子について、ちょっとあらぬことを考えていた美弥、急に声をかけられて、思わずびくっとする。

「あ……ああ。第13あかねマンションの一郎の部屋からのぞいているの……か」

第13あかねマンション。あそこ、今、すごいのだ。

Xデイが近づいて、各地の動物と何回もうちあわせをする必要上、もう、ぐっちゃぐちゃに空間をつなげあっている。

一郎の部屋のドアを、九十度以内にあけると、ここ——飯能の山小屋につながる。九十度以上あけると、そのまま一郎の部屋にはいれる。そして、一郎の部屋のバス・ルームのドア開けると豊玉北、洋服だんすは石神井公園、キャビネットの左の扉は武蔵野稲荷、右の扉は羽沢公園、食器棚の左の扉は江古田駅のトイレの個室、右の扉は小竹町一丁目の電柱のうしろ、一番上のひきだしは小茂根四丁目、二番目のひきだしは城北公園、三番目のひきだしは北町一丁目、四番目のひきだしは石神井台二丁目、天袋は……という具合に。(一郎は、主として素子をつけまわすのが仕事なので、一郎の部屋は無闇やたらと練馬方面にばかり通じているのだ。ちなみに信拓の部屋は、首都圏の主要な駅の大半に通じ、あもーるの部屋は諸外国、拓の部屋は主に山奥だの森の中だのに通じている)

「どうします? 私がそこへ行きましょうか。ミーシャでも議長はできると思いますけれど、こっちの方の信拓さんとのうちあわせ、おわったものですから」

「あ……で、どうなった?」

「Xデイは、二日後です」

「二日後」

猫達の間に、さっと緊張がはしった。

「それは大変だ……こっちもそのつもりで、話をつめなければ」

「そうか、二日後」

一瞬の緊張の後、さっと猫達の間にざわめきがひろがる。みんな、一斉に美弥を見上げていた。

「……美弥さん」

代表して、ミーシャが口をひらく。

「どうしても……その……素子さんって人を救いに行かなきゃいけないんですか? あと…

　……二日なのに」

「あ……えーと……」

　こう言われると、猫達の気持ちが判る分だけ、美弥もつらい。別にあたしが行かなきゃいけないってことはない――それが、よく判っているから。

「みんな、我慢してくれ」

　空中からロージーが声をかける。

「みんなにとって、美弥さんが大切なひとであるのと同じくらい、美弥さんにとって素子さんは大切なひとなんだ」

「……あ……なにも、それ程のことは」

　美弥、かすかに赤らんで、慌てて否定。

「素子さんは、美弥さんの親なんだ」

「母親……」

　かすかに猫達、動揺する。

「でも……もう、巣別れ、したんでしょう？」

「えーと」

　ロージー、唇をなめる。

「とにかく、万一素子さんが死んでしまったら、美弥さんも死んでしまうというような……とっても大切な人なんだ」

「……判りました」

ちょっと黙った後、ミーシャ。

「素子さんが、そんなに大切な方だとは知らなかったので……美弥さんにとって、特別な関係にある人だったんですね」

「あ、あのね」

美弥、何とか口をはさもうとするのだが、ミーシャにさえぎられてしまう。

「それならば確かに、心配でしょう。どうぞ、こころおきなく行って下さい。あとは、私とロージーでやります」

「あ……あの、何もそれ程のことでも……」

「それに——何でしたら、みんなで素子さんを救ってから、そのあとでうちあわせをしましょうか」

あちこちでぽつぽつと賛成の声が聞こえる。

「美弥さんの特別な人を人間になんかに殺されてたまるか」

「そうだ、美弥さんの特別な人なら、我々にとっても特別な人だ」

「みんなで助けに行こう」

「ちょ……ちょっと、待って」

慌てて美弥、みんなを制する。

「それは、いいわよ。みんなで助けに来てくれたら、嬉しいけど、目立って目立って仕方ないもの。……あたし一人で大丈夫だから。こんな時に、席をはずすのはとっても申し訳ないんだけど……ごめん、あたしだけ、ちょっと行かせてもらうわね」

「では、かわりに私がそちらへ行きます」

ぽこっと、ロージー、空間にあいた穴から身をのりだすと、くるんと空中で一回転して、器用に着地した。

「拓さんの作ってくれた通路は……エネルギー全然使わないから楽でいいですけれど、なじめませんね。どうも、にやにや笑いから出現しないと、出現した気になれなくて」

「それに、一方通行なのが難点よね」

美弥、こう言いながら、ブラウスのボタンを外しだす。ブラウスを脱いで、スカートとショーツをおとすと、ぶるっと頭をゆする。それから手早く衣裳をまとめて。

「どうしようロージー……持ってった方がいいと思う？」

「多分」

「OK。じゃ、悪いけどお願い」

両手を下げる。腰を軽くまげて……段々、体が縮んでくる。段々体が縮み、全体的に白っぽくなって……からだ中に白い毛がはえてくる。喉の奥あたりの毛がゆれ、軽い、ぐうっという音がもれる。そして――美弥は、普通サイズのまっ白い猫になっていた。

「お願い」

あごで、服の包みを指す。ロージー、とん、と美弥のそばまで降りてきて、包みを前足と口で器用に持ちあげ、それからそこにちょこんとすわって、前足二本でその包みを美弥――まっ白な猫の背中にくくりつけた。

「じゃ」

美弥、軽く頭をあげる。

それは――何という、猫だったろう。

ここに集まっている、数百匹の猫。その中で美弥は、どちらかというと小さい方だった。小さな、まだ成獣になりきっていない、こころなしか幼さを残した猫。

しかし。頭をあげると。美弥が、単なる、小さな幼い猫ではないことが判る。

人間に飼われたり、人間に迫害されたり、ずいぶん長いこと自然という環境を奪われて――少しずつ、少しずつ、猫がなくしていったもの、百獣の王、ライオンを擁する一族である、森や草原の王者の一族である、持って生まれた誇りとプライド。

それが。強烈なプライドと矜持が猫の形になると、ひょっとすると美弥になるのかも知れない。何かそんなことを感じさせる程、強い意志の輻射。純白の――目が痛くなる程、白い姿。

「……ほう」

横を向いて、そっと、ミーシャはため息をついた。ため息――あこがれと、尊敬と、愛情と……その他もろもろ、いろいろな感情のまじったため息。

猫達が、美弥に果てしない崇拝の念を抱くのは、ひょっとしたら、この美弥の白い姿の為かも知れない。

　プライドと矜持の化身のまっ白の猫。それは、単なる猫ではなくて――猫のエッセンス、原始の猫の姿に思える。

　昔、家猫だなんてものが存在しなかった頃の猫。

　あるいは、ライオン、トラ、ヒョウに始まって猫に到る、猫科の動物の基本像、猫科のフェロモンのようなもの。

　美弥には何か、言葉で表現しにくいそんなものが感じられた。

「じゃ、ロージー、ミーシャ」

　ひげを、ぶるんとふるわせる。

「後はよろしくね」

「はい」

　思わずミーシャ、頭をたれる。人間の姿をした時の美弥より、こうして白い猫の姿をした美弥の方が、余程近よりがたい――神々しい程、美しく見える。

「じゃ、行ってまいります」

☆

　飯能から、練馬区へはいり、そして豊島区へ。その時、美弥の通過した道すじにいた人達は、一瞬、自分の目を疑ったに違いない。何か視界の端に白いものがうつり――そして、まばたきをする間に、その白いものは消えているのだ。目の端に、かすかに残る、白い残像。

「完全にスピード違反よね」

くすっ。走りながら、美弥、かすかに笑う。

「あたしや一郎さんみたいな人がいるんだから、スピード制限、車だけじゃなくて、人にもすればいいのに」

もし、車がこんなスピードで走っているとこ見られたら、パトカーが何台もでばる、大捕物になってしまうだろう。

人間の姿をしている時の美弥は、せいぜい、オリンピック級のスプリンター程度の速度しかだせない。（オリンピックのスプリンター並みの速度でマラソンができるって……考えてみれば無茶苦茶なことではあるのよね）けれど、猫になれば。並みの交通機関――車だの電車だの――よりは、速い。（ま、飛行機よりは遅いかも知れない）

そして、美弥は走り続ける――。

☆

西池袋にある、素子の大学。そこまで行って、美弥、鼻をくんくんいわせる。一声ないてみる。

「みゃう」

と、大学のレンガの壁の上から、ひょこっとミケ猫がおりてきた。

「美弥さん」

「あら、タマ。……素子さんは？」

「えーと、文京区まで、行きました」

「文京区」

「ええ。文京区のルナっていう猫から、先刻、定時連絡がありまして、ルナの所轄区域は通過したそうです。そのあとのことは、まだ、ちょっと」

「次の定時連絡は？」

「四時ジャストです」

「ふ……ん」

美弥、鼻をよせる。今、三時半少し前。

「判った。文京区のルナ、ね」

これだけ言うと、美弥、また走りだしていた。

☆

文京区。はいるや否や、美弥、大声でなく。

「みゃおん」

鼻をしかめて。何か——変なのだ。あたりの空気が妙なにおいになっている。妙なにおいのものがあるというのではない、空気自体のにおいが妙だ。

と。電柱の脇から、のそっと大きな黒猫がでてくる。かなりの老猫——雰囲気的に、この辺のボス猫。

「美弥さん……ですか？」

老猫、美弥を見ると、頭を低くして。

「すみません」

「どうしたの」

この空気のにおい——この老猫の様子。何か——変だ。何かただならぬことが、おこったみたい。

「素子さんをのせた車——見失ったそうです」

頭を地面にすりつけんばかりにして、謝る。

「どうして」

美弥、思わず語勢がするどくなる。そんな莫迦なことが——何十四もの猫が、尾けている車を見失うとは思えない。

「よく……判らんのです。わしはもう齢ですので……追跡隊には加わっていなかったので……」

「あなたが、ルナ？」

「いえ、ルナはわしの息子です。あいつが追跡隊をまとめていて——よもや、わしの息子がこんな失敗をするとは……情ない」

老猫、歯ぎしりしている感じ。

「わしがもう少し若かったら……わしだったらこんな失態は……」

放っとくと、このままぐちに移行してしまいそうだ。おとしよりは丁寧に扱わなければいけないと判っていても美弥、場合が場合なので、かなり乱暴に老猫の台詞をひったくる。

「で、ルナはどこ？　ルナじゃなくても、追跡隊の連中は？」

猫達がまかれた時の詳しいシチュエイションが知りたい。

「裏の——ここの裏の路地をはいって、三本先の十字路をまがったところの空き地にいます。空き地といっても、家を建てかえる為に一時的に空き地になっているだけで……わしの若い頃は、この辺にも結構空き地があったのに……最近の人間のやり方はひどいですな」

「どうもありがとう」

じりじりしていた美弥、老猫の台詞がひとくぎりついたところで、慌ててこう口をはさみ、駆けだしてゆこうとする。と。

「ちょっと待って下さい」

老猫、美弥の背に声をかける。

「実は……本来ならわしがそこまで案内するべきなのですが……いささか事情があって、その空き地にどうしても近よりたくない——近よれないのです。齢はとりたくないものですな」

「はあ。あ、でも、案内して頂かなくても行けますから、どうぞお気になさらないで。では」

また、駆けだそうとする。と、また老猫、話しだす。

「その空き地に近よれない理由というのは……感じませんか、空気の味が変だって」

それは確かに。

「どうも最近、齢のせいか、嗅覚も味覚も鈍くなりましてね……昔はこれでもちょっとしたものだったのですが」

「あ……はあ」

ううう。苛々する。

「何かが邪魔をしたらしいのです。素子さんをのせた車を追跡するのを。その〝何〟かが、今、空き地にいるんです」

「何か？」

「この世のものならざるものですよ。そう思いませんか？　この齢まで生きてきて、ずいぶんいろいろなものを見たし、いろいろな話も聞いたのですが……こんなのは初めてです。わしが若かった頃は……」

「どうも」

美弥、強引にこう言って。

「では、あたし、ちょっと急ぎますもので」

走りだす。と、また。

「あの、ちょっと」

「はい？」

こう何度もひきとめられる自分の敬老精神を半ば呪いながら、美弥。

「気をつけて下さい。つまりこれを言いたかったんです。どうも齢をとると話がまわりくどくなりますな、実際」

ぺこんと頭を一回下げ、今度こそ本当に、美弥、駆けだした。

PARTⅢ　ライオンさんとあもーるさん

この世のものならざるものがある。

全身の毛が、知らず知らず、逆だってくる。

確かに、あの老猫の言うとおりだ。何か、ここには、この世のものならざるもの。

空気のにおいはどんどん妙に、そして、空気の味はどんどんおかしくなってくる。体毛が、空気をはじき、それ自体が意志のあるものであるかの如く、ちりちりとその存在を主張した。

三本先の十字路。そこへたどりつく頃には。美弥はもうほとんどグロッキー状態になっていた。頭の奥がしくしく痛み、吐き気がし、体がふわふわとどこかへとんで行きそうで……。

成程、何かは知らないが、こんなものが——あるだけでこれ程の影響を与えるものがそばにあったら、それだけで殆どの猫は、車の追跡ができない状態になるだろう。道路に、すずめが一羽、はいずっている。

そして美弥は、十字路をまがった——。

☆

何だろう。このにおい。におい――ううん、気配。おそろしい程、鼻を刺激する。よどんでいる。何だか、そんな気がした。空気が、よどんでいる。

よどむと――空気が、よどむと。あたりは暗くなるのだろうか。そんな感じ。行手にみえる空き地は、何だか妙に、暗く、重たく、この場にしずんでいた。

実際は、どうあれ。

美弥、心の中で呟く。

あのおじいさん猫がここへ近づけないのも、むべなるかな、だわ。

ここは、空気が目一杯しずんでいて――暗くて――怖い。

まだ街灯のついていない――そんな時間ではないのだ――電柱が、闇の中に、無闇に不気味に、立っていた。

☆

進む――進むと。

段々、足が、遅くなる。

別に、ゆっくり歩こうと思ってる訳じゃ、ないのね。ただ、どうしても――自分の意志とは他のところにある何物かによって、歩みを制限されているのを感じる。

「……ふうっ」

喉の奥で、うなる。いつの間にか、美弥、完全な攻撃姿勢をとっていた。目を、つむる。

今は何だか、視覚がない方がいいような気がする。

更に、数歩、進む。

と。

空気が、動いた。

「美弥さん」

複数の、安堵と喜びにあふれた声。美弥は、ゆっくりと、目をあけた。

☆

目を開ける前から。大体のことは判っていた。大体の——この場の様子。

空き地。ところどころに、とり壊した建物の跡らしい、コンクリートの残骸や、柱の跡のようなものがある。奥の方——南方と東方には、壊れかけたブロック塀が、まだ残っている。

そのブロック塀の角においつめられた格好で、それが、居た。

そして。それをぐるりととり囲んだ、三十匹近い猫の群れ。その猫の群れが、今、美弥の姿を認め、一斉に安堵と喜びの声をあげたのだ。

「あなたが代表者ですか？」

それは言った。その声を聞いただけで、美弥、ただちに尻尾をまいて逃げだすか、あるいは、それに襲いかかるか、どちらかをしたい、という欲求をおさえるのが辛くなる。それ程、圧倒的なものを、それは放出していた。

圧倒的なもの。

最初、美弥は、今まで感じたことのない程、強烈な悪意だと、思った。悪意——邪悪。

そして。一呼吸して、気づく。それは、悪意ですら、ないのだ。

悪意。憎悪。殺意。そういうものは、相手を自分と同じような生物だと思って、で、はじめて感じることができるものなのだ。悪意をそもそも感じようのない——悪意を抱くこともできない——それは、圧倒的な、〝異質〟だった。

それ——圧倒的な〝異質〟を放出しているもの——は、形状的には、一匹の猫に似ていた。美弥より一まわり小さい、もし猫であるのなら、ほんの仔猫サイズのもの。ただ、猫ではない証拠に、それには、虹彩がなかった。ただまん丸の——真円の、目。うしろ足に較べて、長すぎる前足。灰色にも、モス・グリーンにも、青にも見える、表現のしようがない体色。体毛は——あるのだろうか？　何だか妙につるりとしていて、まるで、は虫類のようだ。

「あなた……何？」

美弥、うなり声と一緒に、かろうじてこの台詞をしぼりだす。

「先に質問した方が先に答えるのが、あなた方の礼儀ですか？」

それは、聞く。そして、軽く口をゆがめ——と。口腔内がかすかに見えた。中は——まっ黒。口腔の中、体の中には、〝無〟以外のものがあるとは思えない。そんな、なにもない、色。

「とはいえ……もし、先に質問した方が先に答えるのが、あなた方の礼儀なら、私が再び質問しても、あなたは答えてくれないだろうし、質問された方がまず答えるのなら、つまりあなたには私の質問に答える気がない、ということで……どっちにしろ、私の二つ目の質問は無視される訳です」

それ、こう言う。感情というものが、まったく欠落した話し方。

「だからまず、私が答えましょう。私は……です」

それが何と言ったのか。美弥には、理解できなかったし——理解できた。

それの発音した音は、美弥達の、あるいは地球上の生物の発声の体系の中にはない音で——音はまったく理解不能だった。が、その音と同時に伝わってきた概念は、ある程度、理解できた。

見張っていて、あやまりを正し、正しく保管をしている者。

何とか、美弥の理解できる言葉に直すと、それはそういうものだった。が、それは、それだけの者ではなく——美弥にはついに理解不能だった、多数の概念が、それの中には含まれていた。

「あたしは、確かに、ここの代表者であるといえばあります」

美弥、何とか気をとり直し、こう言うと、一歩、前にでた。一歩前へ出るとわきあがる、強い思い。

この——猫達。ルナとその他、文京区の猫達。どういう事情で、この〝異質なもの〟とかかわりあうことになったのかは判らないが、今まで、何分だか何十分だか、この〝異質なもの〝とずっと対面していたのだ。この〝異質なもの〟とかかわったせいで、素子の追跡に失敗し、その責任を、おそらくは感じて。つまり、あたしの為に、あたしの個人的な事情の為に、この〝異質なもの〟と対面する苦痛に耐えてくれたのだ。

だとしたら。あたしの個人的な事情のせいで、猫達にそんな苦痛を強いておいて、で、あたしが怖じ気づくだなんて、許されないことだ。そんなことをしたら、あたし、自分で自分が許せなくなってしまう。

「そうですか。あなたが代表者なのですね。では、聞きます。何で邪魔をするのですか？」

〝異質なもの〟、じっと美弥を見る。その目——真円の目——も、よく見ると、中に何もないような気がする。

「邪魔？」

「私が、あるものを追いかけているのを、この猫達は邪魔しました」

「嘘だ！」

一匹の黒猫——あ、あの老猫によく似ている。きっと、この猫がルナだ——が必死で勇気をふるいおこして、叫ぶ。

「逆じゃないか！　こいつが……この訳の判らないものが、素子さんののった車を尾けるのを邪魔したんだ」

「ルナ」

美弥、ルナに、思いっきり優しく笑いかけて、それから、〝異質なもの〟の方を向き。

「邪魔って、具体的には、どういう風に邪魔をしたんです？」

「どういう風にもこういう風にも——上から（これは、美弥の持っている言語体系では、〝上から〟としか訳しようがないのだが、実際は、単なる上ではなく、もう少し面倒な意味を含んでいた）この地球を見ていて——で、私は〝ゆがみ〟を発見したんです。で、ゆがみを直そうとしておりてきたら（この表現も、美弥には理解不可能なニュアンスを持っていた）、急に、この猫達に囲まれてしまった……。こういうことは、おかしいのです。元来、我々の種族（これも、美弥の言葉。本来の意味は、もう少し喰い違ったもののようだ）は、地上の動物のどんな関心もひかない筈なのに。……いや、この言い方は、不正確だ。元来、地上の動物は、我々〝正しく保管をしている者〟に会ったら、すぐ、逃げる筈なのに」

「嘘です」

一声しゃべるのに、必死の努力をしている。そんな感じのルナ。

「我々が、素子さんの乗っている車を尾けている時、急に前にこいつがあらわれたのです。で、こいつがあらわれるや否や、我々の嗅覚がことごとく喰い違いだし……」

ふーむ。美弥、喉の奥でうめいて。

「嗅覚だけではなく、ほとんどすべての体感が狂ってしまったのです。おまけにこいつが——我々についてくるので。しばらくの間、こいつを無視して尾行を続けようとしたのですが、ついてこられたら、とても無視できませんでした」

「ははあ」

〝異質なもの〟、ふいに表情を崩した。何か――笑ったみたい。

「判りました。この猫達が、私の邪魔をしようとした訳ではないことを納得しました」

もの凄く、もってまわったしゃべり方。

「私がおいかけていたゆがみを、この猫達もおいかけていた訳だ。……いいでしょう、上へ行けば、ゆがみを発見するのは、そう大変なことではないのですから。この猫達が私を邪魔したことについては、不問にします」

〝異質なもの〟、それからまっすぐに美弥を見た。美弥、段々背筋がこごえてくるような気分を覚える。背筋が凍る――体中の力が抜けてゆくようだ。

「それより、あなたを――ここの代表者を待っていて、よかった。やっぱりそうでしたね」

悪意、という程強くない、でも、一種の感情が、〝異質なもの〟から美弥へむけられる。

「やっぱり、あなたも、ゆがみだ。……けれど、根本のゆがみでは、ないようですね。ゆがみの結果、なんだ」

真円の目が、すっと、細くなる。

「だから、今はあなたに、何もしません」

どんどんどんどん、細められてゆく、瞳。美弥は、その瞳から、目をはずせなくなる。

「今はね」

真円の瞳、閉じた。

「では」

〝異質なもの〟は、去るか、消えるか、のぼってゆくか……とにかく、気配がなくなってゆく——ようだ。

ずしん。

何かが、たおれる音を聞いた。何か——。

「美弥さんっ！」

「美、美弥さんっ！」

「誰か、本部へ連絡を」

まわりで何やら声がしている。声——あたしを、呼んでいるみたい。あたしを呼ぶ——何で。

すうっと、頭の中に灰色の幕がおりてきた。目は、もうすでに閉じられている。脈が、どんどん遅くなるのを感じる。

美弥、気絶してしまった——。

☆

さて。文京区で美弥が気絶した頃、一郎は、有楽町で、もとちゃんを助けるべく、例のビルにはいろうとしていた。

「……いない」

不審気に、呟く。猫の姿が見えない。けど——ま、いいか。

ひょいと、そのビルの屋上に、とびうつる。屋上へ出るドア、しばらくの間、睨んで。

「何て原始的な鍵だ」

一郎、ポケットからサバイバル用の多目的ナイフをとりだす。

「別に……ないな」

五感すべてを、フルに動かして。うん、ない。監視カメラの類。無闇に発達した一郎の五感は、たとえカメラ越しであろうが、人の視線を感じることができるのだ。

「よし」

一郎、ナイフを軽く鍵穴につっこむ。五秒程、がちゃがちゃという、耳障りな音がして——

——鍵、あいた。

するっと一郎、中へはいりこむ。ここは、三十二階。

鼻の頭に、しわをよせる。三十二階だてのビル。冗談もやすみやすみ言って欲しい。ここから、一階まで、全部探してまわらなきゃいけないのかよ。

とてつもなく気障に肩をすくめると、一郎、足音をたてずに、ビルの中を歩きだした。

☆

……まったく普通の雑居ビルだ。一フロアを独占している設計事務所だの、弁護士の事務所だの、何かの営業所だの、喫茶店のあるフロアだの……一階と二階は、主に店舗だ。

三十二、三十、二十……とおりてくるにつれ、一郎の眉根のしわ、段々深くなる。気配すらないぜ。どうしたもんだろう。

気配。割と一郎、自信があったのだ。もとちゃんをさらった連中が、このビルにはいった、と――わざわざそれを、おいかけてゆかなくても、あとで同じビルにはいれば、絶対その連中の気配、判る筈。

猫達はどうしたんだろう。

心の中で、軽く舌うち。

猫の方が、俺より気配に敏感だろうから――あいつらがいてくれれば、もとちゃんの気配、このビルの中ですぐみつかった筈。

猫達が、気配に敏感すぎて――で、文京区で挫折してしまったことを、この時点で、一郎はまだ知らなかった。

☆

「いやあ。焦げたわよ。こすもす、焦げちゃった」

第13あかねマンション、秋野信拓・こすもす夫妻のキッチンにて。にんじんさんとじゃがいもさん模様のエプロンを着た拓、ぷっとふくれて大声をあげる。

「え？　何？　どこが焦げたの」

こすもす、雰囲気、息もたえだえ。

「ほらあ。ちゃんと言われたとおりの分量で煮たのに。じゃがいもが焦げついたあ」

「かきまわしててって言ったでしょ」

うー。こすもす、髪かきむしって。

「どうしてそんなにとろとろおさいばし、動かすのよ。もっとちゃんとかきまわさなきゃ、そりゃ、じゃがいもは焦げつくわよ」

「ぶう」

ちょっとふくれて、拓、そっぽ向く。

「……いい、これ、あたしが直すから、あとは。じゃ、拓はあげものの方やってよ。その油、火にかかってるから……百七十度くらいになったら弱火にして……わっ！」

こすもす、慌てて拓をはがいじめにする。

「何、何すんのっ！」

「どうして」

はがいじめにされた拓、きょとんと。自分がはがいじめにされた理由、理解してない。

「拓、あ、あなた今、何しようとしたの！」

「油の温度、見ようと思って……」

「それで何で中華なべに指つっこもうとするのよっ！」

「だって……そろそろあついかなって……あ、指、きれいよ。ちゃんと洗ったもの」

「あ、あのね、指、百七十度の油に指つっこんだら大やけどよ！　熱湯よりずっとたちが悪いんだから」

「熱湯よりあついの……？　あ、そうか、百七十度だ。……ああー！　こすもす！　ひどい！」

「何が」

「あたしのお料理、邪魔する気ね！」

「……ど、どうしてよ」

「百度こえたら、油、全部蒸発しちゃうじゃないっ！」

ぐわっ。こすもす、中華なべの中味を拓の頭にぶっかけたい、という衝動をおさえるのに苦労する。

どうして？　どうしてなの？　どうしてこれ程ひどい料理音痴があたしの台所にはいってこなきゃならないのよ!!

そりゃ、最初は、いじらしいと思わないわけでも、なかった。愛する人の為に不得意な料理に挑戦しようっていう、拓の心情。でも――ものには限度ってものがあるのよ！

まず、圧倒的な、無知。

どうして、〝かつおのたたき〟を作ろうとして、すりこぎで本当にかつおぶったたいてつぶしちゃうの？

どうして〝大根のそぼろあんかけ〟に本当のあんこをかけちゃうの？

えのきだけ洗うの頼んだら、根本のとこ、切ってくれなかった。で、それ注意したからって……大根の根っこ、捨てたら、大根というものはそもそも残らないのよ！　葉っぱの方は大根葉っていうんであって……どうして大根葉でふろふき大根が作れるって思えるの？

そして――そして、あたしは、この台所の使い方に、我慢ができない！

なべを使えば百発百中こげつかせ、あげものをすればあたりかまわず油がはね、フライパンもののみごとにこげつかせるわ、おさい箸はすでに三本焼いちゃうわ、網はまっ黒にこがすわ……そうよ、大体、何故なめこと豆腐のおみそ汁をこげつかせることができるのか、あたしは聞きたい！

それに。主婦の身として、一言言いたい。

どうしてプティ・トマトや、プティ・オニオンなんて買ってくるの！　そりゃ確かに料理の本には、プティ・トマト使えって書いてあるかも知れない。でも、あんなもん、トマトを四つ切りにすればすむ話でしょ。トマトとプティ・トマトじゃ、圧倒的にプティ・トマトの方が割高なんだから。

それに、なりばっかり大きいレタスなんて買ってきちゃって……なりは大きいけど、外の葉っぱ、腐ってるのばっかじゃない！

いちごもそうよ。ビニールパックのいちご。二段づみの奴。あれ上段にきれいなのいれて、下段に腐りかけのいれるっていうの、悪徳スーパーや果物屋の常識なんだから。どうして上段がきれいだったから、高くてもいいと思って……なんて言って、買ってきちゃうのよ！

果物なんて、その果物のシーズンに買えば、ずっとずうっと安いんだからっ！

そうよ、許せないわよ。あたしなんか――あたしに限らず、普通の主婦って――スーパーいスーパーで、安易に買物して欲しくないっ！

や商店街三つくらいまわって、一番安くて一番質のいいもの買ってくるんだから！　一番近
「こ……こすもす？」

何故か唐突に怒りの表情になったこすもすに、半ば慌て、拓、一所懸命、愛敬をふりまく。

「ね、ねえ、こすもす。気に障ったのなら、ごめんね。あたしのこと、莫迦だと思ってるんでしょ。こんな簡単な料理もできないって。……でも……あたし……女の子になろうと思ったばっかりで……今まで、お料理はおろか、台所にはいったことがほとんどなくて……で……あの……」

くすっ。こすもす、軽く、心の中で笑う。そうだ、怒っちゃいけない。何故なら、拓は——女をもう何年もやってるっていう〝女のベテラン〟じゃなくて、つい最近女の子になろうと思った〝駆けだしの女〟なのだから。駆けだしの女に、女のベテランのようなことを要求するのが、そもそも無理なのだ。

「いいわよ」

結局、折れてしまう。

「慣れれば拓も」

「うん。慣れれば。それを……期待してるんだけど……」

とはいうものの……。

「あ、ふいてる！　ふいてる！」

あああ。コーンポタージュ。牛乳一杯はいった奴。牛乳って、沸騰すると、急に分量が増えるのよね。増えて、なべのふた、もちあげて。……これで今日、こんろも洗わなきゃいけなくなった。

「ああ……もう八時をずいぶんすぎてる……」

拓、悲痛な声あげて。

「今からこれ煮なおしてたら、一郎の晩御飯、何時になることやら……」

拓の為、というよりは、どちらかというと一郎の為を思いやって、こすもす、聞く。

「あたしが作ってあげましょうか？」

「ううん、いいの」

拓、軽く首を振って。

「どれくらい時間がかかっても……あの人のお料理は、あたしが作るの」

あと、どれくらい材料を無駄にしても、ね。こすもす、心の中で、こうつけたして。でも――健気だわ。健気よ、うん。

十八歳の時。信拓さんに、はじめて会った時。信拓さん――あなたのバースディに、あたし、ケーキ、持ってったのよね。生まれてはじめて焼いたケーキだって言ったの……信じてくれた？　あれ、半分本当で半分嘘なの。あの頃、お料理なんて、あたし、一回もしたことなくて……あのケーキ一つ焼く為に、何回失敗したと思う？　土曜日にケーキ持ってってあげるっていって……実は水曜日から、ずっとケーキ、作ってたのよ。

「がんばりましょうね、拓ちゃん」

「うん、あたし、がんばるわ」

何となくこすもす、拓の手をとって。がんばろうね。いつか、きっと――うん、この熱意なら、一ヵ月もしたら、あなた、料理のエキスパートよ。

初めてのケーキ。今考えると笑い話なんだけど。卵がどうしてもあわだたなくて、スポンジ、ふくらまなかったのよね。出来たのは、がちがちの、金属みたいなケーキで……切ろうとしたら、包丁、折れたの。

こすもすの心の中で、何かがひっかかっていた。八時をだいぶすぎて――で――何か、ひっかかる。

でも。新たにわいてきた、拓にちゃんとした料理が作れるようになるまでがんばろう、という情熱が、そんなひっかかり、溶かしてしまって。

女二人（……と、言っていいのだろうか？）、台所で、ひたすらがんばりあっていた――。

☆

さて、こすもすが何かひっかかったこと――八時をすぎてる――あもーる。

ライオンの群れの中にぽつんとはいったあもーる、先刻からずっと、一分おきに時計を見ていた。東京時間にあわせたまんまの時計――今、八時五十二分。

もう。何してるのかな。

一郎についていって、夕方頃一回マンションに帰り、一郎のお弁当作り——で、八時にあもーるをむかえに来てくれる約束なのに。もう約一時間、遅れてる。

お弁当とどけついでに、どうせ一郎と長話してるのに違いない。もうもうもう。（この時点で、まだ、お弁当すらできていないことを知ったら、おそらくあもーる、ひっくり返るであろう）

「がう。がおがお」

ふいに巨大なライオンがあもーるの耳許でほえた。あもーる、びくっとライオンを見、慌てて数歩、あとじさる。

「ジュニア……」

かすれた声で、ロージー・ジュニア、呼んで。

「何……何て言ってるの」

言ってる内容が判らないと——いや、多分、判っていても——耳許でライオンに話しかけられるのって、怖いのよお。

「えーと……どうした、お仲間のむかえは遅いな」

「一郎と長話しているのよ」

別にしなくてもいいんだけど、ロージー・ジュニア、あもーるの台詞を訳してやる。

「見捨てられたんじゃないか」

ライオン、からかうような調子で。（ジュニアは、からかうような調子で言ってるよって

ちゃんとつけ加えて訳したんだけど……あもーるの耳に聞こえてきた声は、からかうどころか、もの凄く怖かった)

「そんな……」

「どうだか」

ライオン、喉の奥で笑う。(あ、勿論、これらの会話は、中途にロージー・ジュニアの通訳がはいってる)

「人間なんていうのは——ああ、あんた方は人間亜種か、でも、半分でも人間の血が流れている生き物は——信頼できないぞ。あんたを俺達のおやつ用に送ってきて、で、すっかり忘れてるのかも知れない。いや……多分、そうだぞ」

別に、ライオンには悪気はないんだけれど——ただ、このライオン、あもーるのおびえた顔を見るのが、面白くてしかたないらしい。基本的には、からかっているんだけど、わざと怖そうな、今にも襲いかかるぞって表情、してみせて。

「そんな……そんなこと、ない、ですよ」

「そう言いながらも、ほら、語尾がふるえてきたじゃないか」

「何だ何だ」

ふと見ると、あもーるのまわりに、他のライオンも、のそのそ近づいてきつつある。

「何だ、何してるんだ?」

「人間の相互信頼を壊して遊んでるとこ」

「人間のじゃ、信頼も、愛情も、すぐ壊れるだろう」

「すぐ壊れるような信頼や愛情だから、すぐ成立するんだもんな」

「そんな……そんなこと、ないです」

あもーる、ライオン達の話を聞いて、慌てて声を少し強くする。

「本当に信頼しているのなら、何でそうちょくちょく時計を見るんだい？」

「やっぱり心の底では仲間を信頼していないから、不安なんだろう」

「それに実際、お仲間の方も、一向にむかえに来てくれないみたいだしな」

うわあ、五対一。おまけに、ライオン達が別に本気で言っている訳ではない——単にからかっているだけだっていうのが、一層、たちが悪い。

「そんなこと、ないです。信頼してても、知っているから」

あもーる、何とか心の中で思考まとめて。そ……それにしても、至近距離に、ライオンのたてがみ。毛皮を通して、その動きが見える筋肉。怖い。

「あたくし……あたくし、拓を信頼してます。拓を——っていうか、仲間全部を。絶対、あたくしをここに放っておこう、とか、ライオンのエサにしてしまおう、なんて思っていないことは確かです。ただ……あたくし、あの子の性格を知ってるから。あの子、熱中していることがあると、すぐ、他のこと忘れちゃうんです。で、今、多分、時計見るの、忘れてる……」

あるいは、時計を見ても、八時に約束したこと自体を忘れてる、とか。悪意がないことははっきりしているんだけど、もう。

「ふうん。ずいぶんいい加減なんだな」

一頭のライオンが、ぶるんとたてがみをふるわせる。

「で、うっかり二週間くらい約束を忘れていて、で、その間にあんたはうえ死にするかも知れない、と」

「で、二週間後にむかえに来て、あんたの餓死死体をみつけて、〝悪意はなかった、ごめんなさい〟とか言うんだな」

「悪意がなきゃ、何でも許されるっていうのは、すごい感覚だ」

「だって、ですね」

あもーる、思わず反論。

「あの子の住んでいる環境、違うんですよ。一瞬の油断が死に直結することなんて絶対ない、極めて平和な処に住んでいるんだから……」

そう。日本では、余程運が悪くない限り、悪意のないうっかりミスは、全面的に許されるのだ。つい待ちあわせの時間に一時間遅れても、その間に相手が何物かに喰われているということは百パーセントないし、ついうっかり家の鍵を忘れて外出し、家にはいれなくても、それで死ぬ、ということは、まず、ない。その結果として、ミスの許容度は驚く程大きくなっていて……大抵のミスは、とりかえしがつくし、世間一般に言う〝とりかえしのつかないような〟ミスをしても、それで自分の生命が危険になる可能性は、まず、ない。

「しかし、その感覚で、あんた方の言うところの〝革命〟をおこすと、あとは凄まじいことになるだろうな」

一頭のライオンがこう言うと、口許をにっとゆがめてみせ……ふいに、目が細くなった。

「風上だ」

「おい」

「はい」

ほんの、数言の会話。ライオン達——主に、今まで会話に加わらず、子供の世話をしていたメスライオン達が——さっと、散った。

「しばらく動くなよ。音をたてるな」

こう言いおいて、最後まであもーるの脇にいたライオンも、すっと、いなくなる。

「何……」

「しっ、狩りです」

ロージー・ジュニア、声をひそめて。

狩り、か。ほんの一瞬——風上から、何だか知らないけれどエサになる動物のにおいがただよってきた、それだけで——すぐさま、ライオンの群れ、ぱっと攻撃態勢にはいった。

おそらくは。あたくし達は。

なるべく身動きせず、いつの間にか、からからにかわいてしまった唇を、無意識になめ、あもーる、心の中で呟く。

おそらくは。あたくし達は。とんでもないことを、始めてしまったのに違いない。

動物園の動物が、可哀相だ。

その、動機となった感覚は、正しいと思う。

でも――地球上の主権を人間から奪って、動物に渡すというのは。

人間にとって、あたくし達が考えていた以上におそろしい世界を作りだすことになるだろう。単に文明の恩恵にあずかれなくなるだけではない――ほんの一瞬の、ほんの小さなミスが、命とりになる世界を、作りだすことになるだろう。

文明を持った人間は、我儘になりすぎた。地球上の一動物にすぎない人間が、他の圧倒的大多数の生物のものでもある地球を、スイッチ一つでぶっ壊せるという状態は、許しがたい。だから、人間から文明をとりあげるのは、ある程度、もっともなことだと思う。

でも。文明をとりあげられたのみならず。ほんの一瞬の油断、ほんのちょっとしたミスも許されない世界へ放りこまれたら。おそらく、今の、ぬくぬくと甘やかされている人間は、精神的にもたないだろう。

――しかし、その感覚で、あんた方の言うところの〝革命〟をおこすと、あとは凄まじいことになるだろうな――

先程のライオンの台詞が思いおこされて、あもーる、思わず、自分の肩をぎゅっと抱きしめた。

木の影。草の中に埋まる程、身をしずめて。岩の影。

あるものは、体を地面にこすりつけるようにして。あるものは、全神経を足に集中して。驚く程、そっと、驚く程、こっそりと、ライオンは前進を続けていた。あもーる、自分の体を自分で抱いたまま、そっと、ライオン達の進行方向をみやる。あれ――しまうま？　ちょっと遠くて、あもーるの視力では、判別がむずかしい。しまうまだわ。ロージー・ジュニアの方は、あもーるより先に、その獲物に気づいていた。今逃げないと、おそらくはあのしまうま、もう助かるまい。

と。ふいにしまうま、びくっと体をふるわせた。気配をうかがうように、こちらに首をむけて。

なあんて太って――いや、がっしりしているのだろう。動物園にいるしまうまと、目の前にいるそれと、とても同一種とは思えない。

しまうま、たてがみを軽くゆする。何かの気配に気がついて――でも、まだ、自分の危険を認識してない。

と。一頭の雄ライオンが猛然と草陰からとびだし、すさまじいいきおいでしまうまへむかって走りだした。

「すごい……ダッシュ」

あもーる、思わず呟く。もう今なら、声をだしてもいいだろう。

「ダッシュ力だけで見れば、ライオンはもの凄いですからね。でも、あれは、おどしですよ」

ロージー・ジュニア、呟く。

「おどし?」

反問して。でも、答を待つまでもなく、意味は、すぐ判った。

しまうま、ライオンの姿を認めるや否や、首をあげて反転、すさまじいいきおいで逃げだす。最初のダッシュでしまうまとの差をつめたとはいえ、あの距離じゃぎりぎりで逃げられそう――あ。

先行していた二頭のメスライオンが。逃げてゆくしまうまの、その進行方向からダッシュ。うち一頭が、しまうまの首筋にかぶりつく。

意外と。こうしてしまうまの姿と比較してみると、意外とライオンって、小さいのだ。しまうまの体に、ライオンがしがみついているように見える。

でも、そう見えたのは、ほんの一瞬のこと。すぐにライオンが――しまうまに較べて小柄であったライオンこそが、百獣の王であることが判る。

がくん。しまうまの前足が、崩れる。そして、体の前半分が地面につき――最後には、そこに、しまうまの死体。

「あもーるさんは、見ない方がいいですよ」

優しく、ロージー・ジュニアがこう言ってくれる。

「ええ」

あもーる、青ざめた顔色でこう言って、目を伏せる。大きなエサを食べている肉食獣の群れ。あんまり――ぜひとも、見たくない光景だ。まだ死んだばかりのしまうまの体はあたたかく、肉は――血の色とまじって、おそろしい程きれいな赤とピンク。

「我々は……それに美弥さんは、小さいといえども肉食獣ですから、獣が生肉食べるのを見ても何ともないですけれど――人間は、大丈夫でしょうかね」

そう。この先、あたくし達の革命が実現されたら。（ま、日本には大型肉食獣ってあんまりいないからそうでもないだろうけど、アメリカ大陸や何かでは）こういう情景が日常茶飯事になるのみならず、下手すればしまうまのかわりに人間が襲われることになる。そうなった時、武器を持たない人間程弱い動物は、またとないだろう。攻撃手段をなんら持たずに――その上、速い足だの、つばさだの、さとい耳だの、嗅覚だのの逃走の為の手段を何も持っていないのだから。

どうやって、生きてきたのだろう。

今更ながら、とっても不思議になる。

北京原人だの、ピテカントロプスだの――ろくに知恵も持たなければ、攻撃手段も、逃走手段も持っていなかった原始の人間達は。二本足で直立することによって、手が使えるようになっても、二本の手だけで大型肉食獣をたおすことは不可能だし――そうだ、おまけに、人間の子は、一人前になるのに、果てしなく時間がかかるのだ。胎生のくせに、生まれてから立って歩けるようになるのに、何ヵ月もかかる子供。

「……救いようがなかったのかも知れないわ」

知らず知らずのうちに、呟いていた。

「人間みたいな……弱くて、のろまで、すぐれた感覚が一つもなくて、子育てに年単位の時間がかかって、おまけに一度に一人しか子供が作れないような劣等種族……考えてみれば、救いようがなかったのよ。文明なんていうのを持つ以外に、方法がなかったのかも知れない」

「どうした」

いつの間にか食事をおえたライオン達、あもーるのまわりに集まってきていた。大きな——ものすごく大きな、ピンクの舌で、牙をなめまわしている。器用にちろちろ動く、人間の感覚で言うと、あまりにも巨大な舌。あもーる、その舌に、半ば幻惑されたような、一種妙な感覚をおぼえ——舌から、目をはなせなくなる。

大きな舌。ピンクの舌——そして、牙。これがつまり、肉食動物というものなのかも知れない。

「救いようがなかったんだわ……」

もう一回、小声で呟く。

弱い、どうしようもない劣等生物が、なんとか手にいれた、牙。人間からその牙を——文明を奪ってしまったら、おそらく地球生物史上に例を見ないような、劣悪生物ができてしまうだろう。

「どうしたあ」

食後のライオンの声、けだるく、間のびしている。何か、眠そう。

「おい、そんな顔するなよ。からかって悪かったよ。大丈夫だよ、お仲間はきっとむかえに来てくれるよ」

「ああ、大丈夫だよ」

すごく、眠そう。リラックスの極致。食後のライオン程だらしない生き物は、まず滅多にいまい。

「おい、困るよ」

一番最初にあもーるをからかったライオン、困り果てた、でものんびりとした風情で。

「俺が遊んだせいでそんな表情されたんじゃ……多少、良心がとがめてみたりする……あふ」

最後のは、あくび。

「そうじゃない……あなたのせいじゃないんです」

何となくあもーる、右手をだして、ライオンのたてがみにふれる。ロージー・ジュニアの息をのむ気配。

そう。あもーるは、実際、驚く程の勇気を示した——というか、驚く程、恐怖というものを感じなくなっていた。

ライオンのたてがみにふれる。それは——どんなに、ロージー・ジュニアにとって、驚くべきことだったろう。

ライオン。この、猫科大型獣が、百獣の王と呼ばれ、人間に人気があるのは――ひとえに、この、威厳のせい。ライオンの叫びは、直接人間の鼓膜を刺激し、ライオンの視線は、ある意味でメデューサのように、人を凍りつかせる。

こんな……こんな生き物に直接ふれるだなんて、ジュニアには考えられないこと。

「そうじゃなくて……」

無造作にさしだされたあもーるの手を、ライオン、また、無造作にひょいとひっかく。とたんにあもーる、はっと眉をしかめて、軽く手をひっこめ――しげしげと手の甲を見る。

「あ……」

ライオンの爪。人間のやわらかい皮膚にとっては、それは凶器以外の何物でもなく――ライオンに軽くじゃれつかれる、ということは、ナイフで手の甲を軽く切られるのと、ほとんど同じ打撃。

「ああ……何て弱い肌だ」

ライオン、ぼそっと呟く。あもーるの手には、かなり大きな切り傷ができ、そこから血がどくどくと流れでていた。

「……悪かったな」

ライオン、心底後悔したような声。

「あんたの肌が、毛も生えていなければ、下草で破れるような弱いものだってことを忘れていたぜ」

「大丈夫です」

あも一る、シルクのハンカチを破いて、それを手の甲にまく。

「そんなことよりむしろ」

そんなことよりむしろ。ライオンさん、あなたが何の考えもなしに——無造作に、あたくしに親愛の情を示そうとしてくれたことの方が、どっちかっていうと、嬉しい。

あも一る、しゃがむと、そっとライオンの鼻に、顔を近づける。ライオンのそれに較べれば、はるかに小さい舌を、ちらっとだして。ほんのちょっと、ライオンの鼻をなめる。多分——これが、このひとの、好意の表示なんだと思うから。

「……は、は」

ライオンさん、あくびまじりに、軽く笑った。

「人間もまあ……捨てたもんじゃ、ないわな」

「ええ」

あも一るも、できるだけ品よく笑って。

「人間ってそんな……捨てたもんじゃ、ないんですよ」

PARTⅣ　拓式・宴会型張りこみ

さて、一郎。

あもーるとライオンさんが、何故か意気投合している頃、一郎はすでに地下一階にいた。

はて。

首、かしげてみたりして。

表示を信じれば、このビル、三十二階から地下一階までしかない筈。

しかし、三十二階から地下一階までの間に、もとちゃんの――あるいは、もとちゃんをさらった連中の――気配は、何一つなかった。

けれど、もとちゃんがこのビルにつれこまれたのは、否定のしようのない事実。

さて、俺は。

一郎君、自問自答。

さて、俺は、どっちを信じたらいいのだろう。

ここにもとちゃんはいない――少なくとも、三十二階から地下一階までは。これは、森村一郎の名にかけて、確か。

ここにもとちゃんがつれこまれた。これも、森村一郎の名にかけて、確か。

とすると。

疑うべきことは。

このビルは、本当に三十二階から地下一階までしかないのだろうか。

三十二階。俺は、屋上からこのビルにはいった。だから断言できるが――これの屋上には何も、ない。

するとやっぱり――地下一階より下、だ。このビルには、地下二階なり地下三階なりがある。たとえ、エレベータの表示になくとも。

「ふふん」

しげしげと、うすぐらい、非常口の表示を見る。みどり色の表示。うすいクリーム・イエローの、リノリウムの床。

「……ふん」

床にしゃがみこんで。それから、角一つまがったところの非常口まで歩く。そちらの方の床も、しげしげと見て。

「判った。こっちだ」

二つ目の非常口。ここの床――変だ。

かなりしょっちゅう、扉を開閉した形跡がある。純粋に非常口としての用途に使われているとは思えない程。だって、この一つ前の非常口の床と、ここの床、汚れ方、すりへり方、扉を開ける時にかすかに扉がリノリウムをこすった跡なんかが、段違いなんだぜ。

その扉のノブに手をかけてみる。鍵、かかっていて……お。これはまた、本格的な鍵。屋上の鍵の、あのちゃちさ加減と較べると、異様な程、きちんとした鍵。きちんとしたって……おい、これじゃ、金庫だぜ。

一郎、そこにしゃがみこむと、鍵穴をのぞきこみ——この鍵を、針金の類を使ってあけることを、放棄。

とすると、どうしようかな。

方法は、二つしかない。

誰か、ここへ出はいりする人を、待つ。

あるいは——この鍵、壊してしまう。

どっちがいいだろうか。一郎の力をもってすれば、鍵どころか、この扉だって壊せる訳。でも、鍵を壊して暴力的に侵入っていうの、派手で仕方がないし。

もとちゃんの身柄は、まだ、当分安全だ。ま、最初っからそれが判ってるから、こんなのんびりやってるんだが。

あの連中。もとちゃんをさらった腕でいうと、一応、プロみたいだった。もし、最初っから、もとちゃんを殺そうと思っているのなら——プロなら、こんな面倒な、ばれる危険性の高いことはしないだろう。とすると連中、生きているもとちゃんに用がある筈で——なら、当分、大丈夫。かがされた麻酔の種類から考えて、もとちゃん、明日の昼くらいまでは、目がさめないだろう。少なくとも、もとちゃんが起きるまでは、殺されることはないだろうし。

よおし。決めた。

一郎、すっとジャンプ。天井にはりついてしまう。

誰か、ここ出はいりするの、待とう。

☆

「相変わらずです……。新井素子嬢は、まだ帰宅していませんし、犯人からの身の代金の要求等、連絡は何一つはいっていません……」

臨時にもうけられた〝新井素子誘拐事件本部〟にて。定時ごとにはいってくる、〝相変わらず〟の報告に、秋野警部、多少うんざりしつつ、しんせいにかみつく。今日、もう二箱目だ。少しひかえた方がいいのかも知れない。

そもそも。この事件は、誘拐として立証できるかどうかからして、謎なのだ。

大森家の使用人――宮田とかいう男の、素子がトラックの中につれこまれるのを見た、その時、素子は麻酔をかがされていたらしい、という証言しか、誘拐を示すものはないし――大体、上層部は、この証言に不審を持っている。

練馬区北町にある大森家。そこの使用人が、何だって素子の誘拐された、まさにその時間に、西池袋の大学裏なんかにいたのだろう。これが、何といっても、おかしい。また、宮田は、何故自分がその時西池袋にいたのか、言を左右にして、ごまかそうとしている。これがまた、担当刑事の心証を悪くして……。

「今、まだ十時ですよ」

お茶を持ってきてくれた春日嬢、呟く。

「今日、夏休みおわって、久しぶりに大学へ行ったんでしょ？　だとしたら、クラブのコンパとか、友達とのみに行くとかいうんで、二十歳の女の子の帰宅時間が十時すぎても……全然、おかしくないですものね」

「ああ」

二歳の子ならともかく、二十歳なら――一晩帰らなくても、事件でない確率の方がはるかに高い。友達の家にとまっている、とか、まだ学生なら、のみすぎて朝帰りなんていうことも珍しくないだろうし……。

「警部」

と。入り口のあたりが、何だかざわついた。

「秋野警部……いらして下さい」

「はいよ、何だね」

よっこいしょ。そんな感じで秋野警部、立ちあがって。齢だろうか、最近、こういう何気ない動作がつらい時がある。

「こちらが秋野警部です。警部、こちらは大森哲雄氏と鏡子夫人です」

「あ、どうも」

大森哲雄。ふうん、初めて見たが、こういう男だったのか。

財界の大立者。その評判から抱くイメージに、割とあっていた。

百八十近い巨軀。がっしりとした、若い頃は何かのスポーツに熱中していたのであろうと思われる、体つき。しかし、さすがに齢には勝てないらしく、ぽこんとおなかがでている。ただ——この辺が、風格、なんだろうな——そのおなか、みにくい中年太り、とか、コミカルな中年太り、といったイメージではなく、たまった脂肪にまで、威厳が感じられる。

「はじめまして、大森です」

声は——声帯をつぶしたのかと思われる程——低かった。男にしては、妙にとおった鼻筋、うすい唇。

「家内から、素子さんが誘拐されたと聞きました。警察に、届けもだした、と」

「まあ、立ち話は何ですから」

警部、大森氏と夫人に椅子をすすめる。なるほど、わしが呼ばれる訳だ。浜田君じゃ、この人の相手をするのは、たまらなかったろう。

もの凄い、威厳と気迫。こんな人物と五分間も話していたら——たとえ、こちらに何ら落ち度がなくても、つい謝ってしまいそう。

「で……大変、遺憾ながら、ですな、私が思うのに、どうも警察は、この事件をまともにとりあってくれていないようなので」

ぎろっと、秋野警部を睨む。

「私も、一般市民で納税者ですからね。私の知人が誘拐されたのですから、きちんとした法の擁護をお願いしたい」

「判りました。成程、確かに、こちら側の対応が不足だったかも知れません。すぐに、もう一回、状況の洗い直しをやりましょう」

秋野警部、とりあえず下手にでて、深々と頭を下げる。視界の端に、春日嬢がいたく口惜しそうな表情で、唇をかんでいるのがうつる。

「しかし」

秋野警部、今度はすっと顔をあげ、まっこうから大森哲雄を見据える。

「その為には、そちら側の全面的な協力をお願いしたい。たとえば、ですな、宮田氏です。何で彼が、素子さんが誘拐された時、大学にいたのか……その辺の事情をうかがえないと、宮田氏の証言だけが、今回唯一の証拠なのですから、こちらとしても、対応に困るのです」

春日嬢が、音を殺して拍手をしているのが、目にはいる。

「家庭の事情です」

ところが、大森氏も負けてはいない。

「警察の仕事というのは、プライヴァシーをほじくり返すことではない筈です。宮田が大学の裏にいたことと、今回の事件の間には、何のつながりもありません」

「それがどうしてあなたに判るのですか」

秋野警部、更にくいさがる。

「素人目には、一見関係なく思えることが、実は重大な手がかりだったということは、しばしばあるのですよ。たとえば、宮田さんが何らかの事情で嘘をついていたら——この事件は、根底からひっくり返ります」

「宮田は誠実な男です。彼の証言は、全部信じてよろしい」

「ですから、その判断は、我々におまかせ下さいと言っているのです」

「ここは警察の筈だ。警察が何で、週刊誌のように、人のプライヴァシーを知りたがるんだ！」

どん。大森氏、机をたたく。春日嬢が、肩をすくめるのが、見える。

「ここは警察です！　週刊誌と違って、ここで知り得たあなた方の秘密は、絶対公表されません！」

どん。秋野警部も、負けずに机をたたく。

「あなた」

と。鏡子夫人、きっと大森氏を睨みつけて。

「よくない癖よ。どうしてそう、命令調でしゃべるの」

「そ……そうか」

鉄のような大森氏の威厳、夫人の前では急にくずれる。

「そうよ。こちらのおまわりさんの言ってることの方がもっともだわ」

強い。さすが、山の神。と、夫人、くるりと警部の方へ視線を向けて。

「すみません、どうも、この人ったら、会社での癖が抜けなくて」

大森コンツェルン総帥夫人とは思えない程、腰が低い。

「……ほんとにもう、この調子で、この人ったらすぐ他様とけんかしちゃうんですよね」

……あ。思いだした。秋野警部、二十何年か前の週刊誌の記事、思いだす。大森哲雄は、大恋愛の末、ちゃきちゃきの下町娘と結婚した筈だった。そうか、この人がその夫人か。

「鏡子。言葉づかい」

こう言って大森氏、軽く夫人をつつく。夫人、あっていう顔をして。咳払い、ひとつ。

「でも……とにかく、あたくし、素子さんの探し方について、警察に不満持っているって言えば、持っているんです。それで、ここへ来たんです。……いえ、おっしゃらなくても判っています。確かに、私共の方にも不備がございました。で、それをお話しに来たんです」

「鏡子」

「あなた、だって、うちの親類の問題と、素子さんの命と、どっちが大切なんです」

「……判った」

「で……私共には、素子さんが誘拐されたに違いない、と確信する、確かな根拠がございます。いささか外聞をはばかるので、申し上げかねていたのですが、宮田が大学にいたのには、ちゃんとした訳があるのです。今からそれをお話ししますので……お願いです、全力を尽して、素子さんを探してあげて下さい」

「判りました、奥さん。……浜田君」

秋野警部、浜田刑事を呼んで二言三言、耳うち。浜田刑事、すぐ何人かの刑事をつれて、本部をでてゆく。いれかわりに、これは長話になりそうだと思った春日嬢、お茶のおかわりと、秋野警部のメモ用の、先のとがった鉛筆を二本、持ってくる。

「では、奥さん、お話をうかがいましょう」

☆

さて、秋野は秋野でも、秋野信拓君。

「十時半……で、百二十八個目」

ロゼット・ロージーが出ていってから、この人、ずっと黙々と妙な機械を作っていたのだ。十時半で、百二十八個。悪くない。目標が二百個なんだから……充分、あさってに間にあう。

と。

「あなた、どうぞ」

こすもすが、濃いコーヒーを持ってきてくれる。抜群のタイミング。先刻から、ドアの所で、信拓が一段落つくのを待っていてくれたらしい。夫の仕事が一段落つく頃をみはからって、すっとお茶をだしてくれる妻。こんなん、なかなかいないぜ。

「ん？　どうした？」

素子のキャラクターの中では、例外的に猫舌ではない信拓、あついコーヒーを一息にのむと、こすもすを見て。

「顔色が悪いぜ。何か……ものすごく、疲れてるみたいだ」

「やっとおわったの」

ため息と共に、こすもす。

「何が？」

「拓のお料理。本当に……しんどかった」

結局、一郎の夕飯できたの、十時二分。そのあと台所のあとかたづけして……。もう、体の中に、筋肉ではなく、ウレタンがつまってるんじゃないかと思える程、疲れた。

「拓の料理？」

「一郎のお弁当だって」

「はっ」

信拓、苦笑。

「一郎も、難儀だろうな」

拓、思いこんだら命がけっていう、もの凄いほれ方、してるんだもの。あれじゃ、思いこまれた方がたまらない。

「でも……あもーるの方は？　ちゃんとむかえに行ったんだろうな、あいつ」

「あもーる……あ！」

確か約束は八時だったような……あー！

「……忘れたのか。しょうがない。拓が帰って来たらすぐに、あもーるのところへ……いや、いい、僕がやろう」

「え？」

「何でもないんだ」

こすもす、何か、とっても疲れているみたいだ。せめて、早めにねかせてやろう。拓にあもーるのこと言うのは、僕がやればいい。

「ふふ、判ったわ」

こすもす、笑って。

「拓に言っとく」

「いいよ、君はもう寝なさい」

「だって、あなたがまだ起きて、働いているのに、あたしが寝るだなんて……」

「基礎体力に差があるんだから、仕方ないんだよ。もう寝なさい」

「ないもん。差なんて」

こすもす、腕をまげて、精一杯、力こぶをつくってみせる。

「基礎体力！」

「莫迦。何やってんだ」

信拓、苦笑。それから。

「ちょっとこっちおいで」

「え？　だって仕事中……」

「いいから来なさい」

こすもすを、ひざの上に抱きあげる——。

☆

さて、一郎。

あやあやあや。

天井にはりついて見張ってると——急に、拓が出現。

「あれ？　一郎？」

慌てて拓の背後にとびおり、口をふさぐ。

「しっ」

こんなとこで声たてられたら、今までやってきたこと、全部水のあわになってしまう。

「きゃ、うしろから抱きすくめられた。るんるん」

「……」

どうすればこのシチュエイションを、そういう風に解釈できるんだ？

「はい、お弁当」

「お弁当って拓、あんた……俺、このドア、見張ってる訳。で、その見張ってるドアのまん前で、弁当、ひろげられるかよ」

「え？　だって……」

「あとで喰うから、おいといて消えてくれ」

「え？　だって……だって……あたしが作ったのよ」

誰が作ったって、ここでひろげられないことにかわりはない。

「あたしが作ったお弁当よ。なのに……そういうこと、言うの？」

あ……あのなあ。

「一所懸命、作ったのよ。コーンスープと、牛肉のシチューと、エビのあげものと、カリフラワーのサラダと、パンもあたしが焼いたのに……」

で、お弁当箱三つと、保温ジャー二つかかえている訳か。

「一郎がね、一郎がね、わ、コーンスープ、あったかいって言って喜ぶと思って……ちゃんと、猫舌用に、あつくなく、あったかく作ってあるのよ」

あああ。

「あの、あたしの分もあるの。一緒に食べよう、一郎と食べられるって思ったから、つまみ喰いもしてないのに……」

……。

「判った。喰おう」

「わ、本当？」

拓――拓、正気か？　何でビルの地下一階の、今しも見張り続けている、まさにその扉の前に、花柄のござをひろげるのだ。

「はい。靴脱いであがってね」

深く考えるのはよそう。深く考えたら……発狂、しそうだ。

「で、あもーるの方は？」

黙っていると、まじまじと拓にみつめられてしまう。それが怖くて一郎、思わずこう聞く。

と、拓、急に立ちあがって。

「あもーる――いっけない、忘れてた」

「な……まだむかえに行ってないのかよ」

「う……うん」

「早くむかえに行け」

「でも……」

未練たっぷりの目つきで、お弁当ひろげた花柄のござをみつめる。

「……どうせ、二十分、かからないだろ。……待っててやるよ」

仕方なしに一郎、この台詞をしぼりだす。

「うん」

拓の顔、ぱっと明るくなって。

「すぐ帰ってくるから、待っててね」

☆

拓、まだ、むかえに来ない。

いつの間にかあもーる、そんなこと、どうでもよくなっていた。時に十時五十二分。

「ライオンさん、重いー」

ぐえ。お腹の中味、全部、出そう。

「ああ……悪い悪い」

あもーる、すでに、ロージー・ジュニアの通訳を必要としなくなっていた。といっても、もうライオン語を覚えたっていう意味じゃなくて……言葉なんてなくても、充分ライオンとコミュニケートできるのだ。

ライオンさん、あもーるの上からどく。先刻からこの二人——というか、一頭と一人、じゃれあってるの。ライオンさん、極力爪をたてないようにして、あもーるを転ばせ、のっかり、ころがり……。仔猫二匹がじゃれあっているような雰囲気で。

うふ。こうして一緒にじゃれあってみると、ライオンのにおいって、もの凄いんだ。とってもきつい体臭——でも、決して不快じゃないのよ。

左のほっぺたを、ライオンの脇腹にこすりつける。何か、ちょっとかゆかったの。何となくあもーる、自分に手があるってこと、失念してて——うふ、気持ちいい。

「こら、やめなさい、こそばゆい」

「だってかゆいんだもん」

「やめなさいって」

「ライオンさんのせいよお。何か、体毛がちくちくして……で、かゆくなっちゃったんだわ」

わざと、手でライオンの脇腹、くすぐったりして。

少し、はなれて。ロージー・ジュニア、恐怖とも感嘆ともつかぬ目をして、あもーるとライオンを見ていた。

すごい――すごい、余りにも。

ライオンが百獣の王だとして――で、人間が、百獣の王の更に上を行く、絶対者だということを、初めて、頭ではなく感覚で理解していた。

だって。ロージー・ジュニアには、間違ってもできないもの。ライオンと遊ぶ、だなんて。

威厳――というか、順序を、あまりに無視している。おそれというものを知らない。

おそれを知らない――これは、絶対者の資格だ。普通の生物は、自分を喰うものを、本能的に、絶対的におそれるから――だから、絶対者になれなかったのだ。

おそれを知らない動物の仔は、まず、成獣となる前に死ぬ。大自然の前で、おそれを知らないというのは――それだけで、生命を奪われる、充分すぎる動機になる。

が。おそれを知らない人間の子は。まず、生きのびてしまうのだ。人間自体が、大自然へのおそれを持っていないから。

それを、我々は。不遜なことだとも、ひどいことだとも、思ってきた。でもそれは——実は、おそろしい程、人間という種のポシビリティを示していたのではなかろうか。自然をおそれない生物——この世に、人間以外に、そういう生物はいない。と。


脇の空間が、ゆれた。あ、拓さん。

「きゃあ、あもーる」

拓、出現するや否や、悲鳴。

「や、や、きゃあ、大丈夫」

慌てて、あもーるとじゃれあっている、ライオンの方へ駆けてゆく。ロージー・ジュニア、ため息。

この辺も、すごい。

我々なら。誰がライオンに襲われていようが、そこへ駆けよるだなんてことは、絶対、できない。だってそんな……自分が食べられてしまう。まれに、母親が、生まれて間もない子供の為に自分を犠牲にするくらいで。

そして、今、拓には。あもーるのかわりに自分を犠牲にしようだなんて覚悟は、これっぽっちもないのだ。そういう覚悟なしに、大型肉食獣に身をさらせる生き物……凄い。

「ちがうのお」

ライオンの下敷きになっていたあもーる、慌てて。

「今、じゃれて遊んでいるとこなの」

「あ……そう」

こう言って。納得してしまう拓さん、すごい、我々なら、こんな無苦苦茶なこと言われて
——間違っても、納得する筈、ない。

「ごめん、遅れて」

「いいわよ、もう。……ね、ライオンさん、おむかえ、来たわよ」

「ああ。らしいな。……もう行っちまうのか？」

「うん」

ライオンさんも、あもーるも、共になごりおし気な雰囲気。

「また……会えるかな」

と、ライオンさん。

「うん。会いたいね」

二人、顔を見あわせて——それから、あもーる、思いきったように拓の方向いて。

「おまたせ。じゃ、拓、行きましょ」

あもーる、ライオンの鼻の頭に軽くキスをした。

☆

「みゃお。みゃあうう」

「ふみい。みゃうみゃお」

「にゃう。ふぎゃ」

気絶した美弥の体を囲んで。文京区の猫達は、必死になって、美弥をゆすったり、他への救いを求めたりしていた。

「どうしよう……」

「このまま、美弥さんが不帰の客になってしまったら……」

「縁起でもないことを言うんじゃない」

たしなめたのは、例の老黒猫。

「美弥さんが……我々の美弥さんが、そんなことになる訳はないのだから」

老猫達、一斉にうなずく。でも、若い猫達は、そんな老猫の楽観論をうけいれることができない。

時に、十一時十五分。それまで、重たく空をおおっていた雲が、風にあおられ、かすかに動く。雲の影からあらわれたのは、平たい、嫌になる程明るい、円盤——月。

「ふう」

それまで、何をしても動かなかった美弥の体が、かすかに動く。

円盤——まだ、端は雲の影にいるものの、露骨にまん丸の——月齢十五日の、月の影。布。あるいは、ひどく太い紙テープのように。

月の光、まっすぐに美弥のところまでおりてきていた。

その、闇夜をつらぬく、一本の紙テープさながらの月光を体にうけ――美弥、かすかに動き――そして、のたのたと上半身をおこす。

「あ……ふ」

軽い、のび。

「ふうう」

まだ、感覚がまともになっていないらしい。ひたすら生あくびを繰り返して。

「ふう」

ことん。首を左にかたむける。そして、生まれたばかりの仔猫のように、しばらく、ずっとほうけたままで、その姿勢を続けて。

「み……美弥、さん？」

ルナ、おそるおそる声をかける。

「……ん……？」

対する美弥の目。どろんとしていて、意志というものをまるで感じさせず……まだ正気に戻っていない。

「美弥さん……美弥さん、大丈夫ですか」

ルナをはじめ、文京区の猫達、一斉に声をかける。

「だいじょうぶってなにが」

とろん。まだ、美弥、軽く酔っているような雰囲気。

「何がよぉ……黒猫さん、誰だっけ」

からまれているみたいだ。ルナ、慌てて台詞をしぼりだす。

「ルナです……文京区代表の猫……判りますか？」

「ぶんきょうく？」

うー。美弥、頭かきむしる。

「それ、聞いたことがある」

「はあ」

「ぶんきょうくのるな……文京区のルナ……」

まだ——もし、そういうものがあるのなら——頭の焦点があっていない感じの美弥。

「文京区——あー、もとちゃん！」

「あ……はい」

素子の追跡に失敗したのは、ルナ一世一代の大失敗だけど——それでも——たとえ、それをほじくり返されても、美弥が何かを思いだしてくれたのが嬉しい。

「もとちゃん……もとちゃん……もとちゃん……」

うわごとのように何度も、美弥、この単語を繰り返す。

「もとちゃんって、えーと、あの……あー！」

ぶるん。頭を振る。白い体毛が風を切り、目の焦点がきちんとあう。

「ごめん、ぼけてた。……でもあの……どうしてあたし、こうなっちゃったんだっけ？」

眉をしかめる。

「……あは。あの〝異質なもの〟のせいか。……あの〝異質なもの〟はどうした?」

「……消えました」

ちょっと口惜しそうにルナ。

消えた。本当に、他に表現のしようがないのだ。〝異質なもの〟が目を閉じて──同時に美弥が崩れ──全員の視線が、一瞬美弥に集中した。その後、全員が慌てて〝異質なもの〟に視線を戻すと──その頃には、〝異質なもの〟の姿、完全に消失していたのだ。

「消えた……はん……でしょうね」

「でしょうねって言いますと……」

「あ、ううん、別にこころあたりがあるっていう訳じゃないんだけど……いかにも、消えるだなんて、あの〝異質なもの〟らしいじゃない」

きちんと立ちあがる。上体をそらし、胸をはる。まっすぐ、十五夜の月を見て。

「……もう、あたしは大丈夫」

ふりそそぐ月の光。

「で、さて、もとちゃんの方なんだけど……あれから、何か手がかりあった?」

「あ、いえ」

ルナ、赤くなって口ごもる。あの後、倒れてしまって美弥を看病するのに必死で、素子のことなど、手がかりを探すはおろか、考えもしなかった。

「ああ、ごめん」

美弥、事情を察したのか、慌てて謝る。

「今のはあたしが悪かった。あっちもこっちもだなんて、無理よね。……ありがと、それに、心配かけちゃってごめんね、ルナ」

きちんと頭下げる。

それに、ルナだけじゃない、ミーシャ達も。あたしの帰りが遅いの、心配してるだろうなあ。でも――それが判っていてもなお、（それに、あんな〝異質なもの〟がかんでいるとすると、より一層）素子のことが心配だ。

「あとは、あたし一人でやるわ」

「え、一人でってあの」

「私共でお手伝いできることは何でもします――いえ、させて下さい」

文京区の猫達、一斉にいろめきたつ。

「ううん」

美弥、優しく、でも、はっきりと。

「悪いんだけど、一人の方がいいみたい。あたしが本気で走ると……その……」

並みの猫についてこられる速度では、なくなってしまう。で、その美弥に、並みの猫がついてゆこうとすると……結局、美弥がスピードおとすしか方法がない訳で。

「……判りました」

しぶしぶ、文京区の猫達。

「でももし、我々にお手伝いできることがあるようでしたら、いつでも、声をかけて下さい」

「ありがと」

にっこりと笑って美弥、空を見あげる。白々とうかぶ大きな円盤——満月。あの満月から降りてくる光さえあれば、あたしの勘って、結構鋭くなってる筈なんだ。こうなったら——手がかりが何もないのなら。勘だけを頼りに、行ってみましょうか。

美弥、最後にもう一回、猫達にむかってお辞儀をすると——走りだした。

☆

そうかよ、この大荷物。これだったのか。

一郎、紙コップの中の液体を一気にあけて、ほおをきれいな桜色に染めた拓を見て、ため息。こいつの感覚、女じゃねえよな。かといって、男とも思えん。では何かというと——異常、だ。

何だって——一体全体何だって、張りこみに酒かかえてきちまうんだ。ま、ウィスキーの小びんくらいなら、理解できないこともないが、日本酒の一升びんっていうのは……お花見か何かだと思ってるんだろうか。

お弁当。ござ。一升びん。いいけどさ、これではりこみっていうのは、何か美意識的に許せない。

「もっとちゃんとのみなさいよお」

「へいへい」

こんなもんのんで、いっちょまえにからむなよな。そう思いながらも一郎、中味を一息に胃の中に収めてしまう。今までに書かれたどんな小説の主人公よりも強い男である一郎君、可哀相に酒の一斗や二斗では酔えないのだ。

「月桂冠……一級だ」

「あたりい」

「……越之寒梅クラスがよかったな」

たとえば、ジェイムズ・ボンドなんて、いろいろお酒について蘊蓄をかたむけることを許されるのに……何だって俺は、月桂冠の一級なんだろう。

「越之寒梅って、あれ、つまんないよ」

拓の声。まずいな、段々大きくなる。

「くいってのむでしょ、と、舌ざわりも喉ごしも……あまりに素直すぎるわよ」

ま、これといった特徴がないところが特徴みたいな酒だからな。

「月桂冠の一級はおいしいわよ、ものすごく」

「へえへえ」

「何で特級とあんなに値段が違うのか、そこが問題なのよ」

どん、なんて床たたいちゃって。

「あたしの好みとしては、一級の方が好きなのに」

「じゃ、よかったじゃないか。あんたの好きな方が安くて」

「まあ……ね。でも、あたしとしては、世間の評価が気になるのよ。やっぱり、自分の好きなお酒を、世間一般にも高く評価して欲しいじゃない」

これは、問題だぜ。拓の声、完全に大きくなっている。

これで拓が、見かけどおり女の子なら、口をふさぐのはおそろしい程簡単なんだが……男相手にそんな手、使いたくない。俺はノーマルなのだ。

と。

やばい。

間にあわない。

「……い……いちろう？」

拓、唐突に立ちあがると靴をはき、非常口の脇にぴたっとはりついた一郎に不審の声をあげる。

「しっ」

非常口の内側——一郎がはりこんでいる目的地——の方で、足音がしたのだ。方向に間違いがなければ（そして、一郎は、自分が間違うだなんて可能性、一度たりとも考えたことがなかった）、あれ、中から出てくる足音。本来なら、拓を安全地帯までテレポートさせ、弁当をかたづけるのだが――いかんせん今は、とてもこれだけひろげた弁当をどうこうしている時間がない。

かちゃかちゃ。

扉の内側で。どうやらロックを解除しているらしい音が聞こえる。案の定、えらくしちめんどくさいロックだぜ、この、解除の音から察するに。

そして、かなり重々しい音をたてて、非常口があく。中から出てきたのは、三十代になったばかりといった風情の男。

「……あ」

男、思わず口をあける。ま、無理はない。

非常口――いわば、秘密のアジトの入り口――から出たら、そこに、女の子が一升びんかかえて花柄のござしいてお弁当ひろげてるんだもの。これで驚かない男は、まずまあいないだろう。

「君は……」

思わず、言いかけて、男、次の台詞をのみこむ。

「あなたは……あ、あなたが来るからいち……」

拓、台詞を最後まで言う必要、なかった。何となれば――一郎が。

三十男が、台詞を言いおえるか否かのうちに、すっと男の背後に出現し、いとも簡単に男を気絶させてしまったから。

「は……ふん」

崩れおちそうになる男を片手でささえてやり——崩れおちるにまかせたら、頭うってしまう。一郎、そういうことができない性格なのだ——一郎、鍵を中からのぞきこみ、うめく。

「嫌な鍵だぜ」

「あん？」

「見てみろよ……っつっても、あんたが見たって判らないか。この鍵——どういうシステムでか、個体識別がいるんだ」

「ははん？」

「指紋か、掌紋か、何かいるんだ。ここ……」

金属プレートを、あごでさす。

「全職員の指紋か何かをね、コンピュータに記憶させとく訳。で、物理的な鍵の他に、ここにはそっちの鍵もいるんだよ。ここの職員であるっていう、どんな身分証明よりもはっきりした証明」

「ははん？」

……駄目だ。拓、酔ってる。全然話がつうじない。

「でも……」

拓、上目づかいに一郎見て。

「先刻から不思議だったんだけど、一郎、こんなとこで何してる訳？」

「あん?」

一郎にしてみると、拓の問いの意味がよく判んない。

「あたし——空間を自由にできるエスパーがいる訳じゃない。そういう状況下で、こんなとこで、何してるの? ……まあ、ここにいてくれた方が、お弁当エトセトラの問題で、あたしとしては嬉しいけど」

「あ……ああっ」

な……泣けてくるぜ。拓。空間を自由にあやつれるエスパー。テレポーテーションなんて、拓の意志次第でいくらでも可能な訳。

こういうエスパーが脇にいて——こういうエスパーと一緒に酒盛りしてて——何だって、このドアのむこうへ行けないだなんて思ってしまったのだろう。行こうと思えば、別に誰かがでてくるのを待つ必要もなかったのに。

「拓」

厳しい声で一郎。

「ん?」

「あの……おっと」

おっと。また、でてきた。その例の非常口の奥の方から、また人の気配。

「消えな。どこへでもいいから」

「あん?」

拓、不満の意を表明しながらも、とにかく消える。一郎、慌ててお弁当とお酒とござ、かたづけて。

かつん。

角まがって歩いてきた男、気絶している男を視界の端に認めて、駆けよってくる。

「おい、原田、どうした」

気絶した男――原田さんっていうのかな――をゆすって。ござかかえてお弁当持って天井にはりついている一郎、少し思案。どうしよう。こいつら放っといて中へはいるのは楽にできるんだが……何か、あとがぐだぐだ面倒になりそうだ。

「原田っ！　誰かここへ侵入したのか？　おい、どうしたんだ」

これなんだよね、問題は。原田さん放っといて一郎が中へはいっちゃうと、中の連中、警戒態勢にはいってしまうだろう。一郎は別に構わないんだけど……もとちゃんが。万一、とらわれの身のもとちゃんに何かあると申し訳ないもんな。

「あ……うん」

原田氏、もぞもぞ。

「ここは……あ」

「おい、原田、どうしたんだ？　何でおまえ、こんなとこに倒れてたんだよ」

「美女が……」

「へ？」

「ドア開けたら、もっの凄くかあいい女の子が……花柄のござしいて、お弁当ひろげて、酒盛りをしていた……」

「おい、大丈夫か？」

もう一人の男、呆然としつつ、原田氏をゆする。

この感じなら。一郎君、苦笑。あんまりまともに問題にされないな、原田氏の証言。拓の現実認識能力のなさに、ちょいと感謝しよう。

「かあいかったんだぜ、すごく」

とろん。まだ頭の中にもやがかかっているって感じで、繰り返す原田さん。

「美女っていうよりかわいいって感じで……ああいう娘を嫁さんにしたいってタイプの……」

「本当？」

と……と！

「ね、本当にそう思ってくれる？」

拓！　おまえ、何だってこういう状況下にでてきちまうんだよ。

「本当にあたし、かわいいお嫁さんになれると思う？」

誰が拓の現実認識能力のなさになんて、感謝するもんか！　せっかく事態はうまい方向へとすすんでいたのに……。

「うわっ！」

った。

案の定、原田氏ももう一人の男も、および腰になる。一郎に言わせると、走って逃げなかったのがめっけもの。

「どこからでてきた——あ、テレポーターだ！」

「あの美弥って女の仲間か」

なあんだ。天井の一郎、落胆。

「拓」

天井にはりついたまま、声かけて。

「一郎……あ。ひょっとしてあたし、ここへでてきちゃいけなかった……の？」

「ひょっとしなくてもいけないに決ってんだろ。ま、それはでも、いいとして……帰んな」

「へ？」

「帰れよ。俺もあとから帰るから。ここの連中、もとちゃんを美弥と間違ってさらったんだ。そうと判れば、こんなとこに長居をする必要、まったくないよ。今……もう午前三時だろ。帰って先寝てな」

「誰だ、貴様は」

テレポートして突然あらわれた女の子に充分度胆を抜かれていた二人、そこへ更に天井から声をかけてきた男を見て——しばらく完全に呆然としていた。それがやっとこ正気にもどって。

「誰でもいいじゃない」

一郎、この台詞と一緒に、天井からござおとす。そして、すっと飛びおりて。

「ごめん原田さん、本日二度目」

お二方に気絶して頂く。二人の体をずるずるひきずり、本当の非常階段の裏へかくす。

「さて……と」

おおっぴらに、セブンスター咥え、煙を吐く。

「こいつらが、美弥を誘拐しようとしていた連中か。ちょっと……遊んでいこうかな」

PARTV　我が愛しの……拓ちゃん

　一方、美弥。

　適当に走っていた。本当——適当に。これでうまくもとちゃんみつけられたら奇蹟よね。とはいうものの。いささか、その奇蹟をおこす自信、なくもない。

　頃は満月、もとちゃんは——まあ、あたしの作者なんだし——この世で一番親しいひと。この条件なら——やってやれないこともないでしょう。

　実際。

　これは美弥のあずかり知らぬ話だが、美弥、実に正確に、有楽町へと近づきつつあったのである——。

☆

「おじゃまさん」

　小声でこう呟いて。一郎、先程からあけっぱなしのドアくぐって、ビルの中にはいる。そ知らぬ顔して、ビルの中を歩きまわる。

何だろうな。

歩きまわりながら、考えて。

あっちこっちにある、コンピュータの端末。山のようなファイル。ひたすら廊下を行き来する人々。このビルの中の連中、つまるところは、何やってるんだろう。

「彼女が、本当にその、問題の〝美弥〟なんですか？」

と。人一倍すぐれている一郎の聴覚に、こんなフレーズがとびこんできた。一郎、とっさにあたりを見まわし、人気がないのをたしかめてから、その声の方に近づく。その声——ドアの中から聞こえてくる。一郎、ドアにぴったりとはりつく格好になって。

「レントゲンの結果、〝美弥〟の体は、すべて生身——サイバネティックス加工された部分は、みあたりません。しかし、それにしては……これが、彼女の筋力の測定値ですが……あまりに普通の女の子じゃないですか」

「ふーむ」

がさごそと。紙を繰っているような音。

「二十歳の女子平均と較べて——脚力は、いささかまさっていますね。腕力と——特に握力はおとっている。右上腕部の筋肉に多少の発達がみられますが——彼女が右ききである、という事実を考えれば、まったく当然のことです」

「……確かに」

「それに、今、女子平均より脚力がまさっている、と申しあげましたが、それはあくまで、一般の二十歳女子平均に較べて、ということでして、体育会系のクラブに所属している女子の平均値よりはおとります」

「そのようだな」

「それに筋肉の質も……これは、常時ある程度のトレーニングをこなしている人間の筋肉ではありませんね。多少、かたいようです」

「ふむ」

「以上のことから、結論を申しあげますと……この人物、仮にA子としますが、A子は、さして運動の得意ではない、趣味としてある程度スポーツはやるかも知れませんが、体育会系のクラブに属して、それについてゆける程の体力は持たない、また、体育を専攻としない、ごく一般的な女の子です。筋肉のかたさから考えると……運動量は、むしろ、一般よりすこしおちますね。……我々の探している〝美弥〟はビルの二十八階からとびおり、百メートルを八秒以下で走る女の子でしょう？　彼女がそれでないことは、絶対、確かですよ」

「しかし、あきらかにこの子が〝美弥〟なのだ」

「それは……物理的に無理です。このA子は、部長がおっしゃるような行動をとれる能力を、有しておりません」

「けれど、それでも、この子が〝美弥〟なんだ」

「それはあり得ないですけどねえ……」

「判った」

その声、多少重々しくこう言うと、かすかにため息をつく。

「この件に関して、この道のスペシャリストである君と議論してもはじまらないだろう。とすると……〝美弥〟は意志の力で筋肉以上の力をだすことができるか、あるいは……ま、それは彼女がめざめてからのテーマだ。……〝美弥〟は大体、いつごろ、正気にもどる？」

「明日の――ああ、もう今日ですね――午後には」

「……判った」

さて、どうしよう。ドアの外で、一郎君、思案。

今、もとちゃんを抱えて、ここから逃げるのは――楽って言えば、すごく楽なのだ。けれど、どうせ、待っていれば午後にはもとちゃんが、自発的に正気になる訳で……いいや、それまで、待とう。それまでは、ここの連中がもとちゃんに危害を加える危険性、まず、ないしな。

とすると。いささか暇ができた訳で。

一郎、何とはなしに適当に、その辺をうろつきだした。

☆

「ふあ……あふ」

かなり盛大なあくび――秋野信拓。

今……午前四時五十分……くらいか。

眠いの眠くないの、もう、べらぼうに眠い。べらぼうに疲れた。

結局。今までかかって。

信拓、機械を完全に全部、完成してしまったのだ。もう、頭の中は綿がつまっているかのようで、思考力はすべて逃げてしまった。

寝る。

とにかく。

ようやく完成したのだから……ふあ。

☆

嫌なもんを、見てしまった。

鍵穴からのぞいて。一郎、眉をしかめた。本当に……嫌なものを見てしまった。

何だよここ――動物実験もしてるのか。

確かに。今までのぞいた部屋のほとんどには、何らかの実験道具があった。だからといって……こんなもんまで、やってるとは思わなかった。

犬と猿が、麻酔をかけられたのか、ぐてっと手術台の上にねていた。犬の右前足と、猿の右腕には、義手のような機械がつないであって。そして――それは、まだ、いいんだが。

犬と猿の胸、および頭は、切開してあった。頭――猿の方。あそこに見えるのは、人間でいうところの灰白質、だろうか。出血した血は、すべてガーゼでふきとられてしまうせいか

——頭蓋骨を切りとって、脳を露出させている割には、意外と赤い色——血——が見えない。血が見えないのがまた、ある意味で不気味だった。その、頭蓋骨の中からも、赤と緑のコードがのびていて……うっ、まず、見たくない情景。

「……やだね」

舌打ち一つして、行きすぎる。次の部屋では、コンピュータの端末つかって、若い男の人数人が、何かのデータ処理のようなことをしていて……こっちの方が、見ていてつらくはないな。

ちょっぴり偽善。

そんな気も、しなくはなかった。

見て見ないふりをしても——人間が、医学の進歩、科学の進歩の為に、殺してしまった動物の数は、限りがない訳で——今、そういう犠牲の上に〝社会〟というものが成り立っているのなら。すべての動物の天敵が人間であるのも、実に自然な話だし、とすると〝天敵〟であるところの人間が、動物革命のあとおしをするのも、充分偽善っぽいことだし。

とはいうものの。

ま、いいや。考えると、きりがないから。

☆

くん。

美弥、軽く、空気のにおいをかいで。

この辺だ、と、においは告げている。しかし――この辺の、どの辺？

そろそろ、気の早い朝日がのぼる。

あのあと、多少の試行錯誤をしつつも、とにかく有楽町にたどりついた美弥、あたりの空気のにおいをかぐ。えーと。

それから、ほんの少し、鼻をしかめて。

あった。もとちゃんのにおい。そのにおいにむかって歩くと――美弥、問題のビルに、近づきつつあった。

☆

はあ……あふ。

単調だ。

一郎、ビルの中でため息ついて。

もとちゃんが、正気にもどるまで待とう。そう思ってはいたものの――朝までって、結構、時間があるのだ。

その、動物実験をしている部屋のあとは、これといって一郎の目をひく部屋もなく――また、あけっ放しになっている、出口方面へ近づく職員もおらず――一郎、完全に、暇だった。

暇にまかせて、適当にあっちこっちの鍵穴、もう一回見てまわったりして。

と――あ、あ！

例の、動物実験している部屋の猿さん。おい、ちょっと待てよ。何か――死にかけているみたい。

むきだしの心臓。つい先程までは、動いていたような気がする。それが――ひょっとすると――とまってるんじゃないか？

「五時二十九分……〝猿〟の方の心臓が停止しました」

ひどく落ち着いた、男の声がする。それから何やらメモをとっているらしい音。

「御苦労様……大変だったね」

ばたばた、部屋の中をかたづける気配。見ると――あ、犬の方は、もうすでに死んでいる。

「いやあ、猿が死ぬのにこんなに時間がかかるとは思ってなかったもんで……すっかり残業をさせてしまったな」

「いいですよ」

「しかし、単調な実験でつまらなかったろう。本来ならば、君につきあってもらう程のものでもなかったな」

「いやあ、どうせ僕も暇ですから。で、どうしましょう、この臨床データ、いつまでにまとめればいいですか」

「ゆっくりでいいよ。そうだなあ……今月中にやってくれれば、それでいい。ま、単なる追加実験だから」

嫌だな、俺、変なところ敏感になりすぎている。一郎、心の中でため息。

今の会話。何一つとして、異常なものではない筈だ。普通だったら、腹をたてる方がおかしい。人間に使用する薬品か何かの動物実験だったら、それこそ、統計をとる為だけに、何百匹もの動物が殺されることもあるのだろうし……単なる追加実験で動物殺しちゃうのも、当然といえば当然であって……しかし……ぐしゃ。

肩をすくめる。嫌だな……そもそも、俺は、いろいろなことをぐしゃぐしゃ悩むの、苦手なんだ。典型的な、行動だけをするタイプのキャラクターだった筈。こういうのは——俺のすることじゃない。

消毒薬のにおい。ああ、やだやだ。

外へ煙草吸いにいこ。

☆

眠れんな。

信拓、ベッドの中で、目を開けて——しばらく暗い天井をみつめていた。それから、むっくりおきあがって、サイド・テーブルの上のスタンドのスイッチに手をのばしかけ、隣で寝ているこすもすのことを考え、手をとめる。がわりに、手さぐりで、ハイライトとライター、探して。

ぽっと、ライターの炎の分、明るくなる。灰皿の位置を確認してから煙草に火をつけ、そっと、こすもすの寝顔をみつめる。よかった、こすもす、すっかり眠っている。寝煙草――それも、闇の中での寝煙草なんて、こすもすにばれたら、どれだけ文句言われるか。

神経が、まだ、はりつめていた。こういう状態になってはじめて、自分がいかに緊張して機械を作っていたかが判るっていうのも、莫迦な話。頭の中目一杯ウレタンがつまっているようで、思考能力ゼロ、崩れおちる程眠く――なのに神経だけがはりつめている。何か最悪の疲れ方。

「何か飲も……」

もぞもぞ、ベッドからはいだす。やたら赤い煙草の火口、何も見えない闇の中、手さぐりですすんで。

「ナイトキャップで飲《や》るスコッチ、と」

グラスがみつからない。こればっかりは、電気つけないと、食器棚の中味、壊してしまいそう。ま、いいか。びんに直接口をつけ、軽く一杯。それから、ちょっと眉しかめ、咥え煙草でスコッチかかえたまま、廊下にでる。パジャマのまま、ドアを閉め、閉めたドアによりかかって、廊下にすわりこむ。

「あたりが暗いと、どうも酒の味がよく判らん……」

そのままぼけっと五分間、たてつづけに煙草ふかして。あ、駄目だ、最悪。精神をリラックスさせようとしたんだが……目がさえてきてしまった。

「ううう」

軽くうなる。あ、最悪より更に悪い状態。ちょっとした、強迫観念。今寝とかないと、明後日――いや、もう明日になっているのか――が決行の日なのに。このままじゃ体調が……。こういう場合。寝なくちゃいけない、という義務感を抱くのが、一番いけないことなのだ。それは判ってる、でも。

と。

カチャ。ドアがあいて――ピンクのネグリジェ着た、拓。

「……拓。何やってんだ？　そろそろ夜明けだぜ」

「なあんだ。信拓の旦那かあ。廊下方面で音がしたから、一郎が帰ってきたのかと思ったのにい」

こんな時間まで、一郎を待って起きてたのか。これだけ思われるなんて、一郎もしあわせだ、と言うべきか、可哀相だ、と言うべきか。

「寝ろよ。一郎は、僕や君とはできが違うんだから」

あいつ、一週間一睡もしなくても、けろっとしていられる。

「あいつの体力につきあうと、君、パンクするぜ」

「うん……判ってはいるんだけど」

拓――何故か枕をかかえている――信拓の隣へくると、廊下にすわりこんで。

「煙草、一本、いただける？」

「あ、いいよ。……煙草すうとは知らなかった」

「一郎には内緒よ」

「ああ、いいけど……あいつ、そういうこと気にするタイプじゃないぜ」

「判ってるんだけど、何となくね」

拓、そう言いながらも、一口吸って、ハイライト消す。

「嫌だ、にが」

そのまま、消えた煙草、みつめて。

「ね、信拓、あなた、あたし達の中で一番かしこいんでしょ」

「ま……最初の設定では、そうなっている」

最初の設定では。何か――何となく。最近、設定がすこしずつ、かわっている――僕達の性格が、多少かわっているような気がするんだが。

「じゃ……聞いて欲しいの。……ううん、教えて欲しいの。……愛って、何なのかしらね」

ごほっ。信拓、思わず咳こむ。拓、こいつ、いつの間にか、SF小説のキャラクターやめて、少女小説のキャラクターになっちまったのか？

「最近、とっても悩んでるの。あの……あたし、一郎が好きなのよ。ほんっとに、どうしようもなく、好きなのよ。……でも、それって愛なのかしら」

こ……これは。現代の少女小説では、まず、こんな凄まじい台詞にお目にかかれないだろう。一昔前の、少女小説。

「あのね、だってね。あの……あたし、つまり、あもーるのラヴ・エッセンスかぶって、で、こうなった訳じゃない。こんなのって……あまりといえばあまりに安易だわ」

……ほっ。信拓、こっそり安堵のため息。愛とは何ぞや、なんていう抽象論にならなくてよかった。

「そうよ、安易よ。ほれ薬によって生じてしまった愛だなんて、あんまりだわ。だから——そんな経緯を知ってるから、一郎も、あたしの愛に対して真剣にこたえられないでいるのよ」

……おそらくは……彼の好みがノーマルだ、ホモに走る気が毛頭ない、という大きな理由が、まずあると思うのだが。

「けど……今更、自分の気持ちをどうしようもないし……あも一るを恨む気にもなれないし……」

拓の場合は、ほとんど自業自得。

どうしたらって、どうしたらいいのかしら」

「あたし、どうしたらって、そんな……僕に聞かれたってなあ。

信拓、そう言おうとして、で、ちらっと拓の顔を見——言葉につまる。

うつむいて、右手の小指の爪をかんでいた。台詞の調子が強かった割には、瞳の焦点がぼけている。

「ね」

拓、どかっとあぐらをかいて。左ひざに左ひじをたてて、ほおづえついて。

判ってしまうのだ。僕も拓も――基本的には同一人物だから。判ってしまうのだ。拓の今の気持ち。

おそろしい程の失敗だ。

もとちゃん、拓を、男の子として設定した。でも、もとちゃん自身が女の子だからか、もとちゃんの文章力のなさでか、あるいは後天的な性質でか……拓、おそろしい程、女の子なのだ。

A girl meets a boy.

んでもって、会った男の子が――ほれてしまった男の子が――ラヴ・エッセンスによって出会った男の子。

僕も、基本おおもとは、女の子なのかも知れない。何せ、作者が女の子なんだから。だから、嫌って程、拓の気持ち、判ってしまう。

もう、それは小学生くらいから。第二次性徴すらさだかでない頃から、女の子、夢をみるのだ。いつの日か出会う、自分の王子様について。(擬似恋愛――スターに本気で恋をしてしまう、小説の登場人物に本気で恋をしてしまう、そんな恋愛って、女の子の大きな特徴ではないか。相手の本当の性格、存在を無視し、勝手に自分の理想にあてはめてしまえるバイタリティ、王子様コンプレックスとでもいうべきものを頭におかないと、理解できない)

様々な恋のバリエーションを、女の子は、次々にみいだす。たとえば、少女まんがの中に。たとえば、小説の中に。

そして。何度も、いわばシミュレーションを、頭の中でおこなう。このレベル――〝男の子と出会う〟というレベルでは、おそらく、すべての女の子は、女の子であるというだけで、小説家になり得るだろう。

ものすごく優しいひとと。

大人の雰囲気をたたえたひとと。

とっても面倒くさがり屋の、あたしがついていないと何一つできないようなひとと。

やんちゃな、わんぱく坊主みたいな子と。

誰と、のバリエーションは、ほとんど無数にある。

喫茶店で。

街角でぶつかった。

おさななじみだった。

クラブの先輩で。

おとしたノートを拾ってくれたひとで。

どこでどう知りあったのか、のバリエーションも、まったく無数に。

そして。どうして恋におちるのか、のバリエーションは、書くことすら不可能な程、無数に。

本当の恋をする前に、女の子は、恋のシミュレーション・ゲームを、ほとんどすませている。

コンピュータをつかった、シミュレーション・ゲームが、実際の経営戦略として本当に役にたつのなら。女の子は、女の子であるというだけで、すでに恋のエキスパート。

そして。実際に恋におちれば。

誰と、が確定したのちも、すさまじいいきおいで、女の子は、シミュレーションをこなしてゆく。

たとえば、クラブの先輩に片思いをしたなら。

先輩と、本屋で偶然であい、同じ本を欲しがっていた。

夜道を歩いていて、妙な男にからまれたら、先輩が偶然やってきて助けてくれた。

美術館でばったり先輩に会う。

クラブの運営の問題について、あこがれの先輩と、他の先輩のおりあいがつかず、つい、あこがれの先輩の応援をしてしまった。

先輩が学校の裏庭で個人的な問題について悩んでいるところにでくわす……。

いくらでも。

まさしく、いくらでも、女の子は恋の状況設定をすることができる。

この、エネルギー。

この、バイタリティ。

女の子は、それこそもう、筆舌に尽しがたい程必死に、恋にあこがれ、恋をするのだ。本当に、恋におちてしまうと、他のことは何一つ見えない程に、それに夢中になってしまうのだ。

故に。

他のことすべてを脇へおしやれる程すばらしいことであるからこそ、女の子は恋に熱中するのだから――女の子にとって、恋というのは、神聖にして、冒すべからざるものであるのだ。

拓。精神状態は、完全に、女の子。

故に、拓にとって、恋というのは至上命令で――で。

その、神聖にして、冒すべからざる至上命令が、実はいろいろな地上の、地にまみれた動機――たとえば、ラヴ・エッセンスなどという、いわばその神性をおびやかすようなもの――によってもたらされたというのは、果てしない苦痛、それ以外の何物でもないだろう。

「あたし、つまり、どうすればいいの」

何度も繰り返される、拓の言葉。

「ラヴ・エッセンスだなんて……動機があまりに不純だわ。あまりに不純なのに……不純な動機で恋におちちゃったのよ……」

ついでに。未熟だ。

拓の人格は。おそらく、ちゃんとした恋をするには、まだあまりに少女なのだ。大人の女性ならば、こういう悩み方はすまい。恋という事実に対処する前段階で悩んでいる。

「……拓」

声をかけて。それから、自分には拓に言ってやれる台詞が一つもないことに気づく。拓——何て言えば、いいんだろう。

「ありがと」

あん？　信拓が何も言えずに黙っていると、拓、ふいに、ことんと首をかたむけた。信拓の肩の方へ。

「いいんだ。どうせ何も言えないんでしょ」

「あ……ああ」

「ごめんね、こんなならだらだした話につきあわせちゃって。聞いてくれただけで嬉しかった。だから、ありがと」

「いや」

「結局ねえ、屈折、なのよ。あたし。判ってるんだ、基本的なことは。すべて自業自得っていうか、世の中にどうしようもないことがあるとしたら、まさしくあたしの悩みは、そのどうしようもないことだって。だからね、屈折してんの」

「屈折って……どこが」

「基本設定が、どっかおそらく一個所、おかしかったのよねえ。あたし、屈折して、暗くなれないの。ラヴ・エッセンスかぶったの、基本的にはあたしのせいだし、一郎が男の子に興味ないことも知ってる。でも——だからってね、暗く屈折、できないのよねえ。だからもう、目一杯、モーションかけるの、一郎に。何かやってれば——考えなくてすむじゃない。一種の思考停止よね。情ないっていえば情ないけど」

ちょっと上むく。

「でも——思考停止しないで、真面目に思考しちゃうと——今みたいにうだうだすんのよ。あのさ、同じ。もとちゃんが、〝絶句〟の原稿、捨てられず捨てたくて、くずかごにいれて、くずかご洋服だんすの中にかくしたじゃない。あれとまったく同じ心理よ。あれだって、捨てる訳にいかない、でも、捨てたいっていう状況からの思考停止でしょ」

「何だ拓……」

判ってたのか。もとちゃんの心理。もっと、子供っぽく、あー、あたしの原稿、捨てたあって拗ねてるのかと思ってた。

「拗ねてみせんの。何でも全部、オーバーにして——頭、悪いからさあ、考えだすと身動きとれなくなるのよね。で、それが嫌だから、考えずに身動きしちゃう」

もう一回、ほおづえついて。

「判っちゃうと、人間って、何もできなくなるのよね。……ああ、嫌だ、ウエットになってしまった。ごめん」

……拓。いくらでも——いくらでも、ウエットになっていいよ。君には——それだけ健気に悩んでる君には、ウエットになる資格、あると思う……。

でも信拓、言葉をみつけられずに。

「いいよ、そうたびたび謝んなくても」

「ん。ちょっとね……本当にちょっとだけ、誰かに聞いて欲しかったんだ、あたしの悩み。ほら、言うじゃない、もの言わぬは腹ふくるる業なり、って」

泣いているんだか、笑っているんだか。

判別のつかない、拓の表情。そして——何と言ってやったらいいのか、というより、何と言ってあげようもない、拓の表情——。

「判ったよ。……もう、寝なさい」

そっと、拓の髪をなぜてやる。たよりないほど、細い髪。これしか——本当に、これしか、僕にできることはないのだ。

「うん。……ごめんね」

「謝ることはない」

「うん。おやすみ」

拓が、枕を抱えて自分の部屋へはいるのを、信拓、黙ってみていた。

拓。君——。

おそらくは、すべての女の子が——女の子であるっていうだけで、考えずにすんでいる、愛の純粋さについて悩んでしまった拓。他の誰が何と言おうと——たとえ、形状的に女でなくても——君は、女の中の女だ。

そして、また。

もの言わぬは腹ふくるる業なり、か。

同じだよ、拓。

僕も、同じ。

こんなさえない中年が、さえない中年人口のひとりにしかすぎない僕が、本当に革命のリーダーなんてやっていいのだろうか、なんて、立ちどまったら悩んでしまいそう。

だから、考える前に行動おこしちまう。

もの言わぬは腹ふくるる業なり、か。

言えるとしたら、言いたいことは山程ある。

動物革命。そりゃ、やるって決めたからやるけどさ、それって、人間が手をかしていいもんなんだろうか。

革命をおこす。それに到った動機は間違っていない、と、今でも確信している。けれど、本来ならば動物が自分でおこすべき革命を、動物にそれだけの力もないのに、あとおししちまっていいのだろうか。

あるいは。進化の競争の勝者が人間であるのなら。それに、まあ僕みたいな、生物外のものが口をはさんでいいのだろうか。

言わないけどね。

リーダーが自分の言動に疑問を感じたら。そんなリーダーにまとめられている集団、ぶっ壊れるもんな。だから、絶対、言わない。

腹ふくるる業なり。

いいよ、我慢してみせるよ。さいわい、こすもす、僕が三段腹になっても気にしないみたいだから。

いくらでも、腹、ふくらましてやろうじゃないか。

☆

「あれ……よっ」

美弥。

煙草をすいに、一度非常口まででてきた一郎、人間形にもどってその辺をうろうろしている美弥の姿を認めて、手をふる。

「あは」

美弥も、手をふり返して。

「よかったあ」

「へ？」

「ここでいいのね。ちょっと……事情があって……猫達、もとちゃんののせられた車、見失ってたの」

「え……猫が？」

「ん。だもんで……不安だったのぉ。もとちゃんのところに、行きつけるかどうか」

「……はあ。じゃ、お宅、途中からまるで目標なしに……」

「満月だからね。何とかなると思ってた」

一郎、軽く賛美の口笛。と、美弥。

「で、あなた……何してる訳？　もとちゃんはここにいるんでしょう？」

「ああ」

「じゃ、何で助けに行かないの」

「いや……今、もとちゃん、気絶状態なんだよね。で……俺としては……もとちゃんに、俺達が助けたんだってこと、知られたくないんだ。できれば、気づいてからあの子に自力で逃げだして欲しいもんで」

「ははん」

こういうのを、鼻で笑うっていうのかな、美弥。

「了解。じゃ、表だってもとちゃんを助けず、裏からもとちゃんの逃亡を手助けしようって……」

「ん、そんなとこ」

「ふうん……で、大丈夫？」

「へ？」

「大丈夫？」

「何が」

「もとちゃん、あなたにまかせて」

美弥の瞳。何か、おそろしい程真剣だ。

「まあ、多分」

「多分？」

「いや絶対」

一郎は。ラヴ・エッセンスをひっかぶった時の角度により、美弥が、ラヴ・エッセンスかぶり、素子にほれてしまったという事実を知らない。だから、心中多少、美弥の迫力に気圧されながらも、慌てて肯定。

「ま、今までに書かれたどんな小説のキャラクターよりも強い男が保証してるんだから、信じてくれていいと思うよ」

「ん……判った」

多少——いや、かなり未練あり気に、美弥。でもその様子——どこかしら、変なの。変——すごく、疲れてるみたい。

「そろそろ朝陽がのぼるのよね」

と、ふいに美弥、まったく関係ない台詞を口にのせる。

「あん？」

「朝陽がのぼると——あたりまえだけど、月の光って、弱くなっちゃうのよね」

？

「あたし、あなたを——森村一郎さん、あなたを信じるわ。だから、もとちゃんをよろしく」

？

「お、おい、ちょっと」

きびすを返しかけた美弥に、慌てて一郎。

「今の台詞……どういう意味だ？」

「どういうって別に」

「何か、美弥、あんた——もの凄く疲れてるみたいだ」

「別に」

「別にってことはないだろ。何で満月なのに、半分人猫のお宅が、そんなに疲れてるんだよ」

「生気をね——なんか、すいとられたみたいなのよね」

「生気をすいとられたって、おい」

おい、だなんて言ってみても。何となく——あ、本当だって納得しちまう。何となく——なあんとなく、美弥、それ程やつれてる。

「おい、美弥。あんた、半分人猫で、半分吸血鬼だろ」

「ん」

「じゃ、人間の血を吸えば、元気になるか？」

「血……ちょっと、違うのよね。エネルギー——生気みたいなもの。あたし達、それ吸って生きてるのよ」

「じゃ、今、二人の人間の生気吸ったら、あんたもう少し健康体になれるか？」

「ん……多分」

「OK」

一郎、彼が見たことを手早く話す。

「別にあいつらに恨みはないけど——何てったって、つまらない追加実験の為に、猿と犬、殺しちまう奴らだ。すこしくらい、生気を抜いた方がいいかも知れん」

「ん……まあ」

美弥、舌なめずり。

「あたしが、みんなのところへもどった時、多少なりとも生気あふれるような状態の方が、みんなの為にいいわよね」

「ああ」

「じゃ……やっちゃおうかな」

☆

「ふーふ」

美弥、ドアの前で微笑んで。るんるん。そんな感じで、ブラウスのボタン、はずしだす。

「お……おい」

「なあに？」

鼻歌うたいつつも、服を脱ぐ手は休めず。何となく、一郎の方がどぎまぎしてしまう。別に、それは、俺としても、拓にせまられるのより美弥のヌード見てる方が楽しいような気がしないでもないのだが……しかし。

「俺、一応、男なんだが」

「うん、女には見えないわよ」

あっけらかんとして、美弥、全部脱いでしまう。それから身をこごめ……みるみる、まっ白の猫に。

「あ……わ……」

一郎（美弥の変身過程見るの、はじめてだったのだ）、半ば呆然と口あけて。

「すご……」

「んふ。で、男なら、何？」

「いや、もういいんだ」

そうか。服脱いだの、猫になる為か。ま、事情が判って、おまけに猫の姿になられたら、もう何も問題はない。

「ちょっと……ほんとにちょっとだけ、あのドア、開けてくれる？」

「ん」

ほんの、十五センチくらい、すき間をあけて。そおっとやったから、一所懸命コードだの何だのをかたづけている二人、気づかない。

「じゃ」

美弥、するりとドアの中にはいりこんだ。

PARTⅥ　革命前夜

「羊が三百二十八、羊が三百二十九、羊が三百三十」

　ベッドの中で。あもーる、ひたすら羊を数えていた。時差なのかな、何か、眠れない。あーん、もう、あけ方だっていうのに。

「羊が三百三十一……あ、こけた」

　また。

　ため息。

　羊を千くらいまで数えれば、普通嫌でも眠れるって聞くけど――どんなに努力しても、先刻からあもーる、三百か四百台で、必ず挫折してしまうのだ。

　イメージの中の羊が、さくをとびこえる。や、否や。

　草地から、ライオンがあらわれ、あっという間に羊の首筋にかみついてしまう。

　こうなると、残った羊達は、勿論さくなんかとびこえてくれずに、一斉に、逃げだしてしまうのだ。

「もう、いっそ、ライオンでやろうかしら」

ナイト・テーブルの上のスタンド。あわいオレンジのシェードを通して、あわいオレンジの光の輪がひろがる。そんな中で、あもーる、ふとんの中から右手をだして。

右手、手の甲。

ライオンさんにじゃれられて、切り傷をつくってしまったところをみつめる。なんだか苦い――表皮がほんのわずかむけた時の味。

苦い。いろいろな思いで、苦い。

ねえ、ライオンさん。ひょっとしたら――ううん、ひょっとしなくても。あなたの言うとおり、あたくし達のおこす革命って……悲惨なものなのかも知れない。あるいは――分不相応とでも何とでも。

でも。

ころん。

寝がえり。

早く寝なきゃ。

☆

すっ。
まっ白な猫――美弥――二人の男に近づく。二人共、まだ美弥には気づいていない。一所懸命、電極だのコードだの、いじってて。

　ごめんね。

　何となく、美弥、心の中で一人言。

　別にあなた方には何の恨みもないのだけれど——何となく、もう、半ばなりゆきでね。

　美弥、ジャンプ。

　若い方の男の肩にのっかる。若い男、え？　って顔してふり返って——とたんに。

　ずぶ。

　まさか音はしなかったろうけれど、でも、そんな雰囲気で。美弥の牙、その男の首筋にうまった。

「……あ……」

　声にならない声。男、急に顔が土気色になり——そして、崩れてゆく。

「お、おい」

　もうちょっと年配の方の人、急に崩れた若い男に慌てて。

「おい、どうしたんだ」

　すっと美弥、彼の首筋の方へ移動。そしてまた牙を……。

　一分後には。

　男達二人、まったく焦点のさだまらない目をみひらいたまま、その場で眠りこけていた——。

☆

「お見事」

多少、声をひそめながら、一郎。

「どういたしまして」

と、美弥。

すごい――すごいなあ。

一郎、その間、美弥の体にみほれていた。本当に、はっきりと目で判る、おそろしい程の変化。

はっきりと目で判る変化――とはいえ。口で説明するのはむずかしいが。

白い体毛。

全体的に、ぴんと立っている。立っている――あるいは、はりきっているとでも言った方がいいのかも知れない。白々と、輝かんばかりの毛。

また、目の下。

先刻までは、まさかおちくぼみまではしないものの、生気のなかった目が、今はらんらんとかがやき――目の下の隈、完全にどっかいっちまってる。

「うーふ」

美弥、そんな一郎の思いに気づかず、舌で上唇をなめまわして。

「やっぱ、若い人の方がおいしい……っていうか、若い人の方が生気、あるわねえ」

思わず——何とはなしに——一郎、美弥から一歩、あとじさってしまう。

「やだなあ、おびえないでよ」

美弥、唇の端からわずかに紅い舌をだす。

「じゃ……あたし、行くから——あ、ちょっと待って」

「こいつらだろ」

一郎、目で犬と猿の死体を示す。

「……ん……」

「ちょっと、ここへ放っとくのは、可哀相だって気が」

「するものね」

一郎が猿の死体を抱きあげ、美弥が犬の死体の首筋をくわえる。

「どこに埋めよう……」

「土のあるとこ、だな、勿論。とするとこの辺では……明治神宮、だろうか」

ちょっと遠いかな。一郎ひょいと猿の死体を右肩にかつぎ、犬を左手で抱きあげて。

「あ、片方あたしが持つわ」

「いいからいいから。自分の体の倍以上のもの咥えてあんなとこまで走るの、難儀だろ」

「難儀でもないけど……おまかせ、しちゃおかな。あたし、洋服も持ってかなくちゃいけないし」

二人――というか、形状的には一人と一匹――で、何気なく非常口を抜け、二人――というか、形状的には一人と一匹――で、ばたっと扉にはりつく。やばっ。

「すでに朝だったんだ……」

「人通りが……」

結構ある。一郎慌てて腕時計に視線を向けると――うわわ、七時。そろそろ通勤時間だったりして。

「……目立つな、かなり」

一郎、前髪左手でつかんで、うなる。一郎と美弥はたいして目立ちはしないだろうけれど――猿と犬が。おまけに二匹共、あきらかに死んでいるのがすぐ判る。出血もしているし――困ったもんだ。

「あたしがやろうか？　猫が犬と猿の死体くわえて歩いている方が、たぶん、他人にわずらわされなくてすむわよ」

「……余程、目立つような気がするが」

「でも、猫相手に何やってるんですかって聞いてくる人もいないだろうし、不審尋問も、しようがないでしょ。精神科のお医者様だってやってこないだろうし」

「成程ね」

一郎、苦笑。

「けど、いいよ。ま、こいつらが望んでそうなった訳じゃないから申し訳ないんだが――死体なんていう、ま、一種気色の悪いものを女の子に持たせる訳にはいかない」

なるべく、裏手、裏手を通って、ビルの裏の路地へでる。この先、細い道ばかりを選んでいけば——ま、大通りを歩くよりは目立たないだろう。けれど、細い道に人通りがまったくないということもないだろうし……。

「人通りがまったくないとこ、通るから、お宅は普通に道を歩いておいで」

「マンホールの中——下水道、つかうの？」

下水道。余程中の地理を詳しく知っているか、天性の方向感覚でもなければ、迷子になってしまいそうな気がする。

「冗談。何だって、オーダーメイドの背広着て、汚物の中を歩かにゃならんのだ。それに、そんな道使った日にゃ、もとちゃんを助ける前に、一度家帰って風呂にはいらなきゃならん」

一郎、こう言ってから、上を指す。それから、まだ腑におちないって感じの美弥、放っといて、上手に肩で猿の死体のバランスをとり、あけた右手で電柱につかまり——あっという間に電柱の上、変圧器のところまでのぼりつめてしまい、美弥にウインク。

「あ、はん、そういうことね」

美弥、最初は加減して、走る。まさか動物二匹かかえて、電線の上を走る訳じゃなかろうし、どうやってついてくる気なのかな。あ、納得。

電柱から電柱へむかって、ジャンプ、している。すごいなあ、助走もつけてないのに。

ま、いずれにせよ。

美弥、本気で走りだす。あの感じなら、結構速そうだし——万一見つかっても、問題にもしないだろう。一郎をみつけた運の悪い人はおそらく、眼科医かどっかへ行くことになるだろうから。

☆

「こんなもんで——いいかな」

結局、明治神宮まで行かなくて済んだ。道中、商店街のはずれに、かなりうらさびれたお稲荷さんがあったので、そのほこらの裏手、おっそろしくしげった薮の中に、犬と猿、埋めることにして。今、一郎が、一メートルかける五十センチくらいのサイズの、二メートルの深さの穴を掘りおえたとこ。

「ま、いいんじゃない」

穴を掘っている一郎のまわりをさり気なくうろつき、見張りをしていた美弥、答える。

「むしろ深すぎるくらいで」

「その方がいいよ。野良犬にほじくり返されなくて済むから。で、どうしよう、これ、一応火葬しようか」

ちょっと面倒だけどね。煙は——それこそ風向きをあやつれない以上、かくしようがないのだし、たんぱく質のやけるにおいって、あまりかいで気持ちのいいものではない。

「冗談。火葬、嫌いよ、あたし。その動物の死が、何の役にもたたなくなるじゃない」

あ、そうか。この死体埋めとけば土壌生物のエサになる。とすると——やっぱ、ちょっと深すぎたろうか。

「じゃ、とにかく」

一郎、そっと穴の奥に犬の死体をおろす。それから猿の。

「お稲荷さんだろ、ここ……。きつねと犬、きつねと猿って、仲よかったっけ？」

「犬と猿を一緒に埋めることに較べたら、大抵の動物って、仲いいんじゃない？」

「ま、な」

穴の底の犬と猿にむかって、しばらく黙禱。それからゆっくりと、穴の中へ土をおとしだす。

「あとで、お稲荷さんの方にも謝っとかなきゃな」

一郎、お財布から一万円札をとりだすと、賽銭箱の中におしこみ、かしわ手うって。

「ありがとう」

と——美弥。何故かにっこりほほえんだ。

「え、ありがとうって一体」

「一応、あなたは完全に人間だから——半分動物として、人間にお礼。ありがとう」

「あ、いや」

何となく一郎、照れる。

「これだけしてもらったら……多分、この犬さんと猿さんも、人間全体に恨みはあっても、あなたに感謝すると思うわ」

「いや、そんな……やっぱ、こうでもしないと、こっちも気がすみそうになかったし……」

「でもだからって、普通の人は、自分で殺したんならともかく、ここまでしてくれないもの」

「いや、その……」

しばらく照れまくってから、一郎、にっこり微笑んで。

「そう言ってもらえると、こちらとしても嬉しいよ」

☆

ちょっと時間がとんで、午後の二時すぎ。(〝絶句〟連は、全員、ゆうべほとんど眠れなかったかあるいは徹夜だったので、この時間帯は、大体全員、あくび以外にたいしたことをしなかった)
あくびをかみ殺し、ずっと同じ体勢でいつづけなければならなかった為、半ばしびれかけている体を、いたわるような目つきで眺めていた一郎、急に緊張する。排気孔のむこう側にある部屋——一郎、排気孔の中に、もう二時間以上も、ずっと無理矢理自分の体をつっこんでいたのだ——で、軽い、声。あ、もとちゃん、やっと目をさましてくれた。
さあて、どうしよう。

もとちゃんと、担当医だか何だかの会話を聞きながら、一郎、思案。今ひょいとでていってあの子を助けだすのは、そりゃ楽なんだけど——どうしたもんかな。あの子が普通の神経している以上、常時俺達に見張られてるっていうの、気分のいいものである訳がないし、今まであの子を助けずに時間つぶしてたの、ひとえにあの子に自力脱出して欲しかったからだし。


なんて一郎君がうだうだしていると。急に、素子、叫びだした。

あた。身動きもできない、ぎりぎりの空間で、それでも律儀に一郎、こめかみおさえる。何て子だ。お手洗いって、それが女の子の叫ぶことかよ。

けどまあ、実にあの子らしいというか何というか——さすが俺の生みの親だぜ。

もぞもぞ。排気孔を抜ける。えーと、この建物の構造からいって、もとちゃんがもよりのお手洗いへつれていってもらうとなると……。

面倒くせ。

☆

「……は、新井素子ではないということを確認しました」

「……の三丁目で、新井素子の服装とそっくりの女の子が、男と一緒に車に乗った、という先程の報告ですが、調査の結果、その女の子はまったくの別人で、兄と一緒に自宅へ帰っただけだということが判りました」

昨夜から徹夜で本部につめていた秋野警部、次々はいる報告を聞きながら、次々しんせいの山を築きつつあった。

別に彼女のせいじゃないけど、新井素子。たまらない。

身長一五六、体重四十二。髪は黒で、肩にかかるより少し長く、眼鏡かけている。ピンクのトレーナーに、紺のスカート、うすいブルーのシャツブラウス。こんな子——こんな感じの子、東京都には山といるんだ。

背は高くもなし低くもなし、美人ではなくとてつもないブスでなし、スタイルはよくもなし悪くもなし——普通を絵に描いたような女の子。

「警部……仮眠をおとりになった方が」

目を血走らせ、多少髪の毛がぼさぼさに近くなってきている春日嬢、それでも秋野警部を思いやって。

「いや……昼を過ぎても帰らない、のみならず、電話一本もない、ということは、誘拐がほとんど確定したものと思われるから……」

大森家には、刑事が二人、つめっきりだった。誘拐なら——何せ、大森グループ総帥の家にいる子なんだから——まず、身の代金なり何なり、要求があるだろうということで、それを待って。電話の方も手配済みで、いつでも逆探知できるようになっているのだが——しかし、そんな気配、これっぽっちもない。

「もし、新井素子が誘拐されたとすると——理由は何だ？」

大森家がらみなら、理由はいくらでも想像できた。しかしそれなら——犯人からの要求が何もないというのは、ちょっとおかしくはあるまいか。

この時点では、誰も——誰一人として、新井素子その人の重要性には気づかなかった——。

☆

叫び声の中で。一郎、舌をまいていた。

あせることあ、なかったんだ。

もとちゃん。考えてみれば、この世界でおそらくはたった一人の、俺よりも強い人間。彼女の思ったこと、彼女の望んだことは、すべて現実となる。何てったってここは、現実であると同時に、もとちゃんの頭の中の世界であるのだから。

とすると。

俺のできることはたった一つ——ドア、壊してこよ。少しでも楽に、もとちゃんが外へ出られるように。（この間、素子が何していたか——ボンナイフでコンクリートを切り抜き、ポケットの中から身分証明書をだし……云々は、今更書かなくていいよね）

☆

その頃。

美弥は。

飯能の山奥へ帰ろうとして——不本意ながら。

中途、木のあるところで、眠りこんでしまっていた。

あの〝異質なもの〟が与えた疲れ、思ったよりきつかったみたい——。

☆

「きゃああ、いっちろう」

台詞中全部、ハートマーク。何かそんな感じで、拓。

「おっかえりなさあい」

もとちゃんは、無事、逃げだすことができた。で、そのあとを尾けてきて——どういう訳か一郎、第13あかねマンションについちまったの。

「おい、拓」

ううう、こうしていると——何か緊張することがないと。眠りこけてしまいそうだぜ。

「もとちゃん、来なかったか？」

「あ、それ。今から信拓の旦那、呼びにいこうと思ってたの。つい今しがた、あの子、一郎の部屋にはいって——飯能へ行っちゃった。何でもあなたに用があるんだって」

俺に用——なら、立ちどまって、うしろむいて俺の名叫べばよかったのに。

「飯能、か。ロージー、いたか？」

「うん」

「じゃ、いいや」

すたすた。そのまま、歩いていっちゃって。

「一郎、飯能、いくの？　ならあたしも」

「ねるの」

「へ？」

「寝・る・の！　ローゼット・ロージーがいるんなら、もとちゃんの方はあいつが何とかしてくれるだろう。俺、昨夜、完徹だったんだぜ。眠る権利くらい、あったっていいだろう」

これがスクランブル発生って感じの異常事態だったら。一郎、一週間くらいぶっ通しの徹夜、そんなに辛くはないんだけど……気がゆるむと、ね。

おやすみなさい。

☆

あらら。

美弥、ふと目をさます——ふと目をさますって——やあん、寝ちゃったのお！　慌ててかけだす——。

☆

「こすもす、これ持って」

その頃、信拓の旦那は。例の機械――必死で作りあげた奴――の最終点検をしていた。

「僕がこっちをつかったあと、トレーサーの方向どおりに追ってみてくれ」

「はい」

はじめて夫の仕事を手伝うことになって、緊張気味のこすもすの声。

「じゃ、いくぞ」

するん。

一瞬後に、信拓、こすもすの視界から消えうせた。慌ててこすもす、トレーサーのゲージを見つつ、スイッチ・オン。

しゅわっ。

一瞬、視界のすべてが流れ――はっと気づくと。こすもす、第13あかねマンションの庭にいた。洗濯物なんか、ほすところ。

「OK」

信拓、こつんって、こすもすの小さな頭、たたいてみせて。

「テレポーテーション・トレーサーも充分作動してる」

この機械――ごく小型の、テレポーテーション・マシーン。拓の――拓が、思いのままに空間をねじまげる、そのやり方を信拓が理論づけた結果、できたもの。これさえあれば、革命軍の猫達は、どこへでも好きなところに好きな時にあらわれることができる――。

☆

一番最初に美弥を——というより、美弥のにおいを発見したのは、ローゼット・ロージーだった。

「あれ、美弥さん」

「たった今、新井素子さんがここへ来てたんですが……」

「あ、そお?」

じゃ、あたしが眠っている間に、一郎、無事もとちゃんを逃がすことができたんだ。

「それより……ごめんね、長いこと留守してて」

「いいえ」

全猫達、一斉に答える。

「で、その……美弥さんが帰っていらっしゃったのなら……そろそろ、決めたいと思うんですけれど。例の革命の、最終的な段取りを」

「OK」

あのあと。ここへ来るのはそのせいで遅くなっちゃったんだけど——木の影で、眠っちゃって、よかった。最後まで残っていた疲れが、体から抜けているのを感じる。

「班わけは全部済んでる? OK。ルートの確認と、襲撃場所の確認もできてるわね? OK。責任者との連絡は?」

とりあえず重要事項の確認をはじめた美弥を見つつ、猫達、こっそりと目くばせ。私達のやったこと、美弥さん、喜んでくれるだろうか。

文京区のルナの失態を聞いた猫達、ある程度の数の猫を、対素子保護にさくことにしたのだ。ルナの話を聞き――ルナが無能なリーダーではないことを認めているので、その、対素子保護の為にさいた猫の数、相当なものになっている。美弥さんにこれがばれたら――おそらくは怒られるだろうが、それでもきっと、心の片隅で、美弥さん、喜んでくれるに違いない。

☆

「……新井素子嬢は、ただ今、無事に帰宅しました」

この連絡をもって。新井素子誘拐捜査本部は、解散のはこびとなった。

「何だ」

疲れで、顔にうっすらと脂のういた春日嬢、ちょっとふくれつらして。

「結局、大学生の夜遊びだった訳ですね」

「いや」

本部を一応解散はしたものの、三人ばかり刑事を残して、秋野警部、あごをなぜる。まず、ひげをそろう。

「やはり、新井素子嬢は誘拐されていたらしい。どうやら自力で逃げだしてきたんだそうで

「……」

「自力で。で、犯人の特徴とか……まず、じゃ、素子さんに事情聴取しなくちゃ。何で本部、解散しちゃったんです」

「素子嬢が帰ってきたら、急に大森家側の態度が硬化してしまったんだ。こんなことなら――本人が一人で無傷で帰ってこられるような相手が犯人なら、警察に訴えるまでもなかった、警察は税金泥棒だってね」

「そんな」

別に秋野警部がそう言った訳でもないのに、春日嬢、秋野警部を睨む。

「ま、むこう側の気持ちとしては、無理もないのかも知れないがね」

「でもだからってそんな――そんな理由で本部を解散」

「する訳がないじゃないか。縮小、したんだ」

「それに、素子さんの事情聴取、しない訳にはいかないでしょう」

「勿論。ただ、本人がいたく疲労しているので、明日の午後まではゆっくり休ませたい、というのが、大森家からの要求だ」

「そんなのってないですよ！　一秒でも早く、犯人についても情報が得られれば、解決はずっと楽になるかも知れないのに」

「これ以上はちょっと、ね。力関係の問題で……ね」

ここへきてはじめて秋野警部、口惜しそうな表情をうかべる。

「けど、まあ、女の子が無事に帰ってきたんだから、何よりじゃないか」

☆

「……ふう」

夜。秋野さんの、今度は信拓君の方。足をひきずるようにして、部屋へ帰ってくると、ため息と一緒にソファの中へ崩れおちる。

「こすもす、メシ」

「はい。もう用意できてます。ダイニング・キッチンの方へいらしていただける？」

「ああ」

そう答えはしたものの、ソファから体を離すのが難儀だった。ここにずっと埋もれていたい。

八時間ぶっ通しで、しゃべって、テレポーテーションと、その追跡の実演。猫の集団相手に八回（ある程度、グループ別にして、別々に教えなければ——あまりに大量の相手に、おざなりに一回説明しただけでは、理解しきれなかった猫がでるかも知れない）、犬相手に一回、ねずみとハムスターとすずめと鳥相手に一回、ワニと蛇ととかげとヤモリ相手に一回——合計十一回か。一日に十一回も、同じ説明したら——何ともはや、疲れた。何だか喉がひりひりする。

「今日はもうこれで、お風呂はいって寝られるんでしょ」

「ああ」

「よかった。お風呂、すこしあつめにわかしておきますね」

もう、ここまでくると、もの言わずにどれ程腹がふくれようと、ものを言う気力がない。

人事を尽して天命を待つ。本当に、そんな気分。

やるべきこと――あるいは、やれることは、すべて、やった。あとはもう、運というか、めぐりあわせというか、それだけ。

何はともあれ、一晩寝ておきて――明日になったら、革命だ。

☆

「おはよ」

「おっはよ」

「おはようございます」

その朝。珍しく、〝絶句〟連、全員そろって朝食のテーブルをかこんでいた。全員プラス、美弥とローゼット・ロージー。食卓のホステス役はこすもすで、ホストが信拓。

「ラストの確認だ。美弥は、飯能から、猫の主力をつれて、国会議事堂へのぼる。ルート、判ってるね？　道中、あるだけの保健所を襲い、ついでに人間への示威行動をとる。――あ、ただし、攻撃に対する最小限の防御以外には、人間を傷つけてはならない。猫の大群が、一糸乱れずに東京の中心にむけてパレードをしてゆき――先頭の猫が人間語で、人間に対する声明文を読みあげたら、それだけで充分、示威行動になるからね」

「了解」

「ロー ゼット・ロージーは、横浜方面から東京へのぼる。行動は、基本的には、美弥と一緒だ」

「はい」

「他の猫も——判ってるだろうね」

「ええ。クロが、千葉方面から東京へはいってきます。ドナが、荒川を越えて。タマは、国立方面から」

「よし。で、あもーると拓とロージー・ジュニアは、動物園の動物を片っ端から故郷へ帰す」

「OK」

「はい。ロージー・ジュニアも、判ってると思います」

あもーる、こう言ってから、かすかにほおを染めて。

「あと——迷惑でなかったら、アフリカのライオンの一グループが、示威行動に加わりたいって言ってます」

「ライオンの群れ！　そりゃ、演出としては、すごく効果的だけど……よく、アフリカのライオンが、自主的にこっちに参加してくれる気になったなあ」

「あもーる、凄いのお」

拓、昨日もう一回、あもーるつれてアフリカへテレポーテーションした時の驚きもさめやらずって感じでいきおいこんでしゃべる。

「ロージー・ジュニアですら怖がってるライオンさん達と、お友達になっちゃったの」

「へえ。でも……そのライオン達、大丈夫かな。こっちで——その——人間を喰い殺したり……」

「その辺は、ちゃんとわきまえててくれるみたい」

「はあ。あ、そうか、そのライオン達、ラヴ・エッセンスであもーるにほれて」

「違うわよ！　あ、あの、違う。誤解しないで。そんな手をつかったんじゃなくて、そんな汚いやり方じゃなくて——純粋な、好意なんだから」

あもーる、まっ赤になって反論。信拓、慌てて「悪かった」と言おうとして、黙る。拓が——かすかにうつむいて、唇、かんでる。この問題には、触れるのをよそう。

片手をあげて、あもーるおさえて。それから、精一杯優しい声で。

「拓、そのライオンの移動、たのめるかな」

「うん」

次の瞬間、拓、先程までの表情が幻であったかのように、目一杯明るい、軽い声で答える。

「OK。で、動物の移動がおわったら、拓はすぐ、一郎に合流してくれ」

「はいっ」

今度は本当に目一杯明るい声。

「そのあとのライオンの面倒は、あもーるにまかせるよ」

「はい」

こちらも、はにかみながらも明るい声。

「一郎は、終始一貫、もとちゃんたのむ」

「はいよ」

一郎、セブンスターの煙、吐きながら。

「でも何か悪いなあ。今日に限って言えば、一番体力のある俺が、何か一番楽しそうだ」

「とはいえ、あの子が何といっても僕達の最大のウィークポイントなんだから」

「ん。まかしといてくれ」

「OK。で、僕は猫以外の動物――主に、犬とヤモリとごきぶりをつれて、埼玉方面から攻めこむから」

「鳥達は？」

ローゼット・ロージーが、前足あげて聞く。

「ああ、猫・犬族の攻撃が永田町あたりだから、それ以外のには、新宿、まかせてある。大きめの鳥が、高層ビルの窓ガラス壊してまわり、すずめサイズのが電線切断してまわる」

「感電……しないかな」

「アースされてないから大丈夫だとは思うんだが……一応、念の為に、直接くちばしなんかで切らないように言ってある」

「じゃ……どうやって？」

「大きい鳥達が壊したガラスの破片、加速つけて落として。あと、デモンストレーションで、もぐら、ねずみ、ハムスター、みみず、白あり、ごきぶり、りすなんかが団結して、新宿の地下街、壊すって。……以上、何か質問ある？」

「あたしは？」

先刻から、台所の隅でぷっとふくれていたこすもす、ほっぺたふくらましたままで、右手をあげる。

「こすもすは……全員のお弁当を……」

「ずるいっ！　あなた、仮にも革命おこそうって人が、家族だけ特別あつかいするだなんてずるいわよっ！」

「ずるいって……」

その抗議が、他の誰でもないこすもすから来たので、逆に信拓、どぎまぎする。

「いや……僕としては……帰ってきた時に風呂がわいてて、ビールがひえてて……」

「仮にも革命をやろうって人が、お風呂ですって！」

革命家って、不潔でなければいけないのだろうか？

「とにかくずるいわよ。あたしだけ、仲間はずれにしないで！」

「……判ったよ。こすもす、僕の手伝い」

しぶしぶ信拓くん。

「で、全員これ――この機械、方法はどうでもいいから持ってってくれ。あ、拓はいい」

「どうして？　今度はあたしが仲間はずれにされるのお？」

「……これ……簡易テレポーテーション・マシーンなんだけど……。拓が持ってたって、意味ないじゃないか。それよりむしろ、一匹でも多くの猫に持たせた方が」

「了解」

「あ、私もいいです」

　ロ－ゼット・ロージー。

「私も……拓さんよりは遅いですけれど、一応、にやにや笑いだけ残して、テレポーテーションのようなことできますから」

「あ、そうか。ま……じゃ、とにかく。がんばろうな」

　一同、思い思いにうなずく。

「んじゃ……GO」

PARTⅦ　最初は一匹の……

最初は、一匹の白い猫。あざやかな——白というより銀に近いような色の美弥、すっかり色づいた広葉樹の中を歩いてゆく。背に、さらっとした、秋の昼の光。ところどころに落葉、それをやわらかい美弥の足がふみしめるごとに、かさっという音。

十数メートル、歩いたろうか。くぬぎの木のうしろから、一匹のまっ黒な猫がでてきて、いつの間にかぴったり、美弥のななめうしろを歩きだす。二匹共、毅然と胸を張って。喉から腹にかけての毛が、ふんわりと日光をはらみ——逆光の中で、光の輪郭がついた、目もあやなコントラスト。

やがて、茶の猫が黒猫と並んで歩きだす。

そして、タビをはいた猫。

シャムと日本猫の混血。

大きな黒いブチの猫。

ゆったりとした体格のペルシャの血が混じった猫。

十四にもなった頃だろうか。美弥達は、人家のあるあたりにはいってきた。

にわとりを放し飼いにしている家の庭をとおる。三羽いるにわとりは、最初、ちょっと騒ぎかけたが、先頭を行く白い猫の姿を見て、ぴたっと騒ぐのをやめ、軽く頭をたれる。

「あ、おかあさん、猫」

縁側にいた、小さな女の子が声をあげる。

「猫？　あやちゃん、おい払って」

女の子、とことこある程度近づいてきて、おざなりに「しっしっ」などと言ってはみるが――何か、目に見えないものに圧されて、そこに立ちどまってしまう。

「あやちゃん、何やってるの」

エプロンで手をふきながら奥から出てきた女の人、

「ま、何てあつかましい猫だろう。しっ」

と語気あらく言いかけて、何故か声が尻すぼみに小さくなってゆく。

猫達は、にわとりにも、女の人にも、一切注意を払わず、歩き続ける。その最中にも、垣根をくぐって、三毛猫が一匹、行列に加わる。

「おかあさん……」

そのまま、垣根をくぐり出ていってしまった猫達のうしろ姿をみつめながら、女の子、呟く。声がかすかに震えている。

「ね……どうしたの……あの猫」

「最近の猫は嫌になるくらいあつかましいの。それだけのことよ」

女の人、女の子をあやすようにそっと肩をたたいてやり――それでも不安気に、出ていってしまった猫達のうしろ姿をみつめ続けて。

「さ、あやちゃん、今日はもうお家にはいりなさい」

女の人、そのまま女の子の肩をおし――口調は優しくとも、有無を言わさずといった感じで、家の中にはいる。縁側のガラス戸を全部閉め――中から鍵をかける音が、かすかに聞こえた。

☆

十四が二十四に。そして四十四に。

不思議な話。

行列の先頭を歩きながら美弥、目にだけ笑みをうかべる。

四十四――ううん、そこまでいく前に。

人間達、たった四十四集まっただけで、もう猫におびえだしている。猫一匹と人間一人では絶対人間の方が強く――人間の数は四十なんてものじゃないのに。

人間が四十人並んで歩いていても、おそらく誰も、何も、そのことについておびえまい。生物の形態としての差、だろうか。人間というのは元来集団で生活しているものであり、猫は元来単独行動をとるのが自然だ。あるいは、単に、猫が四十四も集まるのが見なれない、不自然な行動だから？　それとも。

それとも。一種の、品、だろうか。

四十四が八十四にふくれあがる頃には。

あちこちで人間の悲鳴や叫びが聞こえだし、猫のパレードに出喰わした人間は慌てて道をさけ、車は急停車し、商店は次々とシャッターをおろしだした。

人間に対する示威行動のパレード。このパレード、人間のデモ行進とはルートの選び方において大きな差があった。

主要道路は一切、通らないのだ。ひき殺されては困る、という意識もあったし、何といっても不気味さをあおるには、個人の庭をつっ切った方がいい。パレードを組むのは猫だから、垣根の下をくぐり、ブロックをのりこえ、縁の下をくぐり、なんてお手のもの。百匹近い猫に縁の下をくぐられた家の住人、おそらく二日くらいは夜も眠れなくなるに違いない。

基本的には、商店街をねり歩いた。あるいは、小学校や中学校の校庭。あるいは、病院の敷地内。あるいは、駅前広場。

そして。

東村山市にはいる頃には。猫は五百を越す数になっていた。ここまで来て猫達、方針を変更。秋津駅の中へはいってゆく。

まず、美弥が。ふみきりのところにある、非常用の停止信号をおす。そしてそのまま、五百匹の猫は、西武池袋線のレールの上を歩きだした。

清瀬に至るころには。西武線のダイヤ、滅茶苦茶になっていた。

☆

基本的には、目前のレールが何百匹という猫でうずまっているのを見て、それでもその猫達をひき殺しつつ電車を走らせることが可能な、非人道的な運転手がいなかったからだし、また、これだけの数の猫がいて、万一猫をひき殺してしまえば、何をされるか判らないという、恐怖感の為。(それに、これ程大量の猫をのべつ幕なしにひいていったら、脱線する危険、ないとは言えないし)

そして。次々とまっていった電車内の乗客、次々とパニックにおちいってゆく。

車窓をとおして。おそろしい程大量の猫が、今まさに自分の乗っている、その電車の脇を通りすぎてゆくのが見える。電車の上を歩いている猫もかなりいるようで、絶え間なしにひっかくようなガリガリという音が聞こえてくる。中には、窓からこちらを向いて、毛を逆立ててみせる猫もいる。

清瀬につく頃には。猫の数、七百を越していたので――電車の中の客は、おそろしく長い間、車窓越しに猫の流れを見続けていなければならなかったのだ。

わめきだす女の人、思わず非常用のドア・コックを操作し、猫の流れの中にとびこんでしまいそうになる人、しゃがみこんで頭をかかえる人、泣きだす子供、人、人、ひと。

西武線の上層部は、猫の為に電車がとまったという事実に対応できず頭をかかえこみ――

その頃、まった。

　まったく同じ理由で、中央線、東海道本線、総武線、常磐線が次々ととまりだし、国鉄は大混乱をきたし——筋違いながらも、一一〇番と一一九番の電話回線がオーバーヒートしかかった——。

☆

「中央線の東小金井と武蔵境の間に、五百匹を越す猫が集まっていて……ゆるゆる三鷹方面へと進んでいるそうです。中央線の上りが八本、国分寺と東小金井の間で立往生していて、吉祥寺と新宿の間では、下りがじゅずつなぎになっているそうです」

「東海道本線だけでなく、京浜急行線も、六郷土手から京浜鶴見の間が不通となりました」

「あおりをくらって、山手線のダイヤが混乱しだし……」

「常磐線をのぼっている猫達は、ついに亀有を通過しました」

「東京駅混乱のため、新幹線がとまりました」

「保谷市のP・B（ポリス・ボックス、つまり派出所ね）の全機能、停止」

「西武鉄道から、乗客のパニック防止の為に警官を派遣して欲しいという依頼が」

　うだうだうだ。秋野警部、段々まっ赤になってくる。

「いつからうちは鉄道会社になったんだ！　うちは警察だぞ！　何でそんな連絡がここにはいってくるんだ」

「今は、どこの署も、どこの派出所も、どこの消防署も、この問いあわせや連絡で回線がパンク寸前だそうです」

「しかし」

「だって実際……一般市民としては」

「まあ、そうだろうな」

秋野警部、一回ヒステリーおこしたらすぐ正気にもどる。

「一般市民にしてみたら、どこに通報していいのか判らないだろうからな」

かといって、あきらかに警察がどうこうできる問題ではない。

「自衛隊の方にスクランブルがかかっている筈ではあるのですが」

陸上自衛隊が、対猫訓練をつんでないことに、一千万かけてもいいな。

「管轄としては、保健所が一番近いんじゃないか？」

「しかし……野良猫といっても、数が数なので……」

なんてやってると。更にはいってくる連絡。

「東久留米市で、保健所が猫に襲われました！」

「松戸市の保健所が」

「三鷹市の保健所が」

「保健所にとらえられていた、薬殺される筈だった猫達は、そのまま、猫の行進に加わっているそうです」

「一体全体どういうことだ？」

秋野警部、頭をかかえだす。春日嬢が以前言っていた、東京都から、猫がいなくなりつつある、という話を思いだす。いなくなっていた猫達が、ある日、突然、パレード組んで帰ってくる――動物パニック映画じゃないんだ！

それに。動物パニック映画よりはるかにおそろしいことに。猫達には、何か、目的があるのだ。目的――あるいは、頭脳。

少数で、商店街、学校などを練り歩き――ある程度、頭数のそろったところで、電車の線路の上を。このままますすむと――遠からず、東京の電車は、猫がいなくなるまで運行不能になるだろう。

また。

今は、東京周辺の人々が主にパニックにおちいっているだけ。都心部の人達は、まだ猫のことを知らないか――ニュースで聞いても、どうせたいしたことはあるまいとたかをくくっているに違いない。

が。このままでいけば。

夕方頃、おのおの幹線電車をとめるだけの数を持った猫の集団は――この、東京都のまん中で、合流することになる！　ちょうど退社時刻で、大東京に集まってきた人々が、周辺に散ろうとしたまさにその時、猫のとてつもない集団が……。

しかも。万が一にも、このような事態は想定されていない。地震と違って――まあ、天災といえば天災だろうが——対応策が何一つ考えられていないし、地震よりはるかに、人々の心がうけるダメージは大きかろう。

「新宿駅東口の地下街でパニック発生！」

「新宿？」

中央線を猫がのぼって来たにしては早すぎる。今度は何だ？

「ねずみとりすとごきぶりとハムスターともぐらと白ありと……何かそんな動物の大群が、地下街の柱を一斉にかじりだしたそうです」

……！

「慌てて警官や警備員がそれらの小動物を殺そうとしたのですが——その、小動物の脇に、どこからか蛇やワニが出現して——近づけないそうです。現在、地下街にいる人々を、地上へ誘導中」

「西新宿の高層ビル街の窓ガラスに、山のような数の鳥が体あたりをしだしました！」

「主にカラスとトンビ、ところどころにタカのような鳥が……」

「西新宿で停電発生！」

「停電、次々と増えてゆきます！」

「東北本線がとまりました！　浦和と南浦和の間に、犬の大群出現」

「いぬ!?　今度は犬!?」

これで。東京と地方を結ぶJR、全滅だ。

「上野動物園から緊急連絡！　カバが消えたそうです」

「消えたあ？　逃げたのか！」

たとえば、お堀で泳いでいるカバ。じょおっだんじゃ……。

「いえ、おりには鍵がおりていて、破られた形跡はないそうです。……消えたとしか表現が……」

「その上野動物園の職員をどなりつけてやれ！　そのカバは実はコビトカバで、おりのすき間から逃げたんだろう」

「コビトカバって……あれ、名前はコビトですけれど、充分大きいですよ」

「んなことは判ってる！　言ってみただけだ！」

「追加連絡！　キリンが消えたそうです」

キリン！　あれ、草食獣だけど——あれの足でけっとばされると、人間の一人や二人、すぐ死にそうな気がする。

「わ、パンダも消えたそうで」

下手すりゃ国際問題だ。

「た……多摩動物園から……」

次の声は、かなり青くなっている感じ。

「ライオンが……ライオンが、すべて消えたそうです」

に……肉食獣！

「上野からの追加報告。黒ヒョウも消えました！」

ライオン――黒ヒョウ――キリン――カバ。全部――人を殺すのには充分すぎる能力を持っている……。

「あの」

半狂乱になった――これで髪の半分は白くなるに違いない――秋野警部に、おどおどと、春日嬢、耳うち。

「あの……こんな時に何ですけれど……大森家および立教大学から通報がありまして……新井素子さんが、また誘拐されたそうです……」

☆

素子さんが妙な男の車につれこまれた。

美弥に内緒でつくられた、猫設素子さん保護部隊、一斉に色めきたつ。リーダーは、この間の失態をとりもどすべく、誰が何といおうと私にやらせて下さいと志願した、文京区のルナ。

「にゃあうっ」

ルナ、顔をま横にふりつつ、大音声。と、あたり一面から、みるみる三百匹もの猫が集まってくる。

「みゃっ！」

ルナの号令の許、猫達、全力で走りだす。

☆

でた！　でやがった！　何という時に！

素子を誘拐した男——西谷さんを一目見たとたん。一郎、肌で納得。こいつが——この男が、俺達が実体化してしまう基本原因を作った男。

やばいな。

そりゃ、俺は、今まで書かれたどんな小説のキャラクターよりも強い男だ。けど——空間を自由自在にまげちまうような奴とはあんま、けんかしたくないし——俺の基本設定であるところの〝今まで書かれたどんな小説のキャラクターよりも強い〟って、本当は嘘なんだ。正確にいうと、〝今までもとちゃんが読んだ、どんな小説にでてくるキャラクターよりも強い〟になる筈。

この男。

ひょうひょうとしているけれど——いや、ひょうひょうとしているからこそ、怖い。ま、とりあえず俺がおいかけてみるし——とりあえず俺が何とかするけれど——あんま、こういう特殊技能を持った男を敵にしたくないんだよね。

☆

「西池袋に猫の大群発生！」

新井素子がまた誘拐された。その事実に対応するはおろか、もはや茫然自失の態の秋野警部の処に、こう叫びながら浜田刑事、突進してくる。

「わしは猫のことなぞ知らん。もういい」

「いえ、警部、問題は猫じゃないんです。あ、いえ、猫ですけど、つまり、何というか、新井素子なんです」

「はあ？」

「あの……どうしてだ、なんて聞かないで下さいよ、僕にもよく判らないんだから……。ただ、どういう訳か、ですね、少なくとも立教大学の学生達が主張しているのには……新井素子が誘拐されるや否や、何百匹という猫があっちこっちからでてきて——新井素子をのせた車を、全力でおいかけだしたんだそうです」

「……」

今日は、全国一斉に、わし以外の連中がエイプリル・フールをすることになったんだろうか。

「続々報告がはいってきています。その……新井素子を誘拐した車は、交通法規をすべて無視して山手通りを走っており——そのあとを、何百匹もの猫が走っていて……事故とパニックが、山のように発生しています」

「追加報告です」

もう、泣きそうになった春日嬢。

「訳が判らないのですが——あんまり判りたくもないのですが——その車、消失しました」

「消失？」

「走っているまっ最中に、ぱっと、あとかたもなく、とにかく消えたんだそうです」

「んな莫迦な」

「何十人という人々が目撃しています。すさまじいいきおいでパニックがひろがっていて……警官までもが、パニック状態におちいってしまい……」

ま、警察官も人の子だから。とはいえ——とはいえ！

☆

うわっ、猫！

車の後をおって全力疾走をしていた一郎、何だか足許に無闇と猫がでてきたような気がして——ふと気づくと、猫の群れのまっただなかにいた。

「みゃ？　みゃおん、にゃ、みゃ」

うち一匹——文京区のルナ——が、走りながら一郎をみあげ、話しかける。

「悪い。猫語は判らんのだ」

「いちろ、さ、ですね」

ルナ、無茶苦茶な発音ではあるが、何とかこう言う。

「おう。で……おまえら、何してんだ？　革命軍、もう池袋まで来ちゃったのか？」

「もと、さ、まもる、ですの」

「はあ」

俺って……猫にまで信用がないのだろうか。ま、とはいえ、もとちゃんをさらった相手が相手だけに、この場合、この援軍は嬉しい——嬉しいが。考えてみれば、何で猫がもとちゃん守るんだ？

「みや、さ、の、ひと、す、たいせつ、です」

美弥さんの大切な人、か。

「みや、さ、した、れんらく、です」

　いいよ。今、そんな連絡して——で、美弥の気を散らしたら悪い。

そう言おうと思い——思いとどまる。何たって、相手が悪い。

もとちゃんが、今現在おそらく（本人が意識していなくとも）地上最強の人間であるとすると。もとちゃんをそんなものにした奴は、地上最強の更に上をいく、化物じみた奴なのだ。

「おまえらの中に、テレポーテーション・マシーン持ってんの、いる？」

かわりに。こう聞いてみる。

「はい」

「じゃ……悪いんだけど、できれば、美弥だけじゃなく、信拓やあもーるや拓やこすもすにも連絡してくれない？　〝例の奴〟があらわれたって」

そう。今、仮にもとちゃんが殺されてしまえば。革命のどまん中で、俺達ふっと消えてしまうことになる訳で——それ、ある意味で、果てしなく無責任。あおるだけあおっといて、ひょいと消えるだなんて。

とすると。本当の革命の成功を考えると。まず、もとちゃんを守ることが急務なのではあるまいか。

「はい」

ルナ、こう返事すると、そばにいた猫に何やらささやく。

と。わ。慌てて一郎、たたらをふむ。

「ふみゃあ」

あっぶね。危ないとこだった。あやうく、白い仔猫一匹、ふみつぶすとこ。この仔猫、前方から急にあらわれて——あ。あの車の屋根からおっこってきたんだ。

「猫さん、大丈夫か」

白猫をひょいと抱きあげ、抱いたまま走る。あ、爪がまっ赤——。

「大丈夫か」

優しく、爪をさすってやる。あれ、これ、血じゃないや。赤い塗料——あの車の屋根からはげた奴。

「みゃう、みゃ、みゃう、にゃう、にゃう、にゃ、にゃん」

白猫、一郎の腕の中でひたすら鳴きだす。文京区のルナ、一々それに返事して。それから、一郎の方を向き、例の、爆発的に発音の悪い日本語で。

「この、ペル、もと、さ、まもる、ねこ、す、くるま、ひと、いう、ます、うちゅう、ひと」

宇宙人。ま、自分で言うんなら、あるいは、宇宙人だという妄想にとらわれた地球人かも知れないが——でも。宇宙人だと思った方が、自然だ。

と。車の中の男——宇宙人？——が、ちらっとふり返ってこちらを見た。ふり返って——この、ペルとかいう猫、みつめたみたい。

そして。

あらら。

宇宙人、車ごとすっと消えてしまった。テレポーテーション？

どうしたもんだろうか。一郎、少し、悩む。ここでもとちゃんをのせた車を見失う訳にはいかないし——。

テレポーテーション・トレーサー。信拓の作った奴。ま、信拓の腕を信じていない訳ではないが——これ、本当にちゃんと作動するんだろうな。スイッチおしたら異次元だ、なんて、遠慮したいぜ。

と。

猫達が妙な行動をとりだした。一匹の猫に、五匹くらいの他の猫がぶらさがる。何かそういう、いわば猫のかたまりのようなものが五組できて。

すっ。

次の瞬間、猫のかたまり、消失した。

そうか。テレポーテーション・マシーンを持っている猫に他の猫がくっついて——で、何のためらいもなしに、前の車おっかけてテレポーテーションしちまったんだ。

なさけないぜ、一郎。

もとちゃんを守るのは、まず、何といっても俺の役目の筈。その俺が、猫達がもとちゃんを守ろうとして必死なのを、ぽけっと見ているだなんて。

「おーし。俺も行くぜ」

一郎、腕をひろげて。

「俺の方が、猫より体が大きいから、まあ、二十四くらいはくっつけることができると思う。もとちゃんおいかけたい奴は、何とか俺につかまれ」

言いおえるや否や。一郎は、ほとんど猫で身動きがとれないような状態になる。

泣けてくるよな、もとちゃん。これだけの数の猫が、もとちゃんの為に必死なんだぜ。

んじゃま、行くぜ。

☆

保谷駅も間近になり、そろそろ練馬区にはいる。そんなところで、美弥、素子誘拐の話を聞いた。

誘拐。

確かに、凄まじいいきおいで心配になる。でも、一郎がついていてくれるし——大体、こっそりと、もとちゃんを守る為に頭数をさいてくれた猫の気持ちを思いやると、とてもここで革命を放棄して、もとちゃんを助けにゆく訳にはいかない。

「判ったわ。知らせてくれてありがとう。でも……今はそういう個人的なことにかまけている時では」

と。二匹目の猫が、テレポーテーションしてあらわれる。

「追加報告です(あ、これ、猫語ね)。素子さんを誘拐したのは〝例の人〟である、という一郎さんのメッセージと、素子さんを誘拐したのは宇宙の人である、というペルの報告です」

「宇宙人」

美弥の頭の中を、あの〝異質なもの〟のイメージが駆け抜ける。あれは——あれは、人間の組織を相手にしているのとは、けたが違う。あれは、それどころではないものだ。あれが相手なら——一郎一人じゃ、こころもとない。

とはいうものの——とは、いうものの。

☆

美弥の処へ連絡にとんだ猫、次々あちこちへとテレポーテーション。〝絶句〟連にひととおり、事情を説明してまわる。

蕨を出たあたりで。犬をひきいながら、信拓、思案。

どうしよう。

今。この〝今〟というのが、この革命を成功させる大きな要素の一つであることは間違いないのだ。

今なら。誰も、猫に対して警戒心も抱いていないし、猫が永田町めざして行進してくるだなんて、考えてもいまい。だから——誰もかれもが事態に対応できず、いたずらにおたおたしている。

逆にいうと。

もとちゃんを心配する余り、ここでいったん革命を中止し、後日にのばしたら。その間、人間達は何らかの対応策を考えるだろうし、猫に対する弾圧が始まるだろう。

つまり。この革命は、はじめたが最後、中途でやめる訳にはいかないのだ。

しかし。

メッセージを送ってきた、一郎の気持ちも、また、判る。

〝例の人〟が相手なら。最悪の場合、もとちゃんが殺されてしまうことも、充分あり得るのだ。我々が、もとちゃんのインナー・スペースの住人である以上、もとちゃんが死ねば我々も消え——革命のこの段階で、僕と美弥、ロ－ゼット・ロ－ジ－が消えたら。筆舌に尽しがたい程無残に、革命は失敗するだろう。

困った。本格的に困った。と。

「あなた」

女の足にはちょっときついんじゃないかな。そんな行程を、それでも弱音一つはかずについてきたこすもす、困っている信拓に、首、ことっとかたむけて話しかける。

「男の方の仕事に口をはさむのは何かなって思うんだけど……あのね。今回の動物の示威行動の目的地って、永田町じゃなければいけないの？」

「へ？」

「あの……もし、箸にも棒にもかからないプランだったらごめんなさい、永田町じゃなければいけないって訳じゃないんなら……最終目的地を、もとちゃんが誘拐されてつれてゆかれたその場所に変更しちゃ……駄目かしら」

「……こすもす……」

理想的な女房だぜ。

「……ごめんね、さしでがましい口、きいちゃって」

「莫迦。何言ってんだよ」

小さな頭を、左手で抱える。そのまま、自分の胸におしあてる。

「本当に莫迦……おまえは……」

「あのう。それこそさしでがましいようですが……」

テレポーテーションしてきた猫、さも声をかけづらそうに。

「他の方への連絡は……特にないのですか？」

「あ……ああ、悪かった」

信拓、少し赤くなったりして。

「全員に連絡してくれ。今までどおりのペースで、行進を続けるようにって。そして——もとちゃんが連れてゆかれた、最終目的地が判り次第、目標を永田町からそこへ移す」

「はい」

するん。猫、消えた。

☆

「ふう」

やっと、おいついた。

一郎、体中から猫おろすと、大きく深呼吸。総勢三十八匹の猫にまとわりつかれると——もう、体温を持った毛皮のコート、思いっきり着こんだみたいになるのだ。今、まだ秋だぜえ。スーツ、汗でぐしょぐしょ。

合計四回、テレポーテーションされた。そしてここ——最終目的地は、下田。思えば遠くへ来ちまったもんだ。

西谷英厳。そう書かれた表札のでている別荘の前に、例の車、のりすててあった。どうやらもとちゃんと〝例の人〟、ここから歩いてどこかへ向かったみたい。

「何度もつかいだてして悪いんだが」

一郎、同時にテレポーテーションしてきた、テレポーテーション・マシーンを持っている猫に言う。

「みんなに連絡してくれないか？　最終目的地は、下田だ」

それから。最初からずっと抱いていた、ペルという白い仔猫をそっと地面におろして。

「おい、ペルさん。あんた……判るか？　どっちへもとちゃんが行ったのか」

ペル、しばらく思案気に地面のにおいをかぐと、ふいに尻尾をぴんとたてる。

「にゃんっ！」

「ＯＫ。案内してくれ」

☆

伝令がとびかった。

中でも、横浜方面から上京しようとしていたローゼット・ロージーのグループが一番混乱して――が。

とにかく。

変更命令は、すべての革命軍に行き渡った。

最終目的地――下田。

「だからっ！　聞かれましてもっ！　僕にはっ！　正直なところっ！　判らないのですっ！」

☆

浜田刑事、もう半ば叫んでいた。叫びたくなる気持ちも判る。

猫が。猫の行動——それまでは一応、都心部をめざして進んでいると思われた猫の行動が、訳判らなくなってきているのだ。

まず。東海道本線および京浜急行をのぼってきた猫が、まったく唐突にUターンをした。

中央線をのぼってきていた猫は、Uターンはしないものの、南下しはじめた。

総武線、常磐線をのぼってきていた猫達の足どりが、急に速くなった。すさまじいいきおいで都心部へむかい——そのまま都心部を抜けてしまう。

これらの動きが、ばらばらではなく、機を同じくしておこると。まるで猫達が意志を持っていて——今まで都心をめざしていたのに、急に目的地を変えたかのように思えてしまう。

そして。それだけではなく。

猫が消えた、という訴えをだしてくる人の爆発的な増加。

一匹の猫が、猫の集団の中に唐突にあらわれる。

その、唐突にあらわれた猫に、十四近い猫がまとわりつく。

と、次の瞬間。十四近い猫は、またも唐突に消えてしまうのだそうだ。

「しかしっ！　常識的にっ！　考えてっ！　猫がっ！　消える筈がっ！　ないっ！」

秋野警部も、叫び返す。

ここ――警視庁は。

いつの間にか、阿鼻叫喚のうずと化していた。とてもじゃないけど、どならないと話が通じない。

「そうっ！　言われっ！　ましてもっ！　本官にもっ！　さっぱりっ！　訳がっ！　判らんのですっ！」

と。またもやはいる連絡。春日嬢、まわりの音に負けまいと声をはりあげて。

「下田からっ！　連絡っ！　ですっ！　唐突にっ！　下田にっ！　猫のっ！　集団がっ！　次から次へとっ！　あらわれたっ！　そうですっ！　東京へっ！　どうしたらっ！　このっ！　猫のっ！　集団をっ！　おい返せるのかっ！　質問がっ！　来てっ！　いますっ！」

わしはもう知らん。知らんよもう。こ……こんなこと、そもそも、警察の管轄じゃないわいっ！

☆

「さわがしいな」

その頃。拓とあもーるは、動物園の動物を全部逃がしおえていた。で、そのあとで、拓、アフリカのライオンの一グループを、東京へよんだ訳で。

「いつもこんなにさわがしいのか？」

とりあえずは、ギャップが少ない方がいいだろう。そういう配慮で皇居外苑へ出現したライオンさん、それでも、この東京のさわがしさが、お気にめさなかったらしい。鼻にしわをよせて、こう聞く。

「まあ……」

かすかに遠くで聞こえている、車のクラクション。ここ……東京人の感覚でいうと、静かな方なんだがなあ。

「ここ……静かな方ですよ」

一応、こう言う。ライオンさん、あからさまに信じられないって顔して首をふり。

と。拓の前に、猫、出現。拓、ライオンの方向いて。

「もうちょっと静かなところへ案内できるかも知れないわよ」

「え？」

「最終目的地――永田町から下田へ変更だって」

「しもだ……？　あの、海のそばの？」

「うん」

「何だってそんなとこへ」

「うみ」

不審気なあもーるを無視し、ライオン達、一斉にさわぎだす。

「そのシモダというのは、海のそばなのか？」

「ええ……まあ」

「海……まだ見たこと、ない」

「僕もだ」

「水がひたすら沢山あるんだろう？　どんなところなんだろう」

「河とは違うんだな」

あもーるとは別口で。ライオン達、〝海〟にひたすらもりあがっていた。

☆

目的地は下田。

それ聞いた直後から——まあ、あくまで猫の足にあわせてだけど——美弥、走り出す。

下田。結構、遠かったりして。

と。

信拓のくれた、テレポーテーション・マシーンを持っている猫が、走りながらに名乗りをあげる。その猫に、更に十四近い猫がまとわりついて——で、テレポーテーション。テレポーテーション・マシーンを持っている猫、十二匹。その十二匹が、おのおの十四は猫つれて、下田へとんでくれた。これで百二十四は、猫がへって……。

なんて思ってると。

また、テレポーテーション・マシーンを持った猫が帰ってきてくれた。そしてまた、百二十四、テレポーテーションして。

いつの間にか。千五百匹を越えて集まってくれた猫達。でも、このいきおいでテレポーテーションしてくれれば。数十回、テレポーテーションを繰り返すうちには。猫、全部、下田へ行っているかも知れない。

うん。

泣けてくる程の猫の対応に感動しながら、美弥、走り続ける。

☆

あちこちで。

同じようなことがおこっていた。(信拓のところでは、猫が犬つれてテレポーテーションするのは不可能に近いので、ここへ来た猫、テレポーテーション・マシーンを犬に貸していたが)

猫が。犬が。鳥達は新宿をとびたつと、一路下田へ。ワニや蛇は、下田の方がまだ環境的に好きみたいで、嬉々としてテレポーテーション。ハムスター、りす、ねずみの類は、下田方面へむかうトラックや車にこっそり忍びこみ。

後には。すさまじいいきおいで、動物が増えだした下田と――まったく莫迦みたいに見捨てられた東京が、残った。

☆

一方、一郎。坂を登る。

と。急に展望が開けて。海。

潮風が、もの凄いいきおいでふきつける。その波打ち際に――もとちゃん、そして、〝例の男〟。

「もとちゃん」

声かけようとしたその瞬間、〝例の男〟が手を動かした。手の先――何やら、日光に反射する、きらりと光るものを持っていて――それが。

そのまま、もとちゃんの腹の中へと吸いこまれてゆく。

「もとちゃんっ！」

絶叫。

と、同時に。

一郎は全力で坂を駆け降りだした。

ペルも。

駆けおりながら、一郎、一瞬目の前のものすべてが白いもやに包まれるような、体の芯から底びえのする、何やらたまらない感覚を味わった。

☆

「あ……」

立ちつくす。

信拓が。

こすもすが。

拓が。

あもーるが。

美弥が。

ローゼット・ロージーが。

全員、一瞬、何とも言えない感覚を味わったのだ。意識がふっと白くなり――世界すべてにもやがかかり――歯が鳴る程の寒さを覚え――そしてまた、深い脱力感を。

もとちゃんだ。

何のいわれもなく、全員、納得する。

もとちゃんに何か、あったに違いない。

遠いところ、あるいは果てしなく近いところ――自分の心の中、この世の中で最も近い、同時にまた、最も遠いところで――声が聞こえた。もとちゃんの――断末魔の、悲鳴。

「あああああああ」

誰も、何も、考えなかった。もともと一つのもの——新井素子という一個人のいろいろな部分——であったものが、最期をむかえてまたまとまるように、思うともなく、考えるともなく、全員が、飛んだ。

分けられたものが、今、一つになる為に。

下田へ——。

☆

「離せっ！」

「もとちゃん！」

「一郎、刃物を腹から抜いちゃいけないっ！　出血がひどくなるだけだ！」

西谷さん、一瞬、呆然。何……なんなんだ、この連中。素子さんに死んで頂こうとしたら、どこからともなくあらわれて——まず、一郎が、西谷さん、つきとばした。あもーるが、素子に駆けよる。一郎も。ローゼット・ロージーが西谷さんの腕に喰いつく。一郎が、素子の腹から機械を抜こうとしたのを慌てて信拓が制止、美弥は素子の額に手をあて、こすもす、素子の腕をなぜ、拓が西谷さんけっとばした。

「何……なんなんです、あなた方は」

「……駄目だ。心臓かすってる」

「まだ心臓がとまった訳じゃないだろっ！」

「どう手を尽しても、このままじゃもとちゃん、出血多量で」

「早く刃物抜いてあげて。お願い。すごく痛々しいわ」

「冗談じゃない。今これ抜いたら、出血多量の死期を早めるだけだ」

「だって、じゃ、もとちゃん、一生お腹に刃物をつきたてたままですごすの？」

「その一生があと数分でおわるんだよっ！」

「ちょっと待って。あたし、やってみる」

美弥、全員を制すると。目を閉じ、おそろしい程精神を集中した顔で、唇を、そっと素子ののどにはわせた。

「なに……」

「逆流。できるかどうか判らないけど」

美弥。半分は、人の生気を吸いとる類の吸血鬼。今まで一度もこんなことやったことがないから、そもそもできるかどうか判らないんだけど——人から生気をうばうことができるのなら、ひょっとしたら、人に生気をおくりこむことができるかも知れない。

十秒くらい続ける。美弥の顔色はみるみる青ざめてきたが——かわりに、素子の顔に少し赤味がさす。

「あ、その調子」

「やめて下さい。せっかく死んで頂いたのに」

〝絶句〟連が何をしようとしているのかに気づいた西谷さん、慌てて割ってはいろうとするのだが、気のたっている〝絶句〟連に、素子を囲む人の輪からいとも簡単においだされてしまう。

「あ、駄目」

美弥、崩れそうになる。

「いつもならこんなことないんだけど——変よ——満月期なのに——あたしの体力、どんど
んなくなってゆくみたい」

「そりゃ……基本おおもとが重体なんだから……」

と。

「うう……」

ごく、かすかに。素子、うめいた。苦痛のうめき。

「あなた……」

こすもす、目に涙をためて信拓の腕にすがる。

「この状態でもとちゃんの意識がもどったら……すごく、痛いんじゃない？　こんな……こ
んなのって」

涙が一筋、流れおちる。

「いっそ……いっそ、殺してあげて……。助からないなら、いっそ」

「意識がもどったら——そう、確かに——想像を絶する程、痛いだろうな——意識が——」

信拓、もう思考能力がすっかりなくなったかのように、こう繰り返して。それから、ふい

に。

「そうだ！　意識が！」

　くるりと美弥の方を向く。

「美弥！　続けてくれ！　もとちゃんが死ねば、どうせ僕達は全滅だ。そう思って――ぎりぎりの体力をふりしぼって、続けてくれ」

「無理よ。判るもの。もう今のあたしには、もとちゃんの怪我治せるだけの生気がない……」

「んなことはいいんだ。ただ、もとちゃんが――もとちゃんの意識が、もどってくれさえすれば」

「そんな……可哀相だわ」

「違うんだ。今、この世の中にたった一人、もとちゃんの怪我を治せる人物がいるんだよっ。もとちゃん――本人が」

「やめて下さいっ」

　西谷さん、美弥にとりすがろうとする。

「今、それを教えてしまったら、素子さんは不死身になってしまうっ！」

「一郎」

　信拓、短く叫ぶ。一郎、ひょいと西谷さんを持ちあげ、思いっきり投げとばす。

「何するんですか。やめて――やめて下さい」

「おっさん」

一郎、唇の端をあげると。

「今、俺は、おそろしい程機嫌が悪いんだ。逆らわんでくれ」

投げとばされても、まったく痛みを感じないのか、西谷さん。

「やめて下さい」

「おっさんってば」

一郎、思いっきり西谷さんのお腹にストレート喰わす。でも西谷さん、まったく痛いという表情をせずに。

「やめて下さいよ」

一郎の目つき、けわしくなる。このおっさん、痛点ないみたいだな。とすると、痛めつけても無駄だ。なら。

美弥へむかって駆けてゆこうとする西谷さん。その西谷さんをはがいじめにすると、一郎、そのまますたすた歩きだす。できるだけ、素子から遠ざかるように。

「やめて下さい」

西谷さん、一郎の腕の中でもがく。えいくそ、凄いパワーだ。

美弥の顔は、青ざめた、を通りこして、ほとんど土気色になっていた。

「もとちゃん！　もとちゃん！」

かすかに赤味のかかった素子のほおを、信拓、ぴたぴたたたきながら、耳許で叫び続ける。

「もとちゃん！」

「う……痛い」

素子、うめくとうす目をあける。

「のぶ……ひろ……」

「もとちゃん！　いいか、よく聞いて。イメージを思いうかべるんだ。切れた動脈」

「え？」

「刃物で切れた動脈のイメージ！」

「あたし……死ぬの……」

失血故に、痛みすらさだかでないみたい。

「いいから！　たのむ、僕の今生の頼みだ、聞いてくれ」

素子、弱々しく、まぶたを閉じる。

「いい……？　血管――血の、くだ。すぐ脇が心臓――動いている――心臓にあわせて血管も脈うっている――」

グロテスクな程の赤。細胞が集まって作りあげる、赤い道。くびれた赤血球。流れてゆく赤血球。

血は、液体でありながら、一団となってすすんでゆく。心臓のパルスにあわせて。

その血管が破れた。不格好にささくれだったような傷口。そこからおどりでる、血球、血漿。一団となって――心臓のパルスにあわせて。破けた細胞。にじみでる液体。

「いいか。それが、治る」

「……」

「治るところだ。今、あんたは受精卵。胚だ。すごいいきおいで細胞が分裂をくり返す。破れた細胞のかわりに、新しい細胞が、傷口を埋める」

核の中に、染色体があらわれる。二極に分かれ、分裂。そして。

そして。増えてゆく。一つが二つに、二つが四つに、四つが八つに、八つが十六に、十六が……。

おびただしい、新しい細胞のイメージ……。

「いいか……今……血管がふさがる」

こう言いながら信拓、すこし、刃物をひく。たまっていた血が流れ——が、次の瞬間、今まで脈うつようににじみだしていた血の大半が、とまった。

「よおし……上々。次は、筋肉だ。断ちきられた筋繊維。それが、つながる。……脂肪層。……真皮……表皮……」

言葉にあわせながら、信拓、わずかずつ、わずかずつ、刃物をひく。表皮、と言った段階で、刃物すべてが素子の体から出——傷口はみるみるいえていった。

「毛細血管をつなぐ……そうそう。それから、血液が増える。全細胞を賦活する……」

「う……そ……」

土気色をして、その場に崩れていた美弥、かすかにうめいておきあがる。

「何……どうしたの」

美弥の顔色、段々健康そうなバラ色になってゆく。

「体力が……もどってきた……」

「御本尊が生き返ったんだよ」

「う……ん……」

素子、かすかに身をおこそうとして、すでに治っている傷口をおさえ、身をよじる。

「神経をリラックスさせて……もう大丈夫……」

「どうして？　何で？」

「この子は」

信拓、そっと素子の髪をなでて。

「オールマイティなんだ。本人が意識してないだけで。この世界は、現実の世界であると同時にこの子のインナー・スペースなんだから……この子が望んだことで、かなえられないことはない」

「何ということを！」

西谷さんが、叫んでいた。

「何ということをっ！」

☆

「何ということだ」

はるか上空——あるいは、上の——物理的な、〝上〟ではない、存在として〝上〟のところで。

〝異質なもの〟も叫んでいた。

「何ということだ。空間の異常は、大きくなってゆくばかりだ。このままでは、この系のバランスが」

☆

その頃。

指導者達が唐突に消えたにもかかわらず。革命は革命で、別に進行していた。

すべての猫達は。ひたすら、めざしていた。

下田を——。

第二回作中人物全員会議

「あは、ははは、は、ははは」

新井素子――このお話のキャラクターではない方、すなわち、基本おおもとの新井素子は、ひたすら笑っていた。

「笑ってごまかそうという底意がすっかり見えている」

仏頂面で、一郎。

「ははは、判る？」

「あたりまえだよ！　一体全体どうして――どうしてこんなに書きすすむまで気づかなかったんだ！　もとちゃん殺したら、この話のキャラクターの大多数が死ぬっていう、おそろしい前提」

「はははははは」

「笑ってごまかせる問題ではない！」

「けど、まあ、いいじゃない。おかげさんで、素子がああだこうだしている間の〝絶句〟連の動きも書けたし、美弥も副主人公になれたし、秋野警部もでてきたし」

「安易よ。これでもとちゃん生き返らせるだなんて、あまりに安易よ」

「御都合主義の権化だわ」

「いいでしょう。あたし、シェークスピア、好きなんだから」

「シェークスピアとどう関係があるのよ」

「あの人は御都合主義の神様よ。シンベリンなんて、御都合主義の教科書になれる程見事な御都合主義よ」

「あのねー」

「あのね、何？」

「何って君……」

信拓が何か言いかけて絶句する。と、こすもすが、そのあとつづけて。

「シェークスピアと素子さんじゃ、根本的に違うじゃない。そもそもシェークスピアの時代と、現代とでは、お話のあり方自体が違うし——現代の小説はリアリズムを基」

「こすもす」

素子、その台詞をぶったぎって。

「あたしの鉛筆のすべり方一つで、あなたの旦那、ガンになるかも知れないし、交通事故にあうかも知れないのよ」

こすもす、絶句。

「そうか」

何故か一郎が、しみじみと納得って声をだす。

「この話の〝……絶句〟ってタイトル、キャラクターがあまりのことに絶句してしまうって意味だったのかあ」

「今頃気づいたの」

作者の新井素子、こう言い放ってから、キャラクターの新井素子の方向いて。

「で、あのね……」

「何よ」

キャラクターの素子、完全に拗ねてる。

「いいわよ。あたし、お茶のんで見てればいいんでしょ。これ以上、何よ」

「これ以上何よってその……」

「今更あたしが生き返って、で、三人称のキャラクターの一人として、やっていけると思ってるの！」

「……でも……普通のキャラクターって……」

「あたし、一度は一人称ヒロインやった女ですからね。なめないでよ」

「なめないでよって……」

「誰が、キャラクターの一人として、この話に出演してやるもんですか！」

キャラクターの素子が、ここまで拗ねると、作者の素子だって、拗ねるんだもんね。

「いいもん」

「へ？　いいもんって何よ。今更ひらきなおったって」

「全部破く」

「ふーん」

キャラクターの素子、冷たい目で、作者の素子、ながめまわして。

「へーえ。今から。全部書きなおし」

「あんたなんて絶対だしてやんない！」

「ふーん。今から、ねえ。編集の人に何て言い訳するの」

「うっ……」

「今から、ねえ。あたしの記憶違いでなければ、この原稿、すでにとっくに締切りをすぎていたような気がするのに、今から書きなおし」

「だって……だって、予定外だったんだもの。四百枚でおわってれば、ちゃんと締切りに間に合ったのよ。なのに、みんなして予定になかった行動とって……千二百枚になっちゃったから……時間の計算がぐちゃぐちゃに……」

「おーお。原稿の中で原稿が遅れた言い訳してる」

「言い訳って、だって」

「だって、何よ」

「うー。可愛気の、みじんもない」

「あたし、あなたのキャラクターになった日から、可愛気なんて一切捨てたんだもん」

「……ひろってきたら？」

「ここまで作者に虐待されて？」

「虐待……あんまりだわ」

作者の新井素子、おちこむ。

「あたし、また、あなたの一人称にもどそうと思ってたのに……。そういうこと、言うんだものね……」

「へ？」

キャラクターの素子、大声あげて。

「今、何て言ったの？」

「……いいの。もういいの。どうせあたしなんて……あたしなんて……」

「ちょっと、ねえ、作者の新井素子さん、拗ねることない。つまりあなた、またあたしの一人称に」

「うん、もどす」

「本当に？」

あたしの声、かすかに震えていた。かすかに震えて――だって。作者の言うことが本当なら……。

「あー！　頭の中で思ったことが、地の文になってるぅ！」

あたし、叫ぶ。あ、ついでに。人称代名詞が、〝あたし〟だあ！

「あたし……あたし」

感・涙。

「だって一人称って、そういうものでしょ」

「安易、だなあ」

一郎が呟く。

「うっさいわねえ」

あたし、一郎にくってかかって。

「いいでしょ。この安易さが、実はラストの為の伏線なんだから。（本当かな？——嘘です——）それにあたし、もうお茶のみすぎて、おなかがぼがぼ」

「ん」

美弥が賛意を示してくれる。

「あたし……第二部のヒロインやって、しみじみ思ったの。ヒロインって——余程自意識過剰じゃないとできないのよねえ。あたしじゃ、無理みたい」

あたし……莫迦にされたんだろうか。

「とにかく」

作者の素子さんが言った。

「異論がないなら――ヒロインの素子がいいって言ったも同然なんだから――これでいくわよ。いい？」

「……仕方ねえな」

「安易だけど」

あがる声は。一応、賛成。

「じゃ」

あたし、声をはりあげて。

「あたしの一人称で――スタート！」

秋野信拓の屈託

＊これは番外編なので、本文を全部
お読みになってから読んで下さい。

土曜の昼下がり。僕は、二リットルのお茶のペットボトルを抱えて、学生のレポートの採点をしていた。

「……D。……Dマイナス。……D。……Eって評価はつけちゃいけないのか？」

絶望的な気分が襲ってくる。

学生のレポートの評価は、基本的にABCD四段階でやって欲しいこと（ABCまでが単位取得評価で、Dは単位取得を認めない）、場合によっては、それにプラスとマイナスをつけてもいい、と、教務科からは言われているのだが……どうしよう、四日かけて、二十六人の生徒につけた評価は……今までのところ、最高が、Dプラスだ。あと二十数人分のレポートはあるのだが、この伝でゆけば、Cマイナスがでることは期待できない。とすると、僕の講義をとった学生は、この先でるかもしれない（だが多分でないだろう）Cマイナスを除くと、おそらく全員単位がとれないって話になる。これは、大変、まずい事態だ。

だが。だが、他にどうしろというのだ。

僕のレポートの採点基準は、とても単純なものだ。

出席日数はおいておいて。僕の講義を理解している学生は、B。よりよく理解しているものがBプラスになり、本当に理解しているのかどうか、いささかおぼつかないものがBマイナス。きちんと理解した上に、自分なりの考えを述べているものがA。その自分なりの考えに、優れた点が認められればAプラス、自分なりの考えは述べてはいるが、それが的外れだったりおかしいものはAマイナス。そして、どう考えても僕の講義をまったく理解していない、その場合レポートがそもそも書けない筈《はず》なので、僕があげた参考文献を、僕の講義に則して適当に切り貼りしてあるものが、C。

……これ以上甘い採点基準はないと思えるのだが……だが……これで採点できないレポートばっかりなので……。

Dは、確かに参考文献の切り貼りではあるものの、〝まったく僕の講義に則していない切り貼り〟につける評価だ。そして、今まで見た限りでは、すべてのレポートは、僕があげた参考文献の、無目的切り貼りだ。要するに、僕がレポートに要求しているものがまったく判っておらず、ただただ参考文献を切り貼りしているだけっていうもの。（たった一つDプラスをつけたのは、切り貼りの仕方が、無目的とはいえ、美しかったからだ。）これに単位をあげないというのは、大変正しい評価だと思うのだが……単位をとれる学生が一人もいない講義というのは、確かにどこか間違っている。

そもそも。

何で僕は大学の教授なんか、やっているんだろう。

まず、ここが、判らない。

言語学はとても好きな学問なのだが、僕は、〝人に教える〟という行為に、まったく向いていないのでは？　現に、二十六人分のレポートをみて、僕が教えた内容を理解している学生が一人もいないというのが、その事実を裏書きしているような気がする。

そもそも、が、だ。

僕はまあ、自分では、そんなに人間嫌いだとは思わないのだが、人づきあいも悪くはない方ではないかと思うのだが……理解力がない人間に、何かを教えるのは、大嫌いだ。ましてや、理解しようとすら思っていない人間に、何かを教える気持ちなんて、心の底まで覗いても、かけらもない。しかも、知の最低基準を自分においているので、どうも、すべての学生が、まったく理解力がなく、理解しようという意欲までないように見えてしまう。この性格で……教員という職業を選ぶのは、そもそも、どこかが、間違っている。

それに。最近つらつらと思うのだが、大学というのは、結構〝政治〟がある処だ。学問上の業績はさておき、ここまで学生を教えるのが苦手——というか、向いていない僕が、何故、教授にまでなっているのだ。

自分のことを棚にあげて思う。

うちの大学は、どこか、変なんじゃないのか？　僕を教授にした段階で、うちの大学は、学問の府としての資格にどこかかけるところがあるような気がする。……まあ……〝棚にあげて〟いるのが、自分の存在って奴だから……言えた義理ではないのだが。

にしても――それにしても、だ。

参考文献の切り貼りならまだしも、『秋野教授の声は、目を瞑《つむ》ってきいていると、とても素敵です。私は秋野教授の講義をとても楽しみにしています。そして、秋野教授の……云々《うんぬん》……』ってレポートは……本当にEをつけちゃいけないのか？　というか、これは、レポートか？　お手紙っていうのもちょっと変だ、女子学生のごますり？

と。

インターホンが鳴った。

ああ。

別の意味で、頭を抱える事態が、やってきたんだろうなあ、何せ、今は土曜の昼下がりなんだから。

☆

「やっほー、秋野さん」

インターホンから響いてきたのは、案の定、宮前さんの声。

「今日はチーズ・フォンデュと、パーニャカウダ、いってみまーす。よろしくお願い致しまーす」

「……ああ……はいはい、今レポートの採点しているんだけれど、すぐいかなきゃ駄目かな？　下ごしらえをする必要は？」

「んー……なんか、焦げつくことがあるお料理なんだって、これ」

「……判った、行きます。部屋で待っててくれ」

ため息一つついて、学生達のレポートをまとめる。それにしてもこの人は、どうしていつも、こうも明るく、こうも元気なんだろう。この人の存在を見ていると、なんかこう、世の中における悩み、人生の苦悩なんて、まったく意味がないっていうか、百害あって一利なしだって考えが、心の底からこみあげてくる。この人の顔を見る度に、まったく自分には向いていない大学教授って職を、ただちにやめたくなる。何をしたって人間、生きてゆけるんだ、なら、こんなに自分に向いていない職業やめようって気分に。

実際、僕なんかより、はるかに苦悩が多そうな人なのだ、宮前さんは。とことん苦労している人の筈なのだ。その人が、ここまで明るく、ここまで前向きなんだから……。

いや、なんだか思わせぶりなことを言ってしまったが。

宮前嬢（……と、呼ぶしかないのだが……本当はこの呼び方は、いささか疑問がある）は、僕のマンションの、お隣さんだ。ちょっと前、近所のコンビニで僕がカップラーメンを段ボールで一箱買った時に、知り合った。

ああ、この表現は、変か。そりゃ、お隣の住人だから、その前から顔は知っていた。ただ、僕がカップラーメンの段ボール買いをしているのを目撃した宮前さん、それまでは顔を合わせれば黙礼をするだけの間柄だったのに、いきなり、コンビニで、僕に突進してきたのだ。そして曰く。

「何やってんの秋野さん！」

「え……あ……いや……買い物……」

「それ、何っ！」

「えーと、カップ」

「じゃなくてっ！　まさか、それ、食事のつもり？」

「……それ以外の用途に、普通、カップラーメンは使いませんが……」

「栄養バランスと健康！　一食や二食なら、時々食べるんなら、カップラーメンの御飯は、ありでしょう。けど、何、その量！　それじゃまるで、一日三食、カップラーメン食べているみたいじゃないっ！」

「あ……いや……お昼は、大学のカフェテリアでとりますから、一日二食、ですね」

多分、この台詞《せりふ》がいけなかったんだろう。いきなり宮前さん、より激昂してしまって。

「ということは、お昼以外、全部それ？　そ、そ、そんなの……許せないっ！」

いや、僕の食生活を宮前さんに許してもらう必要はまったくない筈なのだが……何故か、この時の僕、病気で死んでしまった妻のことを、思い出してしまったのだ。妻は本当に完璧な主婦で、いつだって僕の健康と栄養バランスを考えて食事を作ってくれていて……彼女なきあと、僕がこういう食生活をしていることを、絶対に許してくれないだろうと思ってしまったのだ。

それで、ここに。何だか、宮前さんがつけいる隙ができてしまったようで。

気がつくと、宮前さん、どうせお隣だし、自分の分の御飯を作るのと手間は一緒だからって、時間の都合がつく限り、僕の家に御飯を作りにくるって、勝手に宣言してしまったのだ。

嵐のような宮前さんの襲撃から解放された後……僕も、多少は、悩んだ。

どう考えても、この、宮前さんの台詞と反応は、変だ。

とにかく、宮前さんが僕の家に御飯を作りに来ること、それを僕は了承してしまったのだが……こんなことって、普通、あり得るのか？

当時の僕は、まだ、宮前さんのことをよく知っていなかったから……だから、外見だけから、判断していたのだけれど。

宮前さんは、隣の部屋で独り暮らしをしている、多分独身の、二十代前半（ひょっとすると十代後半？）の、女性だ。マンションの部屋で、生け花の教室を開いている、小柄で、とても可愛らしい、アルトの声の美少女。

その美少女が。向こうからおしかけるようにして、中年のやもめ暮らしの男の家に、御飯を作りにくる……これはもう、何か、怪しいというか、とてつもない作為を感じないか？

僕は、一体、何に巻き込まれたんだ？

……だが、まあ。

後で聞いてみたら、確かに作為もあったけれど、何よりも、本当に僕の健康を心配してくれたらしい。

　僕は、それまで、宮前さんにそんな話をしたことがなかった筈なのだが、どこから聞いたのか、宮前さんは、僕が、妻をなくしたことを知っていたらしい。それで。

「……あの……秋野さんがね、こんな食生活してるの……絶対、絶対、絶対、絶対、なくなった奥様が許さないと思ったの。そしたらね、何だか判らないけれど、なくなった奥様の為にも、絶対、こんな食生活、許しちゃいけないと思ったの」

　宮前さんの知らない、なくなった妻に、何でここまで感情移入をするのだろうとは思ったのだが、実際、宮前さんがやってくれていることは、宮前さんからすれば、完全なる好意だ。それは、しばらくすれば、判った。

　また、もう一つの、〝作為〟というのは。

　うちのマンションで、僕と宮前さんは隣同士なんだけれど、その隣には、森村さんという人のお宅がある。ここは、森村一郎くんという男性の独り暮らしで、僕は、一郎くんとは結構親しい。そして、どうやら。

　宮前さん、一郎くんに一目惚れをしたらしいのだ。

　でも、隣同士とはいえ、そりゃ、都心部のマンションでのことだ、会って挨拶をする以上の関係にはなかなかなれず……それで、僕に、目をつけたらしい。

　一郎くんと親しい僕と親しくなれば、いつか、一郎くんとも親しくなるきっかけができる。

　そう思った宮前さんは、とにかく、僕と親しくなろうとしたらしくて……。

ま、将を射ようとすれば、まず馬を射よっていうのは、戦略的には正しいよな。

それが判った段階で、僕は、宮前さんの恋を応援しようと思った。外見から言えば、この二人は本当にお似合いなのだ。それこそ、まず滅多にお目にかかれないような、美男美女のカップルになる。だから、宮前さんと一郎くんを、さりげなく引き合わせようとして……そして。

衝撃の事実が、判った。

さっきっから、宮前さんのことを、〝彼女〟という指示代名詞を一切使わずに呼んでいる理由。

宮前さんは、宮前拓という名前で……生物学的に言えば、男性だったのだ。

「え……性同一性障害？」

「じゃないの」

言われた宮前さんの台詞は、ほんとに訳が判らなくて。

「あたしは男なの。それは判っているの。それに不満も何もないの。女装は趣味なの。だからあたしは、女装趣味の男だっていうだけで、本来的には、女性の方が好きな筈なんだけれど、何故か、好きなのは、森村さんなの」

頭の中、クエスチョンマークで一杯だ。

「でも、その体は……」

ほっそりしていて、筋肉のつきかたがまったく女性で、どう考えても男のものではなくて、喉仏もなくて……。いや、確かに、胸は全然ないのだが。

「外見見た限りじゃ、女性ホルモン、注射しているって思うでしょう。ところが、これが、まったく、そうじゃない。ほんっとに、うまれつき、あたしはこうなの」

「じゃあ……」

そもそも、男だっていうのが、間違いなのでは？　外性器の異常で、実は子宮や卵巣があるのではないか？

「ああ、信拓の旦那が何思ったのか判る。（〝信拓の旦那〟。これ、恋人でもない女性――ああ、じゃ、ないのか――に言われるには、かなり変な呼称だとは思う。でも、何故か、僕も、宮前さんも、これを不思議に思わなかった。）でも、そうじゃ、ないの。あたしは、遺伝子レベルでも内性器レベルでも本当に男で、何らホルモンいじっていないにもかかわらず、外見がこうで、気持ちは男で、なのに、好きなのは森村さん」

「……ごめん。悪いけど……訳、判らない」

「あたしも、訳、判んないのー」

いや、そうあっけらかんと言わないで欲しい。

生まれつきの性別は男で、ホルモン注射も何もしていなくて、なのにここまで女らしくて、趣味が女装で、なのに気持ちは男で、本来的に女性の方が好きな筈なのに、一目惚れをした相手は男性。

これは一体全体どういう状況なのだろう。「訳判らない」のだが、「あたしも、訳、判んないのー」で済ませていい問題じゃないと思うぞ。なのに宮前さんは、まったく悩んでいなくて、屈託なくこの現状を受け入れていて……。

……本当に、訳判らない。そうとしか、言いようがない。

☆

だが。

そうとしか言いようがない、で、済ますことができないことも、あった。

宮前さんは、うちに、御飯を作りに来てくれたのだが……一回目で、僕はそれを終生拒否することにした。

と、いうのは。

と、言うのはっ！

☆

世の中には、許せることと、許せないことがある。

「ご、ごめん、旦那、ほんとにごめん」

って、言われて……許せるもんじゃないっ！　どんだけ謝られようとも、これは、許せん！

どうやったらこれだけの鍋を焦げつかせることができる。（二つや三つではないっ。）どうやったら、網がここまでぼろぼろになってしまう。どうやったら、料理をしただけで電子レンジが壊れてしまう。普通に使っただけで、炊飯器を壊せるというのは、もはや、神業だ。

うちの台所は、今はなき妻、こすもすの台所だ。こすもすの聖域であり、こすもすが取り仕切っていた処。それを、ここまで、蹂躙《じゅうりん》されていい訳がないっ！

だから。

「も、いいです、宮前さん。別に、僕はあなたに御飯を作って欲しかった訳じゃないので……あとは、僕が、勝手に、やります」

「あ、いやん」

「いやんじゃなくてっ。あなたがお料理するのは勝手なんですけれど、僕は、それにつきあう気持ちがありません。というか……うちの、台所を、あなたに荒らされるのが、とっても嫌です。もう、僕がどんだけカップラーメンを喰い続けようが、一生カップラーメンだけですごそうが、ほっといてください」

「んー、悪かった、ほんっとにごめんなさい、あたしほんとに反省してる。今、ここに、奥様がいらっしゃったら、どんだけ奥様が怒っているか、判るような気がする」

こすもすのことも知らない癖に何を言っているんだろうこの人……という気持ちが、理性の表面をかすめたんだけれど……不思議なことに、それは、怒りにならなかった。宮前さんが、何故ここで、いきなり、「人の家の調理器具を壊してしまってごめんなさい」方向じゃなくて、「奥様に申し訳ない」路線に走ってしまったのか、これ、理性で考えると謝罪の方向が変なんだけれど……何故か、納得できてしまったのだ。うん、こすもすが、会ったこともない宮前さんのことを怒鳴りつけようとして自制している、そんな図まで、頭の中に浮かんでしまって。こうなると、あまり強いことは言えないよな。

「とにかく。あなたがお料理するのは勝手です。けれど、うちの台所は、二度と使わせたくないっ」

……いや……充分強いことを言っているか。

「んー……判った。なら……秋野さん、うちに、御飯、食べにくる？」

はい？ ……何で、こうなる。いや、そりゃ、そもそも宮前さん、僕の健康を気づかって、それで御飯を作ってくれるって話だったんだよな、それで、うちの台所が使えないのなら、宮前さんの家の台所って……符節はあっているような気もしないでもないが、でも、決定的に、何か、変だ。

「……それは……遠慮しておきます。仮にも独身女性独り暮らしの家に、男が御飯を食べにゆくっていうのは、まずいと思うし……」

僕は非常に常識的なことを言ったつもりだ。だが、この台詞を聞いた瞬間、宮前さん、噴き出したのだ。

「ありえないでしょう、それ。だって、そりゃ、うーんと時間がたってね、奥様のことが本当に〝思い出〟になってしまってからならともかく、今の秋野さんが、奥様のかわりに御飯を作ってくれようとしている人に何かするだなんて、ありえないでしょうそれ」

って、宮前さん！　あんた、どうして僕のことをそこまで信頼しちゃうんだっ。

「ま……確かに、僕にそういう気持ちはありませんけどね（ああ、それに、考えてみたら、宮前さんは男だった）、世間的にみたら変ですよ。それこそ、森村さんが誤解したら、どうすんです。万一、そんなことになったら、宮前さんが困るでしょうが」

「だから、あり得ないって、それ」

「いや、普通誤解するって」

ああ、言葉づかいがどんどんぞんざいになってゆく。

「しないって。もし森村さんが、そんな莫迦な誤解や邪推をする人なら、そもそも秋野さん、森村さんのお友達やってないでしょ？　あたしだってね、そんな莫迦な邪推をする人に惚れない。あたしが好きになったんだから、一郎さんは、そんなこと思わない」

……なんなんだろう、この、意味の判らない、訳の判らない、前向きさ加減は。

どうしてこの人は、ここまで前向きでいられるんだろうか。

「いや……けどね、宮前さん。君の言ってることは判るけど、やっぱり、君の部屋へ行くのはまずいだろうがよ」

うわあ、どんどんタメグチになってしまう。

「なんで」

「普通の人間は絶対誤解するだろうから。だから、せめて、君の家に行くんじゃなくて、作った御飯をデリバリーしてもらうとか……」

うわあ。何か、いきなり物凄く厚かましいことを言っているぞ僕。それに、この台詞だと、なんだか、僕とか宮前さんとか森村さんは、〝普通〟ではないのか？　すらっとでてきちゃった台詞だけれど、何が言いたいんだ僕。

「ごめん、それ、駄目」

「……って？」

「あたしが、自分の家の台所で、今までに御飯を作る練習をしていなかった訳がないでしょう。いつか、森村さんにお弁当を作る日が来るように、あたし、必死になって御飯作りの練習をしているのよ」

って、そんなこと主張されても、反応に困るのだが。というか……「森村氏とお付きあいしたい」を飛び越して、いきなり「お弁当を作る日」を夢みちゃうのか？　僕は女性ではないので判らないんだが……これは、普通の反応か？

「そんで、それが……それが……それが……」

どんどん小さくなる宮前さんの声。

「それが……それが……それが……」

やがて、聞こえなくなる、宮前さんの声。

だから、僕はしかたがなくて。

「それが？」

って、聞いてみる。すると。

「全部失敗！」

　おお、怒鳴っているな、宮前さん。ひらき直ったな、宮前さん。

「鍋は全部焦げつく！　鍋が焦げついた時には、中のお料理は、殆どみんな炭！　お米は研いだら水加減やっている処で、殆ど流れていってしまう。なんとか残ったお米を炊こうとすると、できるのは〝べたべたの糊状のなにか〟か、〝芯があってどうしようもない生米〟！　生野菜のサラダなんて、料理的に言って失敗しようがない筈なのに、この間、自分で作ったそれを食べたら……まずいのはしょうがないとして……あたし、もの凄い下痢になっちゃって、三日寝込んだ。生野菜で、何でこうなるの？」

　……………………あの。

　僕は……カップラーメンばっかり食べていて、栄養バランスが悪いからって……そんな、怪しいというか、危険なものを食べさせられる処だったのか？

「だからっ」

　この瞬間。

　僕が、宮前さんに向ける視線が、何か冷やかなものになったのは、いたしかたがないことだと思って欲しい。

「誰かにね、見ていて欲しかったの。何であたしが作る料理は駄目駄目なのか……あたし……一体何がいけないのか……御飯を炊くのに失敗したからって、何故炊飯器が壊れるのか…

…。常識的に言って、あり得ないでしょ？　だから、誰かに見ていて欲しいの。……それと……」

宮前さん、自分の胸の前で、握り拳を作る。そして、「うんっ！」って自分で自分のことを鼓舞して。そう、これまでの経緯を知らなければ、多分、これは、とっても可愛い動作だったんだろうな。

「……あたし……あたし……絶対に、ちゃんとしたお料理を作れるように、なりたいのよっ。……けど……あたしの失敗の度合いが酷すぎて……だから……お願い」

微妙に、首を、傾ける。自分が〝可愛い〟ことを知っている女の子だけができる、それは、〝可愛い〟お願いポーズ。

「お願い。秋野さん、あたしに協力して。あたしが、ちゃんとしたお弁当を作れるようになるまで、あたしの調理を監督してー」

☆

……と、いう、訳で。

僕は、この間っから、宮前さんが料理をする時には、宮前さんの家にいることにしている。これをしないと、この人は百パーセント、鍋を焦げつかせるからだ。（それだけじゃなく、とんでもないことを必ずしでかすのだ。）

まあ、ただ、僕にも仕事がある訳で、そう毎日、宮前さんの料理を監視し続ける訳にもいかず……だから、土曜の昼下がりなんて、非常に、危ないのだ。

だって、土曜。

次の日は、日曜。

……まあ……僕の授業で、Cマイナスの生徒が現れるのと同じくらい、低い確率ではあるのだが……万一、宮前さんが、土曜日の夕飯に〝ちゃんとしたおいしいお料理〟を作ることができたのなら、休日で家にいる（かも知れない）森村さんを、僕が、宮前さん家《ち》の夕飯に、誘ってもおかしくはないって話になるだろう？（夕飯を作るのに、昼下がりからとりかかるのは、製作者が宮前さんである以上、あたり前だ。というか、製作者が宮前さんである以上、土曜日中にちゃんとした料理ができるとは思えん。だから、〝土曜の料理で失敗をし尽くして、その失敗をバネにして、何とか日曜に料理らしきものができる〟、そんな〝夢〟を想定して、こういう流れになった。この夢が叶った場合、翌日の日曜日に、森村さんを誘うことを考えて、このプロジェクトは稼働している。）

はっきり言って、僕にしてみれば、いい迷惑以外の何物でもないのだけれど……でも、つきあっているんだよな、僕。この、宮前さんに。

☆

チーズ・フォンデュと、パーニャカウダ。

その料理の製作過程を聞いた段階で、僕は、あきれた。

だってこれ……失敗しようがない料理だとしか、思えなかったから。（だが、宮前さんは、〝失敗しようがない料理をとにかく失敗し続ける〟という意味では、ほぼ、天才なんだよね。うん。炊飯器の釜の内側の目盛りにあわせて水をいれ、これで、研いだお米が御飯として炊きあがらないというのは……どうしたらそうなるのか、どういう過程を経れば、これで炊飯器が焦げついちゃったり、御飯がのりになってしまうのか……これはもう、どう考えても判らない。）

チーズ・フォンデュというのは、ある種のチーズを白ワインの中に溶かしこんで、パンや何かを、そのチーズにからめて食べるっていうだけの料理である。

この工程のどこに、失敗する可能性がある？

だが、失敗してしまうのが（チーズが煮詰まってしまうのが、気がつくと鍋が茶色の塊になってしまうのが）宮前さんなのだ。

パーニャカウダは、もうちょっと複雑だが、でも、基本的に言えば、オリーブオイルベースのソースをぐつぐつ煮た鍋の中に、さまざまな野菜をつけて食べる、それだけの料理なのだ。

温めたチーズやソースに、パンや野菜をつけて食べる、たったこれだけの料理に……失敗する余地は、どのくらい、あるのか？

ないとしか思えん。

ないとしか思えんのだが、これで失敗するのが、宮前さんなのだ。

（いや、〝おいしくできない〟余地は、確かに、ある。だが、〝おいしくない〟のと、〝失敗〟の間には、宮前さんの場合、とてつもなく大きな河があるのだ。とても渡れないような、ナイルのような河があるのだ。そもそも宮前さんの料理は、食べることができるだけで〝成功〟である。味を問う段階には、まだ到達していない。）

今日だって、この二つの料理のことを、「何か焦げつくことがある料理なんだって」って宮前さんは言って、「焦げつく可能性がある」となったら、僕は、それを監督しない訳にはいかないだろう。

だって、焦げつく可能性があるものは、絶対、焦げつかせるのが、宮前さんなんだから。

☆

「……あー、にんにくはねー、皮を剝かないと調理できないと思うんだな、僕は」

「パーニャカウダ用の野菜は、人参とブロッコリーとアスパラとラディッシュにクレソンか。なら……えー、老婆心ながら、ブロッコリーとアスパラは、下ゆでした方がいいと思うぞ。好みによっては人参もね。あんまり、生で食べる野菜じゃないと思うから」

「い、いや、下ゆでしろとは言ったけれど、クレソンを下ゆでると凄いことになっちまうぞ？」

「……君は、ブロッコリーのペーストを作るつもりかい？　下ゆでっていうのは、あくまで〝下ゆで〟であって、ブロッコリーが形状をとどめていないっていうのは……」

「そのぅ……匂いからして、焦げてる！　チーズ・フォンデュ用に鍋にいれてある白ワイン、すでに焦げてる！　いや、アルコール分飛ばすだけでいいんだから、どうやったら白ワイン単体が焦げるんだっ！」

僕は、何せ、カップラーメン段ボール箱買い男だ。自分で調理はまったくしない。できる自信もないし、能力もない。なのに……そんな僕が、ここまでつっこめるって……宮前さんの調理能力は、一体全体どんなものなんだか。

そして、僕のこんな台詞に対して。

「信拓の旦那って、ひょっとして小姑《こじゅうと》？　お姑さん？　何でそんなにうるさいのよっ」

「……そんなことを言うなら僕は帰る」

「あ、ごめん、ごめんなさい、嘘。帰らないでお願い。あたしこの為に監督お願いしてたんだよね」

「判ったのなら……ほら、ワインが焦げてるって、おーい、だから、何だってワイン単体が焦げるんだよっ」

「なんでだか判らないけど、焦げるのよっ。うちの鍋はすべて焦げるって決まっているのよっ」

「それは火加減が何かおかしいんだっ。ないしは、鍋の洗浄がちゃんとできていないんだ！」

……この人は。

絶対、〃御馳走を作る〃とか、〃冷めてもおいしいお弁当を作る〃とか、そういうレベルに挑戦してはいけないと思うんだよなあ。まず、〃普通の御飯を炊く〃、〃食中毒をおこさない料理を作る〃っていう処から始めないといけないんじゃないかと思うのだが……。

だが。

僕がそれを言おうとする度に、宮前さんは、両手を胸の前でぎゅっと握りしめて。思いっきり「うんっ」って、うなずいて。

「森村さん、待っててねっ。あたし、絶対、絶対、ちゃんとおいしいお弁当を作るっ」

一郎くんと宮前さんが付き合うようになるかは、まだ、まったく謎なのに。（そもそも、一郎くんに彼女がいたら、宮前さんはどうするつもりなんだろう……？）

宮前さん、自分の特殊事情を言わない限り、絶対的な美少女なのに。

なのに、まず、一郎くんを口説く前に、お弁当作りを優先させてしまう……これは一体、何なんだろう。

一郎くんの女性の好みは（って、宮前さんは女性ではないんだが）判らないけれど、こんだけの美少女だ、普通は、まず、自分の美貌で一郎くんを誘惑しそうなものなのに、それをやる前に、とにかく、お料理にひたすら精進している、この努力は、何なんだろう。

……的外れに、健気《けなげ》だ。

そんでもって、的外れに、あっけにとられる程、信じられない程……前向き、だ。

☆

宮前さんを見ていると。

僕も、もうちょっと前向きに生きた方がいいんじゃないかって気がしてくる。

そうだなあ……その……端的に言えば、大学、やめた方が、いいかなあって。

これだけ向いていないのだから。

僕の授業をうけた学生が、一人も、僕の求めている単位を取得できそうにないのだから。

……いやあ、さて。

どうしたもんなんだか。

どうするのが、いいんだか。

ま、答は、見えているような気も、するのだが。

☆

間違いなく確かなのは、今日のチーズ・フォンデュと、パーニャカウダは、人間の喰い物ではない仕上がりになるだろうということだ。

結局、今日の夕飯も、カップラーメンなんだろうな。

あとがき

あとがきであります。

これは、1983年に、早川書房から出た、〝新鋭書下ろしSFノヴェルズ〟『……絶句』の、新装版です。

☆

いやあ、1983年！　早川書房〝新鋭書下ろしSFノヴェルズ〟！

手をいれている間中、ずっともう、懐かしいやら思い出深いやら……。

はるか昔の作品なんですが、内容的には、そんなに古くなっているとは思いません。（いや、そりゃ、登場人物の誰一人として携帯電話を持っていないし、パソコンで何か検索するっていうのがあり得ない環境ですが——というか、携帯電話、パソコン自体がないよね、この世界——、それ以外は、多分そんなに問題がないと思うの。）それに、自分で言うのも何ですが、ヒロインの新井素子、がんばっているよなあ。（あ、このお話は、作者とヒロインが同姓同名です。そうである必然性が、一応、あります。）

うん、二十代の私は、こんなに元気だったんだなー。

読み返してみて、思いました。

思いっきり、実感、してしまいました。

好きだな。私。二十代の私のことが。このお話を書いている、新井素子のことが、本当に、好きだな。

それから。五十の誕生日を目前にして、二十の私が好きだって言える、今の私が、本当に好きです。嬉しいです。二十の私には想像もできなかった四十代って時になってしまって、そんでもって私は、それでも、二十代の私が好き。また、五十に手が届く私のことも、好き。

ああ、どうしよう。

私、すっごく嬉しくなってしまいました。

んで。あんまり嬉しくなってしまったので。

番外編を、二つ程、書いてみました。（本文中にもでてきますけれど、このお話の主人公〝新井素子〟が、お話を作りたくなるのは、「何かをとっても好きだと思った時」なんですね。今回、私は、自分が好きでしょうがなくなっちゃったので、お話を書いてみました。）

秋野信拓くん一人称編と、本文にはでてこない猫の独白編。

ああ、これも、凄いよな。

二十代の頃には、女の子の一人称ならともかく、三人称ならともかく、中年男一人称を書けるとは思っていませんでした。というか、そもそも〝中年〟がよく判っていませんでした。（……って、信拓くん、まだ三十代なのでは？　三十代で〝中年〟って、今の私の気持ちではあり得ないんだけれど――三十代は、まだ、青年だよっ――、これ書いた時の私が、「三十代は〝中年〟だ」って断定しておりますので、しょうがない、それを踏襲します。）でも、今は、それが判るようになっちゃったんだよな。（これは嬉しいんだか嬉しくないんだか。）あ。

この二つの番外編は、どうか、本文を読み終えたあとで、読んでください。先に読まれちゃうと、ネタバレになってしまうと思いますので。

☆

この間、ＳＦの聖地巡礼って企画で、新宿の〝山珍居〟で御飯を食べながら座談会をやりました。ここは、日本ＳＦ作家クラブが発祥した地で、普通の台湾料理屋さんなんですが、でも、それは、いつの間にか、〝歴史〟になってしまったのね。

そういう意味で言えば。

これから書くことも、将来には、〝歴史〟になってしまうかも知れない。（いや、すでに〝歴史〟の一部かも。）

早川の、〝新鋭書下ろしノヴェルズ〟は、今岡さんという編集者が企画したもので、今岡さんというのは、当時、気鋭の編集者さんでした。

んで。この時、私が受けたのは。

「何枚書いてもいいです。好きなだけ書いてください」

こんな注文。

こ……こ……これはっ。

出版には、流行というものがあります。

六百枚だの千枚だの二千枚だの、今では長いものが結構ありますけれど（というか、そういう本が結構多いけれど）、この当時は、そんなものが、ほとんどなかった。当時の本は、三百から四百五十枚が普通であって、それ以上の本って、まず滅多になかったんです。（時代小説や何かで、連載をしていて、結果として全五冊だの六冊だの、長くなってしまったものはあるんですけれど。）連載をしていて長くなったんじゃない、書下ろしで千枚を越すって、ほんっと、なかったんです。

だから、『書下ろしで何枚書いてもいいですよ』っていうのは、本当にあり得ないようなプレゼントで、そして私は、千二百枚、書かせて頂きました。

それが、このお話です。

ああ、この時代に、連載じゃなくて、書下ろしで、千二百枚、書かせていただいた。

すんごい、嬉しかったです、私。

とても、楽しんで書いてます、私。

読みかえすと本当に判る、書いた私だから絶対的に判る、ああ、楽しんで書いてるよなー、私。すんごい嬉しそうだよなー私。どんだけ楽しかったんだろう私。

☆

それに、体力の幅が、違うよなあ。

いや、昔も今も、私は、運動能力が本当にない人間なんですけれど……いやあ、二十代は、若いぞ。

うん、これ、今、十代や二十代をやっている人に言ったって、絶対理解してもらえないと思うんだけれど、三十代、四十代は、絶対的に、運動能力で、十代二十代に劣るの。まあ、運動能力は、個体差としても……そもそもの、基礎体力が、全然違うの。

これと小説はまったく関係がないって思うかも知れませんが、意外と、これが、大問題。キャラクターの動き方が違ってきちゃいますね。無意識のレベルで。

若い頃に書いた作品は、〝若書き〟なんて呼ばれて、思想や主張が物凄く青臭かったり、現実味がなかったりします。それは本当にそうです。これは、自分でも恥ずかしくなっちゃったりします。

けれど。

若い頃に書いた作品は、キャラクターの行動がとにかく若い。元気です。

これもまあ、一種の〝若書き〟だと思うんだけれど、〝思想〟〝主張〟〝考え方〟面での〝若書き〟と違って、行動面の〝若書き〟は、思いっきりプラス評価していいんじゃないかなあ。なんでこの〝若書き〟が評価されないんだろう。

（あ。書いているうちに、なんとなく判った。

基本的に作家って、そんなに若い頃にデビューしないし、若くして作家になった人って、結構夭折しているんだ。

だから、十代で作家やってて、五十になっても作家やってて、「ああ、若い頃書いたものは体力が違うぞー」って実感できる人、そんなにいないんだ。なら、思いっきり主張させてもらおう。

若い頃は、ほんっとに体力があって、キャラクターが元気で、この差は、書いている本人には、体感として判るんだよね。そういう意味での〝若書き〟って、凄いよー。どうしてここまで体力があまっていたんだろう。）

☆

それでは、ここで、恒例のご挨拶を書いて、下巻のあとがきに話をゆずりたいと思います。

読んでくださって、どうもありがとうございました。

このお話……読んでくれて、とても嬉しかったです。

そして。

このお話は、続いておりますので……どうか、引き続き、下巻を読んでください。読んで頂ければ、とても、嬉しいです。

それでは。

もしも御縁がありましたのなら、いつの日か、また、お目にかかりましょう――。

二〇一〇年八月

新井素子

本書は、一九八七年四月にハヤカワ文庫JAより刊行された『……絶句（上）』に、書き下ろし短篇と新たなあとがきを加えた新装版です。

著者略歴　立教大学文学部卒，作家　著書『今はもういないあたしへ…』（早川書房刊），『おしまいの日』（新潮社刊）他多数

HM=Hayakawa Mystery
SF=Science Fiction
JA=Japanese Author
NV=Novel
NF=Nonfiction
FT=Fantasy

……絶《ぜつ》句《く》
〔上〕

〈JA1011〉

二〇一〇年九月 十 日　印刷
二〇一〇年九月十五日　発行

（定価はカバーに表示してあります）

著者　新《あら》井《い》素《もと》子《こ》
発行者　早川浩
印刷者　草刈龍平
発行所　株式会社　早川書房
郵便番号　一〇一 - 〇〇四六
東京都千代田区神田多町二ノ二
電話　〇三 - 三二五二 - 三一一一（大代表）
振替　〇〇一六〇 - 三 - 四七七九九
http://www.hayakawa-online.co.jp

乱丁・落丁本は小社制作部宛お送り下さい。
送料小社負担にてお取りかえいたします。

印刷・中央精版印刷株式会社　製本・株式会社川島製本所

ISBN978-4-15-031011-0 C0193

＊本書は活字が大きく読みやすい〈トールサイズ〉です